MANUAL PARA DÍAS ROJOS

Paula Ramos

Papel certificado por el Forest Stewardship Council

MIXTO
Papel procedente de
fuentes responsables
FSC® C117695

Penguin
Random House
Grupo Editorial

Primera edición: septiembre de 2021

© 2021, Paula Ramos
Autora representada por Editabundo Agencia Literaria, S. L.
© 2021, Penguin Random House Grupo Editorial, S. A. U.
Travessera de Gràcia, 47-49. 08021 Barcelona

Printed in Spain – Impreso en España

ISBN: 978-84-666-6852-1
Depósito legal: B-8.985-2021

Compuesto en Comptex&Ass., S. L.

Impreso en Rodesa
Villatuerta (Navarra)

BS 6 8 5 2 A

Para Alberto,
gracias por ser mi más bonita casualidad

Coge tu corazón roto y
conviértelo en arte.

CARRIE FISHER

«La vida es aquello que te va sucediendo mientras estás ocupado haciendo otros planes.» Es una frase que dijo John Lennon y, joder, qué razón tenía.

Más de una vez se la repito a mis amigas, especialmente cuando alguna está empeñada en encontrarle sentido a todo lo que nos ocurre. Pero, oye, que esto no es algo especial que solo nos pase a nosotras, no. Vamos, que levante la mano quien haya podido seguir sus planes a rajatabla.

Sé que nadie la levantará. Desde bien pequeños nos llenan de expectativas y, por supuesto, de objetivos que hay que cumplir antes de llegar a cierta edad. Vamos a ver, tengo treinta años y todavía no estoy casada ni tengo hijos y, evidentemente, tampoco tengo el trabajo de mis sueños. Que, por mucho que nos creamos modernos, no me libro de esos comentarios ni siquiera hacia mí misma.

A ver, es así. Fue lo primero que pensé cuando dejé a mi novio después de diez años de relación. Con él tenía planes porque era lo que tocaba, aunque una vocecita en mi interior me decía desde hacía tiempo que no quería irme a vivir con ese chico y, joder, cuando lo dejé, ¿sabéis qué es lo que terminaron preguntándome?

«¿Estás segura de querer tirar a la basura diez años de tu vida?»

Sí, como si mi vida solo hubiera sido él. ¿De verdad me reducía solo a mi relación? Triste, lo sé, pero si de algo estoy orgullosa es de tener los ovarios muy bien puestos —o, al menos, eso intento—. Porque os contaré un secreto, y es que, a veces, las mejores decisiones se toman con miedo. Y también respondiendo a la pregunta: ¿qué necesidad tienes de aguantar, ver o ser eso? Mágica, os lo prometo.

Nunca me había considerado una persona valiente, y ya os adelanto que no lo soy. Me alejo mucho de esa imagen de persona segura de sí misma, y de la perfección ya ni hablemos. Pero es que no busco eso. Quiero mis momentos de bajón, mis inseguridades y mi imperfección.

Por supuesto, después de la heroica decisión de terminar con él, confirmé que lo que sale en las pelis y los libros también es una farsa. Aquí sigo, soltera y preguntándome si debería ir adoptando un gato o dos.

Ya lo dijo Carrie Bradshaw: «Nadie desayuna con diamantes y nadie vive romances inolvidables». ¿O tal vez sí?

Tendremos que empezar por el principio.

El principio

Ellas, Alejandro Parreño

Jueves, 20 de diciembre
Por la mañana

Llego tarde, por supuesto.

Cierro la puerta del taxi con las maletas a rastras, pero, como tengo prisa, la maldita se gira sobre el cuerpo e impide que mi carrera hacia el control sea fluida. La enderezo con brusquedad mientras maldigo, intentando sortear a la marabunta de gente que parece ser consciente de que estoy a punto de perder un tren, ya que, a cada paso que doy, uno de ellos se coloca estratégicamente de tal forma que me impide ir más rápido.

Cuando llego a la fila de los tornos, vuelvo a maldecir. La cola es inmensa.

¿De verdad? ¿De dónde sale tanta gente? Parece que todo Madrid se ha congregado en la estación de Atocha, aunque ¿a quién quiero engañar? Siempre está así. ¿Qué pensaba? No entiendo que se me haya podido olvidar este pequeño detalle. Espero que estos meses fuera no me hayan afectado más de lo normal.

Intento encontrar en mi bolso el tique del tren, pero, por supuesto, el endemoniado no colabora y sospecho que, en cualquier momento, voy a cometer un homicidio. Sin embargo, cuando por fin toca mi turno para atravesarlo, aparece como por arte de magia.

Paso sin altercados y justo suena la melodía de la serie de *Sexo en Nueva York*. Sí, es de mi móvil.

Antes de contestar, miro la pantalla y veo el nombre de Nina.

—Odio a la gente. —Ese es mi saludo; la frase conlleva que la señora de unos setenta años que está delante de mí junto a su marido subiendo las escaleras mecánicas (que, por supuesto, están a reventar) me mire con indignación.

Mi respuesta es una sonrisa encantadora. Que no se lo tome tan a pecho, no es nada personal. Es un sentimiento que lleva conmigo algún tiempo.

—Vas a perder el tren, ¿correcto? —quiere saber Nina al otro lado de la línea.

—No es mi culpa. Si no fuera por esta cantidad obscena de gente que parece que van pisando huevos...

—Elsa, Elsa... —me interrumpe mi hermana—, madura y, de paso, madruga.

—¡Ey! —me quejo mientras avanzo varios pasos que me permiten ganar algo de visibilidad para intentar localizar la vía de mi tren con rapidez. Un milagro—. He madrugado, de hecho, he cogido bien el avión.

Mi hermana se ríe y yo pongo los ojos en blanco.

—Lo único que ocurre es que no contaba con que toda la maldita humanidad decidiera ir hoy a Atocha y colapsase todo el camino hasta llegar aquí.

—¿Qué esperabas? Son las vacaciones de Navidad. La gente, como tú, quiere reunirse con su familia. Hubiera sido más fácil si hubieras venido en autobús. Te lo dije.

—Bla, bla. —Sé que tiene razón, la muy petarda, pero no me apetecía después del vuelo meterme en un incómodo autobús.

Vuelvo a avanzar mientras miro el reloj y comienzo a preocuparme seriamente.

—Vale, puede que vaya a llegar la última —concedo de mala gana, sabiendo que posiblemente tenga que coger otro tren.

—Vas a llegar incluso después de Loren y Aitor.

Al escuchar sus nombres me detengo, aunque la gente sigue avanzando, y sujeto el móvil con fuerza mientras mi hermana guarda silencio.

—¿Van a venir? —consigo preguntar cuando uno de seguridad me indica que avance o me quite del medio. Obedezco, todavía con la mente lejos de lo que estoy haciendo.

—Por eso te llamaba. Lydia me lo acaba de decir y, Elsa, creo que papá y mamá nos quieren anunciar algo. No sé qué es... algo raro pasa entre esos dos. Todo el mundo va a venir, así que haz el favor de no llegar el año que viene.

—Ja, ja —me obligo a decir ante su broma, pero mi mente está en la otra parte de información que me acaba de soltar.

—Luego nos vemos, pequeñaja, mantenme informada.

Mi hermana no añade nada más, tan solo cuelga el teléfono tras soltar la bomba, y yo, patidifusa, me obligo a sonreír a la mujer que se está disculpando por acabar de golpearme con su bolso de manera *accidental*.

«Qué navidades me esperan...», pienso mientras veo que el tren se aleja sin mí.

Jueves, 20 de diciembre

Por la mañana

El taxista entra en la urbanización que me vio crecer en San Lorenzo de El Escorial junto a mis hermanos al ritmo de la canción *Jingle Bell Rock* de Bobby Helms. Miro el reloj de mi muñeca y suspiro con hastío. El hombre es totalmente ajeno a mi mala leche, y eso hace que me repita mentalmente que alguien me podría haber avisado de lo que me esperaba al subirme a este taxi. Debería ser obligatorio que cada taxista tuviera algún cartel informativo. Por ejemplo, el de este buen hombre indicaría que conduce como los abuelitos, sin superar los cuarenta kilómetros por hora y respetando cada maldita señal.

Me muerdo el labio y, dando por sentado que moriré de inanición porque no he comido nada decente desde el madrugón de esta mañana que, sorpresa, no ha servido para nada, miro por la ventanilla estudiando la nieve acumulada en los laterales de la calzada tras haber sido apartada por las máquinas quitanieves.

Es chocante ser testigo de cómo puede cambiar el escenario en tan solo una hora. Que, bueno, poco no es, si no que se lo digan al rugido con el que acaban de sacudirme mis tripas; pero creo que se me entiende.

Hace un momento estaba en plena ciudad rodeada de luces navideñas y escaparates decorados con aceras repletas de gentío, y ahora estoy recorriendo una carretera en la que los únicos coches que nos cruzamos son los aparcados frente a los chalés independientes, con naturaleza a cada rincón mire donde mire y nieve, mucha nieve.

El camino es serpenteante y me entretengo observando los altos pinos que se elevan más allá de los muros de piedra de cada una de las viviendas unifamiliares que hay a ambos lados de la calzada. Hay algunos que tienen guirnaldas de luces sin encender por ser aún de día y muñecos de nieve con una nariz de zanahoria peligrosamente torcida, hechos con lo acumulado en la estrecha acera.

Sonrío al recordar el que mi hermano Loren consiguió hacer cuando éramos pequeños, a pesar de los intentos del perro cascarrabias del vecino por destruirlo. Eso sí, no duró mucho. No hace falta explicar los motivos, más que obvios.

Cuando entramos en la calle Concha Espina, me tenso con anticipación, hasta que el coche finalmente se detiene.

—Señorita, hemos llegado —me avisa el cincuentón detrás del volante. Me mira a través del retrovisor con tal felicidad que me dan ganas de lanzarle una de mis miradas asesinas.

Ojalá tuviera el superpoder de lanzar rayos aniquiladores cuando quisiera.

Sin embargo, le devuelvo la sonrisa al hombre tras mi línea de pensamientos, dándole una idea completamente errónea del origen de mi felicidad mientras abre la puerta del maletero con entusiasmo para sacar mi equipaje.

—Que pase unas bonitas fiestas, señorita —me desea mientras le pago y sujeto mis dos «maletonas» (no se les puede aplicar otro término) y mis pies se hunden en la nieve.

Observo cómo se aleja el coche y, finalmente, giro sobre mis talones para hacer frente a la casa de ladrillo rojizo, clásica y con el tejado completamente blanco que me impide ver la pizarra gris, como si fuese una postal navideña y ajena a todo lo que me espera.

Sin poder evitarlo, miro hacia el buzón y sonrío al ver que, a pesar de los intentos de mi padre, sigue igual. Repleto, como siempre, de propaganda que odia y todavía con las pegatinas que pusimos mis hermanas y yo en un acto de absoluta creatividad. Y sí, eso conllevaba «más purpurina de la que supuestamente debería tener un buzón serio». Palabras exactas de la bronca, pero oye, al final salió bien: años más tarde, siguen intactas.

Sin querer perder más tiempo, cojo una de las maletas y tiro de ella. Por supuesto, es un gesto absurdo porque no puede rodar con el suelo así, pero, como soy un alma cabezota, le pongo todo mi empeño, ya que no pienso cargar con ella hasta la puerta; eso hace que me resbale y caiga de culo sobre la maldita nieve.

¡Me cago en todo lo cagable!

—Elsa, ya nos tenías preocupados. —Inclino la cabeza hacia atrás para ver quién me habla y descubro a mi padre sujetando la puerta peatonal e intentando ocultar sus ganas de reírse de mí detrás de la bufanda, que lleva de muy mala manera, he de decir. Prácticamente no se le ve la cara, culpa también del gorro de lana que luce; sin embargo, mi padre es de esas personas que puede transmitir solo con la mirada.

—Padre —saludo de forma solemne dada la situación, y comienzo a levantarme, sacudiendo en el proceso los restos de la maldita nieve que, por supuesto, ya ha calado la tela de mi abrigo.

—Hija —contesta al abrazarme sin esperar a que termine de quitármela—, en cuanto he oído la retahíla de insultos, sabía que eras tú. Tu madre estaba preocupada.

—Pues no sé por qué. Os escribí por el grupo cuando tuve que coger el otro tren.

—Deja de refunfuñar y sonríe. Estás en casa —dice sujetando mi cara con sus enormes manos enguantadas.

Intento no entrar en cólera mientras mi padre me ayuda con las maletas. Recorremos el camino de piedra que, en esta ocasión, sí está despejado. No tengo que preguntar para saber que ha sido él quien se ha encargado de eso. A pesar de tener el camino principal así, mi padre me dirige hacia la puerta trasera, bordeando la casa a través del camino izquierdo. Tampoco hace falta que me explique por qué. Mi madre nos asesinaría a ambos si pisáramos el suelo de madera con los restos de nieve.

Mientras recorremos el jardín, localizo pequeñas huellas de gato y sé que cierto sujeto no anda lejos. Tengo ganas de verlo, no lo negaré.

Al seguir los pasos de mi padre, es inevitable que los recuerdos me asalten y provoquen que una sensación peculiar se asiente en mi estómago. Sí, ese que lleva demandando comida un trillón de años.

Es que hasta el frío es diferente al de Madrid capital. Creo que los habitantes de este pueblo somos los únicos que entendemos a la perfección a Lorelai Gilmore cuando dice que huele a nieve.

Mantengo mis recuerdos al margen cuando llegamos a la puerta que da a la cocina. Mi padre la abre con tanta facilidad que es insultante para mí. Él lleva la maleta más pesada junto a un tronco para la chimenea y lo hace con tanta gracia que parece que lleve una simple ramita. Yo... dejémoslo en que resoplo cuando entro en la cocina y dejo la otra en el suelo.

—¡Elsa! —oigo y, antes de poder registrar nada, alguien se tira a por mí y me rodea con sus brazos.

—Lydia, no puedo respirar —me quejo mientras mi hermana pequeña me asfixia con su sorprendente fuerza.

—El día que dejes de ser tan melodramática será el fin del

mundo. —Miro por encima de su hombro con la poca movilidad que me permite aquel ser asesino que continúa abrazándome, y veo a Nina apoyada en la jamba de la puerta de la cocina por donde ha desaparecido mi padre con el tronco de madera.

—Nina, vas a implosionar —contesto, haciendo que Lydia me suelte al reírse y que mi hermana mayor me fulmine con la mirada mientras se lleva inconscientemente las manos a su superabultada tripa de embarazada—. ¿Seguro que estás de siete meses? ¿No pares mañana?

—Me sorprende que hayas llegado a casa sana y salva, y que no te hayan tirado desde alguno de los vagones en mitad del monte —contraataca Nina, andando torpemente para sentarse en una de las sillas que acompañan la diminuta mesa donde solíamos desayunar.

Hace tiempo de eso, sí.

—¿Y que la humanidad se perdiera a mi persona? No hubiera sido muy inteligente por su parte —contesto, guiñándole un ojo mientras comienzo a quitarme el abrigo, la bufanda y demás ornamentos contra el frío polar que hace en este pueblo del averno de la sierra de Madrid.

—¡Oh, me encanta la bufanda! —admira Lydia al sentarse en otra silla y observar con ojos golosos mi preciada prenda de lana gorda y color mostaza.

—Ni se te ocurra —aviso—, no he traído más.

Mis dos hermanas miran con ojos golosos las dos maletas gigantes a mis pies y sonrío ampliamente.

—No es no, Lydia.

—Ya veremos —contesta con un brillo en los ojos, que sé perfectamente lo que quiere decir.

—Bueno —comienza Nina, quien tiene las mejillas supersonrojadas, algo que contrasta de manera adorable con la piel pálida que las tres compartimos—, ¿qué tal el tren, el vuelo?

—Un asco. Hasta los topes —explico mientras dejo todas las prendas de abrigo sobre la maleta más grande y sonrío al recorrer con mis ojos la estancia, dejando a un lado los recuerdos del incómodo viaje.

—Sigue igual que siempre, ¿no? —digo, y mis hermanas estudian los muebles de madera pintados en azul plomo con la encimera de madera.

—Lo sabrías si vinieras más a menudo. ¿Cuánto hace que no pisabas la casa? —suelta Nina, mientras la observo arqueando la ceja izquierda todo lo que puedo, lo que es muchísimo, he de decir. Soy experta en miradas condescendientes y de desdén. Sí, puro amor.

—Hace ya algún tiempo —acabo por contestar cuando me cruzo con la mirada de súplica de Lydia.

—Si por tiempo te refieres a años... Sí, hace algún tiempo. —Nina sonríe complacida por su diálogo y yo me encojo de hombros.

—¿Y qué más da? No es que no nos hayamos visto, solo que llegar hasta aquí me va fatal. —Me siento al lado de Lydia, quien juguetea con su corta melena.

De las tres, es la única que lleva el pelo corto, y a la endemoniada le queda genial. Yo, cuando me da alguna neura y decido atacar con las tijeras mi melena negra, parezco el príncipe de Beckelar, os lo juro, pero mi hermana pequeña es de esas personas que, aunque se ponga un saco de patatas, consigue darle su toque haciendo que se transforme en un vestido espectacular. Estilosa, así es la maldita.

—Claro, claro —comienza Nina.

—He estado muy liada, ya sabéis. Si no lo recuerdas, acabo de volver de Londres —sentencio, haciendo que mi hermana mayor bufe.

—Sí, recuerdo muy bien que te fuiste cuando llevaba cuatro

meses de embarazo. ¿No te cansas de ese trabajo que te tiene explotada? Un día aquí, otro allá...

—¿Ves como no miento? —pregunto a Lydia, que ya está con su sonrisilla de Campanilla—. Explotada, eso es lo que me tienen.

—¿Y qué va a pasar ahora? ¿Te dejan una temporada aquí, o después de las vacaciones vuelves a Londres? —pregunta interesada Lydia.

—Por ahora me quedo en Madrid, por lo menos hasta que a mi fabulosa jefa se le ocurra que es buena idea pasearme.

Es imposible ignorar mi ironía.

—¿Cuándo lo vas a dejar? —Nina se acaricia la tripa de manera encantadora, pero ya se ha metido en el papel de hermana mayor y no me gusta ni un pelo, he de admitirlo. Me tenso porque sé lo que viene—. ¿Estás buscando más cosas?

—Mira, Nina, ¿de verdad tengo que recordarte que, aunque compartamos ADN, no soy tonta?

Mi hermana mayor pone los ojos en blanco.

—Eres muy válida para estar en esa empresa...

—Eres mi hermana mayor y me ves con ojos distintos —la interrumpo—, ojalá hubiera tenido la misma suerte que vosotras.

Mi hermana Nina lleva trabajando de arquitecta desde que finalizó la carrera en la universidad. Primero en un estudio ajeno, para poco después montar el suyo propio, donde Lydia se incorporó hace ya dos años, cuando terminó su carrera y el máster. Ahora trabajan juntas y, con el futuro nuevo miembro de la familia en camino, Lydia será prácticamente la responsable del estudio, algo de lo que está más que encantada.

—En fin —continúo yo—, caí allí. De todas formas...

—Sigue buscando cosas, por favor —insiste Nina, aun sabiendo que no pienso terminar la frase.

Asiento. Sé que no lo hace con maldad, está preocupada. Ella me ha visto llorar por el hecho de estar en la empresa en la que trabajo. Por esa sensación de que, a pesar de todo lo que has estudiado, estás en un lugar que no es para ti...

Aun así, Nina también conoce la situación laboral actual. No es fácil encontrar el trabajo de tus sueños y poder vivir de ello. Me encantaría escribir reportajes brutales y no tener que dejar mi creatividad periodística a un lado para corregir los artículos de la petarda de mi jefa y publicarlos en el blog.

Podría seguir hurgando en mis heridas laborales, pero, por si no lo recordáis, tengo dos hermanas y, como una se ha encargado de sacar la mierda laboral, la otra se encarga del otro tema. El tabú. Ese que escuece de verdad.

—Bueno, ¿y cuándo vas a decirles a papá y mamá que ya no estás con Marcos?

Marcos. Solo con oír su nombre me tenso como el palo de una escoba. Echo una mirada envenenada a mi hermana pequeña y sé que ha sido efectiva, porque se encoge levemente.

—Lydia, cariño, ¿recuerdas eso que hablamos por el chat? ¿Eso de no-sacar-el-maldito-tema?

Controlo el tono de voz que da gusto, pero, ¡por Dios!, no quiero que se enteren de que hace seis meses que he dejado al que había sido mi novio desde hacía... ¿diez años?

Sí, señoría. Mi vida da asco. Los treinta han llegado pisando fuerte.

Cojo aire para contestar a mi *adorada* hermana pequeña, cuando alguien hace acto de presencia.

—Así que los rumores del salón son ciertos. La fierecilla domada ha vuelto a casa por Navidad.

Y así es como hace acto de presencia mi hermano Loren, el mayor de todos, seguido por Oliver, su marido.

Enseguida siento cómo los grandes brazos de mi hermano

me rodean y comienza con una horda de besos que sabe que odio.

—¡Ay! ¡Quita, quita! —gruño mientras intento apartar a los casi dos metros de hermano que tengo encima.

Exagero un poco, no mide dos metros, ni mucho menos. Sin embargo, practicar deporte hace que parezca mucho más grande de lo normal. Ventajas de ser un entrenador personal.

Loren me pellizca la nariz con su sonrisa llena de hoyuelos y deja paso a Oliver.

—Se te echaba de menos por estos lares. Ya pensábamos que no venías... —oigo decir al petardo de Loren, mientras Oliver me da dos besos cariñosos.

Son dos extremos, mi hermano es pura energía, y mi cuñado, pura calma. Por eso se llevan tan bien. No he visto a nadie que sepa manejar mejor el absurdo temperamento de nuestra familia que Oliver y Fran, el marido de mi hermana. Sí, mis hermanos saben escoger a sus parejas.

—¿Cómo es que has perdido el primer tren? —me pregunta Oliver, apoyándose en la encimera con sus pantalones de pinza caquis y su camisa remangada e impoluta, mientras Loren bebe a morro de la botella de agua que acaba de sacar de la nevera bajo la asesina mirada de Nina. Al parecer, esto último también viene de familia.

—No contaba con que todo Madrid decidiera salir a la misma hora y, bueno... —No dispuesta a admitir delante de todos que, quizá, debería haber madrugado algo más, decido atajar la conversación—: En fin, que ha sido un asco de mañana. No sé cómo no he matado a nadie.

Mi cuñado suelta una carcajada y lo imito. Me gusta ser una «dramas» a veces.

—Oye, ¿y dónde está el padre de la futura criatura? —pregunto, dirigiendo mi mirada a Nina.

—¿Qué padre? —Ella juguetea con las cejas.

—Viene para Navidad —contesta Lydia, riéndose mientras pide a mi hermano un vaso de agua para ella.

—El trabajo, ¿no? —Nina asiente mientras Loren convence a Oliver para preparar un aperitivo.

Por lo menos, a mi otro cuñado le pagan más que bien por ese trabajo estresante que tiene. No me preguntéis cuál es, pues hoy en día sigo sin saber bien a qué se dedica. Algo de bolsa, acciones... Puf, ni idea.

—¿Y Marcos? ¿Se pasará alguno de estos días?

Cuando Loren suelta la pregunta bomba, Lydia se atraganta; juro que tengo la capacidad de seguirle el rollo a uno y avisar a la otra con mi mirada en una milésima de segundo sin parecer sospechosa.

—No, está con su familia.

«No he mentido, no lo he hecho.» Eso es lo que le digo a mi hermana mayor telepáticamente, que oculta su mirada de sorpresa tras el vaso con refresco que le pasa Oliver.

—Vaya —dice mi hermano porque le cae bien Marcos. ¿O debería conjugar el verbo en pasado? Marcos ya no va a estar más en su vida.

—Sí, vaya. —Nina, que antes muerta que callada, tiene que aportar su granito de arena en la conversación, por supuesto.

—Bueno, voy a ayudar a papá con el fuego de la chimenea —salta Lydia, y sale de la cocina.

—Avísale para tomar el aperitivo —pide Loren, que comienza a teclear en su móvil—. Mamá ha ido al supermercado.

—¡Menos mal! —digo mientras picoteo. Tengo un hambre voraz.

—Yo, si fuera tú, iría recogiendo las maletas —me advierte Oliver señalando mi equipaje.

Mi cuñado lleva ya demasiado tiempo en mi familia como para saber cómo es mi madre respecto al orden, y mis maletas están en todo el medio, así que asiento y apuro mi bebida.

—Recuerdas dónde está tu habitación, ¿verdad? —pregunta la *graciosilla* de Nina.

La ignoro adrede mientras mi hermano se apiada de mí cogiendo la maleta más pesada.

—Anda, vamos —dice Loren al salir de la cocina.

Pasamos al vestíbulo, donde el olor a naranjas y vainilla, característico de mi casa, me rodea. Es maravilloso y, como si de magia se tratara, noto que todo el estrés y las preocupaciones se quedan en un segundo plano.

También percibo el olor a leña y las voces apagadas de mi padre y mi hermana que están en el salón encendiendo la chimenea. Por un momento, me traslado a mi niñez, a ese ambiente festivo y, sí, mágico. Qué lejos ha quedado todo eso.

Comenzamos a subir las escaleras; como siempre, crujen bajo nuestros pies, como en aquellas noches en las que intentábamos subir a altas horas de la madrugada de la forma más sigilosa posible para que nuestros padres no nos pillaran. Voy mirando los marcos con las fotos de todos nosotros, desde que éramos unos críos hasta ahora.

—¿Estás nostálgica, hermanita? —pregunta Loren, sacándome de mi momento.

—¿Tanto se me nota? —contesto, terminando de subir las escaleras; nos dirigimos a la segunda puerta a la derecha.

—Su habitación, señorita —mi hermano actúa como si fuera un botones.

Eso sí, entrar en el que fue mi cuarto hace que me ponga aún más ñoña, así que no le sigo el juego. Me dejo caer sobre mi cama, y el edredón blanco parece envolverme. Miro al techo y veo el ventilador de madera que tantos veranos me dio la vida, y las numerosas plantas que hay en la balda de madera blanca junto a la cama. Están espléndidas.

—Mamá es una crack —digo—. Yo soy incapaz de mantenerlas vivas más de un mes.

Loren se ríe y me empuja para que le deje sitio en la cama. Entramos a duras penas porque no es una cama de matrimonio, pues la habitación es pequeña. Hubiera sido imposible. De hecho, está pegada a una de las paredes.

—¿Qué pasa? —pregunta Loren.

Giro la cabeza para mirarlo, extrañada. Él imita el gesto, haciendo que nuestros ojos castaños oscuros conecten, esos que todos los hermanos compartimos.

—¿Qué pasa de qué?

—No te hagas la tonta, estoy viejo para estas cosas.

Me río con ganas.

—Loren, por Dios, que tienes cuarenta años...

Mi hermano se abalanza a por mí en un ataque de cosquillas terrible hasta que lo retiro.

—Vale, vale. Treinta y ocho. Todo juventud y belleza —cedo, diciendo su edad real.

—Deja de echarme más años, capulla. Y también céntrate y contesta. Me hace gracia, siempre vais las tres como si supierais disimular, pero lo hacéis fatal.

Me incorporo un poco sobre mis codos.

—¿Qué insinúas? —Pongo mi mejor cara de póquer y Loren suspira con los ojos en blanco, tomando impulso para levantarse de la cama.

—Está bien, también me haré el tonto. Pero sabes que terminaré descubriéndolo.

Enarco una ceja. Mi querido hermano será muchas cosas; sin embargo, algo que no juega a su favor es la perspicacia que nos caracteriza a Nina y a mí, por no decir a...

—Y espero que te comportes con Aitor. Ha ido al súper con mamá.

Sí. Otro al que se le da muy bien nuestro rollo es a mi otro hermano, Aitor.

Pestañeo cuando vuelvo a oír su nombre y me regaño mentalmente por estar sorprendida. Nina me avisó esa misma mañana de que él también había llegado, pero parece ser que mi mente había decidido desechar ese dato. Estupendo, ya no solo tendré que enfrentarme a la vuelta a casa sino también a mi hermano. Digamos que... no estamos en nuestro mejor momento. Llevo enfadada un tiempo con él.

Justo en ese momento se oye el inconfundible sonido de un motor y cómo se abren las puertas de un coche.

—Vaya, parece que ya han llegado.

Loren, antes de lanzarme una mirada de advertencia, sale de mi cuarto y me deja sola.

Corro a por mi móvil. Tengo que avisar a Diana, una de mis mejores amigas. Mi querido hermano ha vuelto a casa, también por Navidad.

Dramas, ¡venid a mí!

Jueves, 20 de diciembre

Un poco más tarde

Como sé que, dadas las circunstancias, lo último que hará mi madre es entrar en mi dormitorio para saber si he deshecho las maletas, salgo de la habitación sin molestarme en sacar las cosas.

Cuando me dirijo a las escaleras, oigo un maullido detrás de mí. Al girarme descubro a Milo, nuestro gato centenario. Bueno, a ver, centenario no es, pero tiene diez años ya, que eso en edad de gato tienen que ser milenios, ¿no?

Me agacho para saludarle y le doy la dosis de mimos que solicita.

—¿Cómo estás? Yo también te he echado de menos. No sabes cuánto.

Se lo digo mientras acaricio su pelaje negro. Es completamente oscuro salvo por la barbilla, que ya la tenía blanca desde que era una miniatura. Ahora, por la edad, también tiene alguna canilla por ahí suelta. No muchas, no os creáis. Al contrario que mi persona, y es algo que, a decir verdad, me parece superinjusto. Yo, toda juventud, llena de canas a nivel de ser esclava del tinte porque las odio, y mi gato con cuatro mal contadas...

Este mundo se va a la mierda, ya os lo digo.

Vuelvo a incorporarme y le hago un gesto para que me siga, pero, por supuesto, suda de mi cara y se va hacia otra dirección, por lo que me toca enfrentarme sola a bajar las escaleras. «Vaya una dramática», diréis. Esperad a que os ponga en situación...

O no, porque nada más empezar a bajarlas, mi madre empieza a subirlas y me localiza.

—¡Elsa, por fin! Iba a buscarte —me dice, esperando a que termine de descender para darme un abrazo.

Huelo su perfume, el que lleva años usando y que siempre me traslada a estos momentos, a sus abrazos reparadores. Cuando nos separamos, empieza a examinarme de manera descarada.

—¿Estás más delgada? —me pregunta, sujetándome los brazos para impedir que me aleje.

A pesar de su diminuta estatura, mi madre tiene una fuerza increíble, así que me dejo observar sin oponer resistencia.

Claro que he adelgazado. Hace unos seis meses dejé a mi novio y, con el trabajo como escudo para no pensar en nada, no como lo bien que debería. Aunque mi madre pone la guinda.

—Deja de comer porquerías porque, ahora que te miro bien, has echado culo, cariño.

—Mamá, yo también te quiero.

No lo hace con maldad, pero, madre mía, y nunca mejor dicho.

—¿Va todo bien? —me pregunta de pronto, entrecerrando los ojos rasgados que ninguno de mis hermanos hemos heredado, como tampoco su melena rizada.

—¡Claro! ¿Por? Lo único es el trabajo, ya sabes...

Mi madre me sigue estudiando y me pongo nerviosa. Algo que tiene de innato es acabar descubriendo las cosas. Vamos, un superpoder que creo que acompaña a la mayoría de las madres. Por ejemplo, cuando éramos pequeños y alguno cometía alguna fechoría, sabía, sin necesidad de interrogar, quién había sido. Por no mencionaros los millones de secretos que había descubierto.

Coño, si estoy convencida de que supo qué noche perdí la virginidad sin decir yo ni mu.

—Bueno, vamos a la cocina que están todos con el aperitivo.

Asiento encantada porque todavía sigo muriéndome de hambre, pero claro, el temido encontronazo sucede. Mi hermano Aitor hace acto de presencia sin disimular su sobresalto cuando me ve.

—Hermanita...

Mi madre, que sé que sabe que nos pasa algo desde hace unos meses, nos mira con cara de sabedora antes de dejarnos a solas.

—Aitor —contesto cuando nos quedamos solos.

—No pensé que fueras a venir —dice el muy sinvergüenza.

Miro a mi hermano mayor, tercero en la línea de sucesión de la familia, y suspiro.

—Lo puse en el grupo de familia.

—No tengo tiempo de leer todos los mensajes que ponéis ahí. Cada día son más de doscientos.

—Pues si lo hubieras leído, no tendrías este problema —sonrío bien falsa—, pero, qué te voy a decir, siempre decides sacar conclusiones sin informarte primero.

Pulla lanzada, y Aitor la acepta sonriendo con ese gesto de chulería que, al parecer, le funciona tan bien con las mujeres. Chulo de mierda.

—Déjame pasar, que tengo hambre.

Mi hermano se hace a un lado; sin embargo, antes de que entre en la cocina, me suelta su particular corte de mangas en forma de frase:

—Elsa, te conozco lo suficientemente bien como para saber tus intenciones.

Lo miro por encima del hombro, pero decido callarme y no darle el gusto.

Tras la comida, vuelvo a mi cuarto para echarme una siesta para, quizá, volver a ser persona. Estar en esta casa sin tener las pilas cargadas es una locura, así que me despido de todos con un gruñido y regreso a mi cueva.

Encuentro el móvil sobre el edredón, y al cogerlo veo que el grupo de las chicas está echando humo. Me meto y hago *scroll* para poder leerlo todo desde mi mensaje.

Yo

Eh... Me acabo de enterar de que el capullo de Aitor está aquí.

¡¡¡En casa!!!

Nagore

¡¡¡Mientes!!! OMG, en cuanto se entere Diana...

Diana

¡¿Qué?! ¿Cómo?

Nagore

Diana

No, es broma, ¿verdad? Elsa, deja tu humor rarito.

Nagore

Jajaja, ¿ya estás en el tren?

Diana

Esto no está pasando. En serio. No.

Gala

Eso es que ya está en él

Diana

De verdad que no me apetece una mierda aguantarlo.

Nagore

Jajajajaja.

Gala

Como siempre, preocupada por lo esencial...

Diana

Vamos a ver, bonita, ¡es insoportable!

Nagore

Gala

Deja de decir tonterías, que se te huele desde aquí.

Diana

A ver, ¿que es guapísimo de la muerte? Pues sí. No lo podemos negar, ninguna, ni siquiera Elsa. Pero eso no quita que sea un gilipollas de primera. ¿¿¿De verdad que está allí???

Gala

Me juego lo que queráis a que está pensando en los conjuntos de ropa interior que se ha comprado...

Nagore

Diana

Sois idiotas. ¿Recordáis que tengo una cosa llamada novio? AL QUE, POR CIERTO, ¡ADORÁIS! Elsa, ¿puedes hacer acto de presencia y explicar?

Me hace gracia lo que leo, porque llevo años sabiendo del cuelgue de Diana por mi hermano Aitor. Bueno, mejor dicho, llevamos, porque las cuatro somos del mismo pueblo, amigas de toda la vida.

Nos fuimos todas a la gran ciudad en cuanto tuvimos la oportunidad. Para ninguna fue fácil, y después de la universidad comenzaron nuestras andaduras. Ojalá pudiera decir que fue un camino de rosas, pero esta no es una película romántica más de Netflix. Es la vida real, así que recibimos muchos palos. ¡Y los que nos quedan! A pesar de eso, no todo ha sido malo. Gracias a las experiencias que hemos tenido, nos hemos ido haciendo más piña, incluso a pesar de la distancia. Durante los dos primeros años de universidad decidí irme a Londres porque tenía una beca; y hasta el día de hoy, debido a mi trabajo, me mandan continuamente a la sucursal de esa ciudad durante cortos períodos de tiempo. Un asco, sí.

En definitiva, a pesar de que cada una ha ido un poco a lo suyo, somos inseparables.

Vuelvo a sonreír mientras sigo leyendo el chat repleto de pullitas a Diana, que entra al trapo sin frenos. Por lo menos ella está por fin en el buen camino, o eso parece: novio estable desde hace cinco años, al que todas adoramos, un trabajo con el que se encuentra motivada y, aunque sigue viviendo aquí en San Lorenzo junto a su chico, piensan en buscar un piso para irse más al centro debido a sus respectivos trabajos. En resumen, todo parece ir sobre ruedas.

Decido escribir:

Yo
Hola, panda de cotorras. No he hecho bomba de humo, solo que tenía que irme a comer. Y sí, hacer frente al capullo de mi hermano.

Nagore
¿Ha ido mal?

Yo
Puuues... algún dardo envenenado nos hemos echado.

Nagore
¿¿¿Por qué no hablas con él de una vez??? Es tu hermano.

Gala
Estoy de acuerdo.

Diana
Pues yo, que fui testigo de cómo sucedió, digo que meta las narices donde le quepan. Se portó muy mal.

Yo
Gracias. De todas formas, lo pensaré.

Nagore
No lo vas a hacer. Eres demasiado cabezota.

Yo
En fin, me voy a echar la siesta. Luego hablamos. Diana, ¿estás ya en casa?

Diana
Me quedan 20 min. ¡Último día del trabajo superado!

Suelto el móvil cuando Gala y Nagore empiezan a refunfuñar porque ellas no tienen vacaciones como nosotras, y me tapo con la manta, dispuesta a darlo todo en esta siesta. La necesito. En cambio, parece que hay otros planes. La puerta de la habitación se abre sin previo aviso y en el umbral aparece Lydia.

La fulmino con la mirada como si fuera Michael Myers, pero mi hermana pequeña parece no captar el mensaje y, sin titubear, cierra la puerta y se sienta en la cama haciendo que ambas rebotemos por el viejo colchón.

—Eh, ¿hola? —digo mientras pestañeo confundida. ¿Estoy

perdiendo facultades? Normalmente la gente salía despavorida ante esa mirada. Años de entrenamiento «odiaril».

—Deja de poner esa cara de gremlin mojado y escúchame. Tengo algo que contarte —suelta Lydia, dejándome patidifusa.

—¿Perdón?

—Solo lo sabe Nina, pero quería decírtelo a ti también para contar con tu apoyo —sigue mi hermana mientras juguetea con sus largas uñas siguiendo el dibujo de mi colcha.

—¿«Cara de gremlin mojado»? —repito, todavía sin llegar a procesarlo.

—¡Ay! ¡Olvídalo, Elsa, que es importante!

—¿Pero tú sabes lo que le pasa a un gremlin cuando se moja? —Lydia empieza a perder la paciencia.

—Coque va a venir a casa. Lo voy a presentar. —Mi hermana suelta la bomba y yo me quedo loca.

—¿Cómo? ¿Presentación oficial ya? ¿Tú estás segura?

Mi hermana se encoge de hombros y se deja caer sobre la cama tumbándose del todo en ella. Bien, parece que alguien tiene ganas de hablar. Tendré que dormir la siesta más tarde.

—A ver, llevamos casi un año juntos y es el definitivo. Lo sé.

Ahora sí que me descojono, pero no en su cara, obvio. Yo también pensaba que Marcos iba a ser el definitivo. También es cierto que yo tenía veinte años cuando empecé con él, y no veintiocho como Lydia ahora.

Miro a mi hermana pequeña, que está hablándome de no sé qué rollos de lo especial que es; hago como que la escucho, pero en realidad estoy dándome cuenta de que se ha convertido ya en toda una mujer, por lo que yo, dos años mayor que ella, también. Dios, cómo pasa el tiempo. Yo me seguía sintiendo como aquella adolescente que hacía unos añitos se encontraba en la misma habitación y cama con su hermana, hablando de la vida sin tener ni idea de qué iba. Llenas de expectativas e ilusiones y, ante todo, proyectos que no se habían cumplido. Vamos, como ahora, pero con más capullos en la lista.

Lydia me mira con sus ojos oscuros y una sonrisa bobalicona que le queda ideal, así que termino devolviéndosela. Ojalá pudiera tener esa cara al hablar de alguien.

—Así que vamos a conocer a Coque...

—Vais a conocer a Coque —repite ella estallando en risas nerviosas.

—Tengo ganas de hacerlo.

Mi móvil comienza a sonar y ambas lo miramos.

—Es Diana —explico a mi hermana antes de contestar—. Espero que te estés muriendo, porque he dicho que iba a dormir la siesta —le digo a mi amiga.

—Venga, saca el culo de la cama y vamos a tomar algo. Estamos de vacaciones y necesitas desahogarte.

Miro a Lydia, sé que ha oído a mi amiga.

—Vamos, Elsa, vaaaaamos —Diana arrastra la palabra y, cuando termino riéndome, todas saben que he cedido sin necesidad de decir nada.

—¿Dónde nos vemos? —pregunto.

—En el Sapo Rojo, que siempre hay ambiente.

Echo un vistazo a lo que llevo puesto. Mallas negras y jersey de punto blanco. Nada especial, pero decente, porque si algo es cierto es que el bar está siempre lleno de gente. Aunque dadas las fechas y las horas, dudo que haya nadie interesante.

—Venga, en diez minutos nos vemos ahí.

—¿Qué? —casi grito levantándome como si me hubiera dado un parraque—. Pero, no sé, Diana, ¿no quieres estar con Bruno un ratito?

Mi amiga se alborota al otro lado de la línea.

—Hasta esta noche no llega de trabajar, así que vamos, salgo ya para allá. Deja de maldecir y trae tu culo hasta aquí.

Diana cuelga y miro a Lydia, que se desentiende.

—En realidad no tardas nada en llegar allí.

—¿Quieres venirte? —pregunto mientras busco mis botas de nieve para ponérmelas.

Mi hermana niega con la cabeza.

—Bastantes emociones tengo ya como para unirme a una tarde loca con vosotras.

La miro mientras me estoy abrochando el calzado.

—¿Qué tarde loca ni qué mierdas? Que vamos a tomar un café y ya.

—Siempre que estáis aquí pasa algo, y yo ya tengo suficiente con la presentación de Coque.

—Lo que tú digas.

Mi hermana me guiña el ojo antes de salir de mi habitación y yo no tardo en seguir sus pasos. Tras avisar de que voy a ver a Diana, cojo el abrigo, me pongo el gorro, la bufanda de las narices, que es larguísima y me hace cabrear porque con los guantes es imposible colocarla bien, y salgo a la calle; el frío hace que me plantee si quiero tanto a Diana como para cruzar el maldito pueblo.

¿Que podría coger alguno de los coches de mis padres? Pues sí, pero la nieve y yo no nos llevamos nada bien, y ya tuve suficiente el invierno en que decidí coger el de mi padre y terminé comiéndome el árbol de la entrada principal. Fue un golpe tonto y absurdo, no en plan siniestro total, pero valió para que todos se mofaran de mí, especialmente Loren, quien parece que no olvida el humillante incidente.

Sigo caminando, maldiciendo la nieve y el frío, sin cruzarme con casi nadie. El pueblo no es pequeño, al contrario, pero el casco antiguo, lo más conocido de San Lorenzo, está cerca de la zona residencial donde viven mis padres, y allí es adonde me dirijo.

Si estuviera en Madrid, cogería el metro y llegaría en menos de cinco minutos, pero claro, no es el caso, y si hay algo que caracteriza este pueblo son sus cuestas. Eso y el empedrado de su calzada en la zona céntrica, el cual siempre he odiado.

Aviso a Diana para que dé por hecho que voy a llegar tarde. Tomo un desvío más interesante por la calle de Manuel Eguiluz y bajo las escalinatas hasta llegar a la avenida de Juan de Borbón y Battenberg o, lo que es lo mismo, al monasterio. No puedo quedarme indiferente ante las vistas que me acompañan, con sus torreones y su fachada que, por un momento, me hacen sentir diminuta. El sol está comenzando a ocultarse y eso hace que el reencuentro sea aún más mágico.

Sí, no negaré que, a pesar de mis sentimientos encontrados, este sitio me vio crecer. Vamos, mi primer beso fue por aquí porque era y sigue siendo, como me están confirmando los diferentes grupos de adolescentes sentados sobre el bajo muro de piedra que rodea el recinto, un punto de encuentro para pasar un buen rato. Ya me entendéis.

Continúo mi camino mientras pienso en que sí, el pueblo es bonito, pero, aun así, es el típico lugar donde, o te abres un local —cosa que no está en mi lista vocacional—, o te buscas la vida fuera como hemos hecho todas. Bueno, alguna mejor que otra, y sí, yo estoy lejos de ser a quien mejor le ha salido, aunque tampoco he sido la que peor se lo ha montado. Pero, sinceramente, este no es un tema que me apetezca hablar ahora, así que os aguantáis.

No me miréis así. Nunca entenderé esa necesidad controladora de saberlo todo. Os estoy contando mi historia, coño. Dejaos llevar.

Bueno, a lo que iba, que me lío. Ralentizo de nuevo el paso sin darme cuenta, pero a quién voy a engañar, el pueblo con la decoración navideña está precioso. En estas fechas preparan un

Belén a tamaño real por todo el pueblo y, aunque algunas figuras den un poco de repelús, como aquel pastorcillo que a Nagore le daba tal yuyu que se negaba a ir por esa calle a pesar de nuestro cachondeo, es impresionante. Además, los árboles que se encuentran en las aceras llevan, como las farolas de hierro negro, guirnaldas de luces y algunos lazos rojos que, de normal, serían excesivos. Sin embargo, se lo perdonamos por las fechas en que estamos.

Cruzo la plaza de la Constitución, donde siempre hay niños jugando al fútbol, pero ahora, con este tinglado, lo único que sorteo son figuras como la Virgen —que me pille confesada—, ovejas e incluso un molino a tamaño real, antes de poder llegar a la calle Victoria, siempre repleta de bares y gente. Finalmente alcanzo la calle del Rey, donde nos veo a nosotras años atrás, volviendo del instituto: animadas por cualquier cosa absurda que nos tuviera locas en aquella época, deteniéndonos en alguna de las pastelerías para comprar algún dulce (que era lo único que nos llevábamos a la boca por aquel entonces), y a continuar.

Desde que me fui a Londres gracias a una beca en mis tiernos dieciocho, no había vuelto a pisar el pueblo de la forma en la que lo estoy haciendo. Ni siquiera cuando volví a España dos años después para seguir con la universidad. Puede parecer raro, pero es que cuando visitaba a mi familia iba siempre directa a la casa de mis padres, o ellos venían a Madrid. Así que sí, hace mucho tiempo que no me pierdo por aquí, y, efectivamente, me doy cuenta de que, como siempre había temido, está plagado de recuerdos...

Finalmente giro para entrar en la calle Ventura Rodríguez y allí lo veo: el Sapo Rojo. Y no lo digo por el letrero de madera con su nombre, sino por la figura literal del sapo uniformado sujetando una bandeja en la entrada del bar. ¡Hasta este bicho es más legendario que yo!

Cuando entro, como bien me prometió Diana, veo que hay la gente suficiente como para que me cueste localizarla. A estas horas, el local de dos plantas solo tiene la principal abierta, donde nada más entrar ves la barra en un lateral de la derecha con varios taburetes de cuero frente a ella.

El suelo de cerámica oscura, junto a las paredes con el zócalo revestido de madera, le da ese aspecto de pub irlandés que le encanta a la gente. Por supuesto, también ayuda la iluminación anaranjada de las lámparas, junto con las postales metálicas *vintage* y las variopintas banderas que hay repartidas.

Al entrar saludo con un gesto al camarero, que está detrás de la barra secando algunas jarras, y me dirijo a una de las mesitas más alejadas, donde está mi amiga absorta en su móvil con un botellín delante de ella.

—¿Ya bebiendo? —le susurro al oído, sobresaltándola—. ¿Qué ha pasado con la hora del café?

Diana se lleva la mano al pecho, y sonrío sentándome enfrente de ella mientras suena de fondo *Painted Memory* de Purr. Me mira con sus ojos grandes, entre tonos marrones y verdes, enmarcados gracias a sus infinitas pestañas que parecen postizas.

—No te he pedido nada porque no sabía si tenías cuerpo. —Diana saca sus incisivos de manera burlona y sacudo la cabeza—. ¿Puedes venir más abrigada? Madre de Dios, tampoco hace tanto frío. Y pensar que has estado estos últimos meses en Londres...

—Ja. Voy a ignorar lo que acabas de decir porque sé que has venido en coche.

—¿Cómo, si no?

—Deberías pensar en el planeta, bonita mía.

Diana suda de mis recomendaciones y se sacude su pelo castaño que ya le llega por el pecho. A esta cabrona le crece el pelo centímetros durante la noche, doy fe de ello.

—En fin, ¿qué tal el encontronazo con Aitor? —me pregunta antes de dar un trago largo a la cerveza.

Miro a la barra y cuando hago contacto visual con el camarero le indico que quiero lo mismo.

—Tampoco ha sido tan fuerte como piensas —confieso, y dejo mi móvil sobre la mesa.

No tengo ninguna notificación, qué novedad, chica.

Diana se recuesta sobre su silla y tamborilea los dedos sobre la mesa, que es redonda y de madera, idéntica al resto de las que nos rodean.

—Te conozco y sé que te has tirado a su cuello.

Niego con la cabeza.

—Créeme que no. Os lo hubiera dicho. Tan solo nos hemos dejado caer cosas. ¡Me parece superfuerte que se crea que tiene razón!

—Ya.

Diana vuelve a beber, esta vez un trago sospechoso. Entrecierro los ojos intentando descifrarla. No, nada, este don pertenece solo a mi madre.

—Oye, ¿qué pasa? ¿De repente estás de acuerdo con él?

—¿Yo? ¿Con Aitor? Sabes que no. Aunque también sabes lo que dicen... donde hubo, retuvo.

—Diana, así no es el dicho. Es quien tuvo, retuvo. Y no sé qué quieres decirme con eso, porque no es aplicable en este caso.

Justo aparece el camarero, quien nos deja sobre la mesa mi botellín y unas golosinas, los típicos ositos de colores. Cuando se va, fulmino con la mirada a mi amiga y casi me escupe uno en la cara.

—A ver, mujer. Que vale, lo que tú digas. Pero es entendible que pensara eso cuando preguntaste por él.

—Vamos a ver, solo pregunté por él. Nada más. Son amigos

desde siempre y... ¿Sabes que te odio cuando me pones esa cara?

Diana busca mi mano para apretarla con cariño.

—Tía, ¿te oyes? ¿Para qué narices vas a preguntar a tu hermano por uno de sus mejores amigos, que casualmente fue tu primer gran amor y que se quedó destrozado cuando lo dejaste para ir a vivir tu vida londinense? Vamos, Elsa, que ya somos adultos. Reconoce que algo de interés había ahí oculto.

—No sé qué dices —contesto con la boca pequeña.

Cojo el botellín y empiezo a beber desviando la mirada por todo el bar para observar a la gente. Cuando llego a la entrada, me atraganto al ver que mi hermano Aitor entra seguido de una rubia muy mona.

—¿Qué es eso? —escucho preguntar a Diana, que parece estar percatándose de la misma escena que yo.

Mientras mi hermano y la susodicha siguen avanzando, veo a algunos amigos que parecen acompañarlos. A la mayoría los conozco porque, vamos a ver, esto es un pueblo y todos nos conocemos. Bueno, todos no, los que estamos en franjas de edad similar. Ya me entendéis.

—Son amigos —intento tranquilizarla, pero, como si de verdad la misión de mi hermano fuera joder, de repente suelta un pico a esa rubia que le sonríe como si meara champán y del bueno.

Me vuelvo con cara de circunstancia hacia Diana, y ella, bueno, ella es todo un poema. Una mezcla de sorpresa, fastidio y algo que no quiere reconocer nunca. Todo así, agitado, a lo James Bond.

—Bueno, amigos con derechos. —Intento llamar su atención y que deje de mirarlos, pero me ignora—. Tía, quita los ojos de ahí porque en cualquier momento mi hermano va a notar la quemazón.

—Bah, da igual. Siempre ha tenido mal gusto.

—Sí, como tú. —Doy otro trago al botellín—. Porque vamos, no entiendo esa obsesión por ese capullo.

—No es obsesión. Está bueno y ya está.

—Y ya está no, porque, maja, suspirabas de pequeña, de adolescente y, qué coño, sigues haciéndolo.

—Esa boca —me regaña—, pero que conste en acta que eres un poco exagerada.

No te lo crees ni tú.

—¿Te recuerdo lo pesadita que eras? Tengo diarios, cartas y de todo para demostrarlo.

—Vale, de adolescente fuimos un poco intensas —concede, pero, de repente, como si algo la sacudiera, empieza a mover las manos en un extrañísimo aspaviento—. Ay, Dios, ¡que viene! ¡Disimula!

—¿¡Y qué quieres que haga!? ¿Me pongo a hacer malabares con los botellines? —propongo, nerviosa por su comentario—. Aunque no lo creas, no estamos haciendo nada sospechoso.

—Idiota —me suelta, simulando que busca algo dentro de su bolso.

Segundos después, elevo la mirada y me topo con unos ojos idénticos a los míos.

—¡Hombre, Aitor! ¿Estás aquí? —No miro a Diana porque vuelvo a notar que hace espasmos y sé que la liaría.

Disfruto con el sufrimiento «amiguil», siempre desde el cariño, claro. Mi hermano, que me conoce, sabe que se está perdiendo algo por mi forma de saludarlo, pero estoy tranquila. Es hombre, solo se enteraría si le pusiéramos un cartel delante de las narices.

—¿Hola? —dice.

—Hola, hola.

Sí, puede que estemos enfadados, pero ante todo, educación. Nuestro padre estaría orgulloso.

—Veo que vienes bien acompañado... —suelto. Antes de que Aitor pueda contestar, Diana deja de enredar en su bolso, que, más que eso, parece el puto armario de Narnia. Con el gesto capta nuestra atención.

—Hola —saluda a mi hermano como si nada; y, oye, la aplaudo por dentro. Yo no sería capaz de disimular tan bien el cuelgue que tiene por él.

—Hola, Diana. ¿Qué tal? No sabía que pasabas las fiestas aquí.

La tonta de ella se ríe; yo elevo exponencialmente una ceja. A la mierda lo de la buena actuación. Una actúa así solo delante de su *crush* de turno.

«¿De qué te ríes?», le intento trasladar telepáticamente, pero ella sigue a su bola.

—Sí, ya ves —consigue decir. Yo decido intervenir porque, si no, exploto.

—Diana vive aquí y lo sabes de sobra, Aitor.

—Me refiero a que estoy de vacaciones también —añade rápida Diana, echándome LA mirada.

Suelto aire. «Está bien, me callo ya», le prometo.

Aitor me mira de reojo y se ríe, pero así, como de falsete. Está sospechando y no es para menos. Nos conocemos de hace muchos años, somos su particular aquelarre.

—Entiendo. Bueno... solo quería saludar, aunque no me apeteciera especialmente. —Dice esto y me dan ganas de tirarle un osito de gominola al ojo. A ver si así aguantaba el tipo.

—Anda, vete por ahí. ¿O es que quieres presentarme a tu amiguita?

«Te estás luciendo, majo», eso también se lo digo, pero con mi lenguaje no verbal, que se me da de lujo.

—No hay ninguna amiga que presentar. Deja de ser tan cotilla.

Sin añadir nada más, mi hermano se da la vuelta y yo fulmino con la mirada a Diana, que hace lo mismo.

—¿Por qué fraternizas con el enemigo? —Soy yo la primera que pregunta.

—Por favor, ¿y tú? ¿Qué es eso de presentarnos a la amiguita?

—Diana, tía, eso era sarcástico.

—Oh, sí —se queja, cruzándose de brazos y dejándose caer sobre el respaldo de la silla.

—No entiendo cómo es posible que te siga gustando a pesar de todo este tiempo. ¡Si no os aguantáis!

Y es cierto, cuando Diana y Aitor están más de diez minutos en una misma habitación, terminan discutiendo. Mazo.

—Bueno, quería ser educada. Joder, Elsa, no estaba preparada para verlo tan pronto. Hace dos años que no lo veo.

—Que lleves la cuenta me preocupa. —Sacudo la cabeza—. Pobre, tu querido Bruno.

—Estás sacando las cosas de quicio. ¿Que Aitor me ha gustado algo en mi vida? —Diana cambia el rumbo de su mirada y no tengo que volverme para saber que está mirándolo—. Sí, lo acepto. Pero me siento muy feliz con mi chico. Tan solo admiro a un buen espécimen, como haría cualquiera.

—Ya, ya. Pues ten cuidado con la admiración porque un poco más y acabo viendo tus bragas paseando solas por el bar.

Casi me muero cuando lo suelto y Diana, indignada, me golpea el brazo.

—Eres una bestia, a veces —se queja.

—Esto solo lo digo porque estamos en confianza. No, ahora en serio, no entiendo cómo te puede gustar. Es un pedorro, pero literal, tía. Si supieras la cantidad de pedos que se tira...

Mi amiga se calla de golpe y eso me hace sospechar. No ha dejado de mirar cada dos por tres hacia donde se encuentran mi hermano y compañía.

—No me lo creo.

Cuando dice eso, Diana me pone en alerta. Por no decir que, a pesar de lo pálida que es su piel, la noto aún más blanquecina.

Me tenso y miro hacia la puerta. Es como si un camión me arrollara, de verdad. Tan real es la sensación, que tengo la impresión de que o me sujeto a la silla o me caigo al suelo.

Hablando de encuentros milenarios...

Sus ojos no tardan en encontrar los míos. Esos ojos que parecen maldita miel derretida y que sé que tienen motas más oscuras. Esos ojos que podían hacerme sentir mariposas en el estómago. ¿Qué digo, mariposas? Un subidón que ni Rue en *Euphoria*. Me tiemblan las piernas y, joder, llamadme cobarde, pero vuelvo a girarme hacia Diana con terror, entendiendo eso que había dicho hacía un momento de no estar preparada.

—Vaya, ¿estás pensando ahora en tus bragas?

La ignoro, más que nada porque todavía tengo esos ojos en mi cabeza.

¿Qué demonios hace él aquí?

Jueves, 20 de diciembre

Por la noche

Cojo aire y lo suelto poco a poco. Vamos a ver, hacía años que no veía a Cole. Os estaréis preguntando quién diablos es. Bueno, pues la respuesta es fácil: mi primer gran amor y, joder, hace tanto que no lo veo que...

—Puedes respirar tranquila, ya no está mirando —avisa Diana, trayéndome de vuelta.

—No puede ser... —susurro como si me pudiera oír.

Algo absurdo, ya que el bar, aparte de tener la música alta, ya está mucho más lleno. Se nota que la noche ha llegado y el ambiente está más animado. Vamos, tanto que ha traído hasta fantasmas del pasado. Hay que joderse.

Disimuladamente echo una mirada por encima de mi hombro. Así, rápida, como quien no quiere la cosa, pero, por supuesto, no sirve de nada porque lo único que consigo captar es el cabezón de mi hermano. ¡Por Dios! ¡Aitor dando por saco hasta sin proponérselo! ¿Os he dicho ya que son superamigos? No, ¿verdad? Pues eso.

—¿Ha venido solo? —pregunto de pronto. Diana es la que me mira ahora con actitud interrogante—. Es imposible no tener curiosidad —aclaro rápidamente.

—Ya... —mi amiga asiente lentamente, como si pudiese leerme con rayos X.

De nuevo, dirige la mirada al grupo.

—Parece que sí, pero no te lo puedo decir con total seguridad. Es un grupo amplio y hay varias chicas. De todas formas...

—Diana juguetea con los dos botellines de cerveza vacíos—. ¿Qué importancia tiene?

—Pues mujer, no sé. ¿Qué será? —suelto malhumorada porque no lo entienda—. Mi exnovio está aquí y no puedo estar peor que él. ¿Entiendes? Es una batalla legendaria.

Diana vuelve a echar un vistazo y me mira de vuelta. Sonríe.

—Tiene mejor pinta que tu aspecto de «acabo de levantarme de la siesta». Eso tienes que tenerlo claro.

Bufo ante su comentario.

—¡Muérete! —digo.

—Pero pide otra cerveza fresquita y pilla algo para comer, me suenan las tripas.

Arrastro la silla y me acerco a la barra lo más digna y despreocupada que puedo al ritmo de *Hold Up* de la diosa Beyoncé.

Pero centrémonos, anda. ¿Que está mi ex? Sí, pero me importa bien poco. Poquísimo. Tanto que, cuando pido al camarero, mis ojos toman vida propia y mi mirada se dirige hacia el rincón, ese donde cierto grupo está tomando lo que parece la primera ronda.

No lo encuentro de primeras. Veo a varios amigos de mi hermano, otros que no conozco y... ¡Mierda! Pillada. Cole me está mirando y mi primer impulso es mirar hacia otro lado, pero claro, ¿eso no indicaría nerviosismo o vergüenza? Perdonadme, pero no.

Aguanto la mirada y, finalmente, decido mover la cabeza en un gesto de saludo despreocupado. Y maduro, sobre todo maduro. Espero una respuesta por su parte, pero lo único que hace es volver a centrarse en su grupo de amigos, ignorándome. Me quedo muerta.

El camarero regresa con dos nuevos botellines y una ración de patatas fritas que he pedido. Viva la mala vida.

Le pago y voy hacia la mesa.

—No te lo vas a creer —comienzo, pero Diana me corta.

—Sí, ya he visto el intercambio. ¿Qué te ha pasado en el cuello? ¿Un tic nervioso?

—¿Cómo? —pregunto extrañada.

—Sí, eso que has hecho de repente mientras os mirabais. —Diana hace un gesto rarísimo con el cuello, imitándome—. Pensaba que te estaba dando un chungo o...

—¿He hecho yo eso? —Mi tono de voz es de horror—. Me estás vacilando, ¿no? Lo único que he hecho es saludarle con un leve movimiento de cabeza.

Diana asiente lentamente mientras me escucha.

—Entiendo, «con un leve movimiento de cabeza» —repite, como asimilando mis palabras mientras coge una patata—. Nop. No has hecho eso, cielo. —Chasca la lengua mientras intenta evitar reírse y yo me quiero evaporar. Con los calores que me están entrando, lo veo posible.

—Oh, Dios. Vámonos —suplico.

—Nada, nada. Aquí, dignas. —Diana golpea suavemente mi mano y maldigo—. Deja de gruñir y come conmigo. Total, ¿qué más da? Fue tu primer novio, ese que dejaste sin mirar atrás.

Manda narices, lo rápido que aprende. Diana me ignora y señala el móvil.

—Vamos a poner al día a estas. Podrías haber pedido nachos.

—No, aquí dan pena. Los mejores son los de Ronnie's —digo, refiriéndome a uno de los restaurantes más chulos del pueblo.

Mientras Diana teclea en el móvil contando nuestras últimas andanzas, yo me mordisqueo las uñas de manera inconsciente. Mi amiga tiene razón, ver a Cole tendría que darme igual, es solo alguien que estuvo en mi vida; aunque también es cierto que ellas no vivieron mi peor época con él. Dentro de mis carnes, quiero decir.

Joder, juro que hasta puedo sentir su presencia en el local.

Solo he tenido dos grandes relaciones. La más duradera, la de Marcos. Nuestra historia comenzó durante mi época universitaria, después de estar dos años soltera en Londres. Fue una relación pasional, fogosa y muy sexual. Nos lo pasábamos muy bien juntos, teníamos gustos parecidos y rápidamente encajamos. Sin embargo, sin darte cuenta creces y ya no eres la misma persona que cuando tenías veinte. De repente, te das cuenta de que no todo es sexo y coincidir en gustos.

Al principio todo es genial, sobre todo si —como me pasó a mí—, estás en esa época de universidad, máster y búsqueda de trabajo. En definitiva, haciendo tu propio camino. En este punto, todavía no das la importancia que merece a ciertos detalles. En cambio, cuando pasas esa etapa y quieres estar más centrada... ahí es cuando te das cuenta de que piensas en solitario y no en equipo. Que cuando cuentas algún logro, en vez de celebrarlo, los otros siguen pensando en sus cosas. Tanto que dudas, incluso, de que alguna vez te hayan escuchado.

Mi historia con Marcos se desgastó y solo podía hacer dos cosas: o fingir que no me había dado cuenta o cortarlo de raíz. Un compañero de vida no es eso, estaba segura. Así que, tras sopesarlo con calma, decidí terminar la relación con él.

Mi amiga Nagore siempre me dice que soy muy fría. Reconozco que lo soy, vale, pero a veces lo agradezco. Entendedme: en el fondo, esa relación podía seguir. Ambos estábamos cómodos, pero ¿quería eso para mí?

La vida es demasiado corta y algo me decía que había más, mucho más. Quizá os parezca una tontería, pero, joder, quería lo que mi amiga Gala decía cuando hablaba de su pareja. Ese cosquilleo tan solo con mirarse. Aunque podía estar equivocada, a lo mejor no todo el mundo tiene derecho a vivirla más de una vez...

Cole fue mi novio durante el último año de instituto. Era mayor que yo, dos años, para ser exactos. Era, y es, el mejor amigo de Aitor, y nuestra historia surgió como cuando enciendes una bengala. Efímera, pero llena de magia. Un día era el amigo guapo de mi hermano y, al siguiente, una persona de la que no podía separarme. Nuestra historia fue intensa. Intensa y corta.

Sé que esos sentimientos son por la edad. Fue mi primer novio serio. Antes solo había tenido algún rollete absurdo, besos en alguna fiesta y poca cosa más. Pero Cole fue... lo fue todo. Así que, al acercarse el fin de curso, tuve que hacer caso a mi razón. Si me quedaba con él, rechazando la beca que había conseguido para aprender inglés, mi futuro se vería atrapado en aquel pintoresco pueblo, y no quería eso. Aquella era una oferta que, como bien dijo Vito Corleone,[1] no podía rechazar. Quería ser una gran periodista, así que pisoteé las mariposas y di por terminada nuestra historia.

Fue un «es por mi bien. Te repondrás. Me repondré» de toda la vida.

Y aquí estaba ahora, con el pulso acelerado, porque, dejad que os diga, me había cuidado muy mucho de no volver a verlo.

Diana chasquea los dedos y me trae de vuelta al bar. Miro a mi amiga que me sonríe balanceando el móvil.

—Estas están flipando —dice.

—No pienso leer el chat hasta que me meta en la cama.

---

1. Personaje de la película *El padrino*.

—Básicamente están pidiendo una foto de Cole para ver cómo está. —Me agarro a la mesa con los ojos abiertos como platos.

—Ni se te ocurra —susurro de nuevo. Ella se ríe.

—Tranquila, no soy tú. Si fuera el caso, ya tendría un *book* del muchacho.

Sacudo la cabeza y cojo unas cuantas patatas.

—Tu hermano se ha portado. No ha montado una escena —deja caer Diana.

—Obviamente no va a decir nada delante de la gente. Quedaría como un controlador absurdo. No querrá delatarse.

—Y esa rubia que va con él, ¿quién es? —pregunta mientras mira de nuevo hacia esa maldita zona del bar.

—¿¡Cole ha venido con una rubia!?

Diana me mira incrédula.

—Aitor, tu hermano. Relájate, no me refería a tu Cole —me aclara.

—No es *mi* Cole.

—Ya.

—Ya —repito.

—Bueno, ¿me vas a contestar? ¿Quién es esa?

—No tengo ni idea. Por si no lo recuerdas, llevo un tiempo enfadada con él. Concretamente, dos meses. Como para saber si tiene algún lío o es algo más serio.

—Podrías intentar arreglarlo con él. Después de todo...

Un silencio cae entre las dos mientras el bullicio de la gente, la música y el olor a comida nos rodean.

—¿Después de todo...? —le insisto.

—Venga, Elsa, lo acabas de ver después de mucho tiempo y mira tu reacción. Quizá tu hermano tenga razón.

—Oh, genial. Genial. —Me cruzo de brazos—. Lo que faltaba, ¿ahora le das la razón a mi hermano?

—A ver, no. No le doy la razón. —Diana coge otra patata

mientras yo doy un trago—. Lo único que, puede que lo que dijo tenga sentido.

—Diana, eso suena a que le das la razón.

Mi amiga niega con la cabeza.

—Aitor sacó las cosas de quicio y las formas en las que te lo dijo no fueron las más correctas, por no decir que tuvo el tacto de un ladrillo. Pero, Elsa, tía, después de tanto tiempo sigues mostrando interés. Y qué quieres que te diga, yo, del primer novio, ni me acuerdo. Y antes de que hables... —Levanta la mano para indicarme que siga guardando silencio—. Tuve una bonita primera relación, lo sabes. De verdad que sí, pero terminó y ya está. Espero que le vaya muy bien, pero si entrara ahora mismo por esa puerta, no actuaría como tú, querida.

Me muerdo el labio, y eso solo lo hago cuando me exaspero.

—Lo que digas. ¿Nos vamos? Estoy cansada y me imagino que tú también. Solo tengo ganas de meterme en la cama.

Diana, como respuesta, termina de un trago su segundo botellín. Dejamos propina y vamos hacia la salida. No puedo evitarlo, pero, mientras avanzamos entre la gente, echo un último vistazo a ese grupo; el que lleva mirándome desde que sé que él está allí.

Cuando vine por vacaciones ni se me pasó por la cabeza que lo vería. ¿Habría venido si supiera que estaría?

Mis ojos lo encuentran mientras me sigo alejando y... Puedo apreciar que aún lleva el pelo rubio largo, seguramente un poco más abajo de la barbilla. No lo sé con exactitud porque lo tiene recogido en un desordenado moño del que caen algunos mechones; recuerdo que se le aclaraban en verano, dándole un aspecto surfero de película. No es tan loca la comparación, creedme, su familia es de Australia. Cole nos tenía locas a todas, aunque de extranjero tenía poco, puesto que su familia se instaló en España algunos años antes de que él naciera.

Está hablando mientras sujeta una jarra de cerveza, ajeno a mi escrutinio. Lleva barba de unos días, algo que nunca hizo conmigo. De hecho, por cómo va vestido (cazadora de aviador, vaqueros desgastados y botas de piel), tiene pinta de leñador. De leñador sexy, joder.

Desvío la mirada y me encuentro con unos ojos que me observan con mala leche. Es Aitor. Mierda.

Tropiezo justo en la puerta de salida, pero Diana me sujeta.

—¿Qué pasa? —pregunta sobresaltada.

—Nada, nada...

Miro hacia el cielo y me percato de que está nevando otra vez. ¿He dicho que odio la nieve? Es bonita para un rato, pero no para tener que cruzar todo el maldito pueblo...

—¿Te llevo a casa? —interrumpe Diana.

Podría caminar, pero me siento... no sé, rara; así que acepto la invitación.

Cuando llego a casa, abro la puerta principal y sacudo concienzuda la nieve de la suela de mis zapatos. Ya sabéis, mi madre.

Por las horas que son, sé que están todos durmiendo. Por eso y porque desde fuera parecía que no había ninguna luz encendida; así que me sorprendo cuando veo que en el salón hay una tenue y parpadeante.

Me acerco curiosa y, poco a poco, voy escuchando la música. *Moon River*, cantada por Audrey Hepburn. Descubro a mi hermana Nina tumbada en uno de los sofás, el más grande. Está ensimismada, acariciando su abultada tripa y ajena a mí, viendo la película *Desayuno con diamantes*, en concreto la escena en la que Paul observa cómo Holly toca la guitarra y canta en su ventana.

—Hola —la saludo.

Nina se sobresalta.

—Dios, Elsa, no te he oído entrar —dice incorporándose, dándole al botón de pausa.

—No la pares —digo al sentarme a su lado—. ¿No podías dormir?

—No podía dormir, no —contesta, dejándome acurrucarme a su lado y tapándonos con la manta de cuadros.

—¿Y eso?

—No sé. Estoy algo preocupada.

—¿Cómo que preocupada? ¿Pasa algo con Daniela? —pregunto asustada mientras miro su tripa.

Ella lo niega, y se asegura de que estemos solas antes de hablar.

—Estoy preocupada por papá y mamá. Algo ocultan.

—¿Cómo? Yo los he visto bien, felices de tenernos a todos en casa, y no los he visto actuar raro en ningún momento...

—Por eso. —Me vuelvo a acomodar, pensando que es una paranoia más de Nina—. Traman algo. Lo presiento.

—Tal vez sea que mamá no hará el postre de siempre para la comida de Navidad, pero te aseguro que Loren no lo permitirá.

Ante mi comentario, mi hermana se ríe, y finalmente volvemos a prestar atención a la película.

La he visto muchas veces, pero por primera vez empiezo a empatizar demasiado con Holly, la salvaje Holly. Esa necesidad de libertad, de no seguir lo que tenía escrito en su vida. Podría haber sido una chica buena, quedarse en el pueblo donde se crio, pero decidió huir. Sin embargo, a pesar de haber perseguido aquella idea de libertad, tan solo es una pobre chica perdida en una gran ciudad, incapaz de ahorrar y mucho menos de conseguir sus sueños. Cuando me fijo en cómo aleja a Paul con su calculada frialdad, empiezo a incomodarme. Siempre había visto a Paul como un impedimento para Holly, una traba que debe quitarse del medio. Ahora, sin embargo...

Me pican los dedos, y eso solo puede significar una cosa.

Me levanto y le indico a mi hermana con un gesto que me voy a dormir, pero al llegar a mi habitación enciendo la luz del escritorio que está junto a la única ventana, cojo mi portátil y me dispongo para algo a lo que no me atrevía desde hacía mucho tiempo.

Escribir.

Tan solo es un pequeño fragmento, pero necesitaba sacarlo de mí. Escribo sobre Holly y ese sentimiento que se mueve... Nos mueve.

Viernes, 21 de diciembre

Por la mañana

No soy una persona muy madrugadora, así que, cuando me despierto, son más de las diez de la mañana. Pero me da igual. Estoy de vacaciones, por eso me desperezo con calma, valorando la opción de quedarme un ratito más entre las sábanas, pero al final decido levantarme.

Llego a la cocina sin encontrarme a nadie. Sé que mamá está trabajando; mi padre, desde que se ha jubilado, aprovecha la mañana para dar largos paseos. Sin embargo, me sorprende no encontrarme con mis hermanos o mi cuñado.

Intento no darle vueltas. Me acerco al mueble donde están las tazas del desayuno y cojo la que ha sido mía durante años. Está intacta. Me la regaló Nina años atrás y a todos les pareció perfecta para mí. Es un puto cactus. Ni se os ocurra sonreír.

La lleno de leche y le echo un chorrito de café.

—¿A eso lo llamas «café»? —pregunta Aitor, que parece que también se acaba de levantar.

—Lo llamo «*mi* café» —dejo claro, y voy a la mesa redonda para sentarme mirando a la terraza. La nieve inunda el jardín trasero.

Parece que ha dejado de nevar.

—Ya —contesta él, mientras se hace el suyo siguiendo mi método, pero completamente al revés.

—Deberías tener cuidado. El café mancha los dientes —le advierto. Él coge una tostada de pan integral y se sienta en el otro extremo.

—No te preocupes por mi dentadura. —Aitor me sonríe de manera forzada y decido dejar de mirarlo y centrarme en mi desayuno—. ¿No comes nada?

Lo miro mal. Lo sabe perfectamente, no me gusta hablar por las mañanas y está tirando demasiado del hilo. Decido ignorarlo, pero insiste:

—¿Qué piensas que ocultan papá y mamá?

Suspiro dejando la taza sobre la mesa.

—¿Qué quieres, Aitor? No sé si lo recuerdas, pero estamos enfadados.

—Lo sé, pero Loren y Nina no dejan de martillearme la cabeza con la idea absurda de que ocultan algo. Me imagino que eres la única sensata del grupo, al igual que yo, y sabes que no tienen ningún plan maquiavélico detrás de su cansina insistencia en que viniéramos todos este año.

Sacudo la cabeza y cojo la taza mirando mal a mi hermano.

—¿Cansina insistencia? ¿Lo haces aposta? Creo que me duele la cabeza. ¿Cómo coño hablas tanto? —vuelvo a gruñir, pero mi hermano me ignora.

—No has contestado a mi pregunta.

—No, no creo que estén planeando nada. ¿Contento?

Me levanto para ir a por el tarro de las galletas. Me emociono como el Grinch cuando veo que está lleno, y cojo varias. Por supuesto, Milo hace acto de presencia entrelazándose entre mis piernas como símbolo de amistad y de que le dé un trocito, o una entera. En cuanto me siento de nuevo, Aitor vuelve a hablar, pero esta vez me congelo.

—Una duda que me está entrando... ¿Qué tal Marcos?

No quiero pensar en la cara que habré puesto y, de repente, veo en su gesto cómo ha disfrutado la pregunta.

—Bien, ¿por? —ni pestañeo.

—¿Sí? ¿Dónde está? ¿Con sus padres?

—Sí, pasa las navidades con ellos. Pensamos que es lo mejor.

«Moja la puñetera galleta como si nada, mójala», me digo a mí misma.

Estoy nerviosa porque noto que mi hermano está ocultando algo.

—Ya. —Aitor da un mordisco a la tostada.

Evito por todos los medios comenzar a despotricar en un intento de saber qué sabe, así que me obligo a hacer como si nada. Nada de nada.

—Es curioso, me comentó que se quedaba en la ciudad por trabajo. Que estaba hasta arriba.

—Muy propio de Marcos. Se ahoga en un vaso de agua —contesto sonriendo con hastío—. Vale, ¿por qué hablaste con él?

—Quería información y me hice el interesado por su vida.

—¿Querías información?

—Vi cómo mirabas a Cole.

El tarro de las galletas se resbala de mis manos, me imagino que Milo aprovechará el momento, y fulmino a mi hermano con la mirada.

—¿Ya estás otra vez con esa mierda?

—¿Hace cuánto que lo has dejado con Marcos, Elsa? —contraataca él.

—Aitor, deja de meterte en mi vida.

Oliver entra en la cocina y, al oír el intercambio de frases, da media vuelta. Es el más listo.

—Mierda, ¿contento? —pregunto a mi hermano—. Ahora

se lo dirá a Loren y una vez que lo sepa Loren, será de dominio público.

—No te acerques a él —suelta Aitor, ignorando mi comentario.

—Pero ¿qué? ¿Por quién me tomas? ¿Qué piensas que voy a hacerle, Aitor? Si tuviera algún tipo de interés, que te dejo claro que no lo tengo, ¿qué vas a hacer? Creo que Cole es lo suficiente mayor para decidir si le interesa o no. —Me levanto de la mesa enfurecida.

—¿Qué pasa aquí? —Loren hace acto de presencia seguido de Oliver. Lo fulmino con la mirada y, sospechosamente, se centra en una invisible arruga de su camisa.

—Que Aitor está de la olla. Y es un entrometido.

—Alguien tiene que pararte los pies y hacer que dejes de pensar solo en ti —suelta Aitor, haciendo que todos en la cocina callemos.

Aquello que dice me hace daño y sé que hubiera comenzado a... a no sé qué, si Loren no hubiera intervenido.

—Duras palabras, Aitor, pero todos sabemos que son fruto de ese resentimiento que tienes con Elsa. Desde que no os habláis pareces un alma en pena.

—¿Reunión? —pregunta de repente mi hermana Nina con unos espantosos rulos en la cabeza y una mascarilla terrible que mejor no comentamos.

Todos hacemos cara de asco al verla.

—¿Pero qué coño es eso? —se ríe Aitor—. Haz el favor de quitártelo, vas a envenenar a nuestra sobrina.

—Ja, ja —contesta Nina, quien indica a mi hermano que se cambie de silla para sentarse en la que, según ella, es suya por derecho al ser la segunda mayor—. Os recuerdo que dentro de unos días es Navidad y quiero estar fabulosa. Esto, queridos míos, es una...

—Una pasta asquerosa. Huele fatal —digo al tiempo que arrugo la nariz tras olisquearla.

—Anda, quita. Ya me dirás que la quieres cuando veas los efectos.

—¿Y los rulos? —pregunta Loren, cogiendo una de mis galletas. Lo miro mal y me lanza un beso.

—Quiero ensayar peinados. Bueno, qué. ¿Por qué estamos reunidos?

Suspiro dejándome caer sobre la silla y apoyo la cabeza sobre la mesa abatida. ¿Es que no se puede desayunar tranquila en esta casa?

—No estábamos reunidos, pero ahora que lo dices, deberíamos aprovechar que no están e intentar averiguar qué esconden —propone Loren, refiriéndose claramente a nuestros padres.

Mi expresión de pasa arrugada vuelve a escena. Es lo que hay, *sorry*.

—No pongas esa cara, bonita —sigue Loren—. Algo traman.

—Por favooor —suspiramos de la misma forma tanto Aitor como yo.

Nuestras miradas se cruzan, pero la desvío antes de ceder con una sonrisa. Es un palurdo.

—Yo estoy con Loren, por supuesto que ocultan algo.

—Loren y tú siempre estáis ahí, al acecho, sospechando de cualquier cosa —dejo caer, y le quito la galleta a mi hermano en un rápido y eficiente movimiento.

Oliver carraspea.

—Yo he de decir que también creo que ocultan algo. Aunque no por mucho tiempo.

Que nuestro cuñado diga eso ya es otra cosa, así que Aitor y yo volvemos a intercambiar miradas.

—¿Por qué no por mucho tiempo? —pregunta Aitor.

—Querían que estuviéramos todos. Van a anunciar algo.

Lo que dice Oliver tiene más sentido y pienso en la matraca de mi madre para que estuviéramos juntos en las fiestas.

—¿No estará alguno enfermo? —pregunto horrorizada.

Nina niega con la cabeza. Tiene los ojos cerrados y la cabeza hacia atrás en una pose ridícula y a la vez espeluznante. En cualquier momento la cara se le cae a trozos, estoy segura.

—No, no es nada de eso. Se les ve felices.

—Bueno, sea lo que sea, tendrán buenas noticias —sentencia Aitor levantándose. Por mucho que me joda, estoy de acuerdo con él.

Viernes, 21 de diciembre

Por la tarde

Cuando mi madre nos llama para que nos reunamos en el salón, miro extrañada a Lydia al ver que Nina sujeta el móvil con la pantalla dirigida hacia nosotros. En ella aparece mi cuñado Fran.

Lo saludamos y nos hacemos un hueco en el sofá. Lydia se sienta en el suelo y yo encima de Loren. Por estar, está también Milo, que juguetea sin mucho entusiasmo entre los pies de Aitor, quien se ha sentado en uno de los sillones.

—Bien, ahora que os tenemos a todos aquí, podemos empezar —dice mi padre, llamando nuestra atención.

Mis padres se quedan de pie frente a todos, como si fueran a exponer algo importante. No me lo puedo creer, pero esto huele a noticias...

—¿Alguien puede decir qué pasa? ¿En serio que teníais un secreto? —Nina sonríe con asquerosa suficiencia y ya os adelanto que paso de mirar a Loren, que es insoportable cuando tiene razón.

—Bueno... —comienza mi padre, frotándose las manos; pero mi madre, gran señora de la impaciencia, suelta la bomba.

—¡Vendemos la casa!

Un silencio sepulcral invade la estancia, hasta que alguien lo rompe.

—¿Qué habéis dicho? No lo he entendido. Tenéis una cobertura fatal... —comienza Fran, pero mi hermana le cuelga sin miramientos, con la mirada fija en mis padres.

—¿Cómo? —pregunta Loren—. ¿Esta casa?

Mis padres se miran y asienten.

—Sí. Solo quedan unos meses para que me jubile y, bueno, sois todos mayores y tenéis la vida encauzada —comienza a explicar mi madre—. Vuestro padre y yo hemos decidido comenzar esta aventura.

—¿Aventura? —pregunta Nina con un tono de voz irreconocible.

—Viajar —comenta mi padre, quien no puede disimular la emoción en sus ojos.

—Pero no podéis viajar todo el rato, necesitaréis una casa... —digo sin entender todavía nada.

—Hombre, la tendremos. Pero será mucho más pequeña. Con tres habitaciones será más que suficiente.

—¡Pero no podremos reunirnos todos! —salta Nina con lágrimas en los ojos. Oliver pasa el brazo por sus hombros. No hace falta decir que desde que está embarazada llora por cualquier cosa, pero cuando miro a Lydia veo que también la acompaña. Madre mía, ¡hasta yo! Van a vender nuestra casa. Donde nos criamos.

—¡No podéis venderla! —estalla Loren, levantándose. Por poco me tira al suelo—. ¿Vais a dejar que unos extraños vivan aquí?

El llanto de Nina aumenta.

—¿Pero qué pasa? —pregunta Aitor con su poco tacto de siempre.

Bufo y me acerco a mis dos hermanas.

—Ya, chicas —consuelo a mi hermana pequeña mientras miro mal a Aitor. Para variar, él se encoge de hombros sin entender nada.

—Chicos, sospechábamos que no os lo ibais a tomar bien, pero es el momento. Nuestra época en una casa grande y llena de niños pasó. Ahora estamos solos la mayor parte del tiempo, en una casa enorme...

Miro a mi hermano Loren, que se vuelve a dejar caer sobre el sofá.

—¿Cuándo la vais a poner en venta? —pregunta Aitor.

—Después de navidades —contesta papá.

—Van a ser nuestras últimas navidades aquí —murmura Loren con la vista perdida en cualquier parte.

—Chicos, no os lo toméis así. Este momento tenía que llegar —comienza mi padre.

—Disfrutemos de las fiestas, pero entended que esto es solo eso, una casa. Crearemos nuevos recuerdos en otra.

—¡Pero si ya no vamos a poder juntarnos todos! —hipea Nina.

Mi padre sonríe.

—Cariño, la tuya y de Fran es lo suficientemente grande como para que podamos hacerlo, y la de Loren y Oliver también.

Mi cuñado asiente, porque Loren sigue *off*.

Mis padres continúan diciendo alguna cosilla más, pero, finalmente, la intensa reunión termina. Cada uno va a hacer sus cosas, pero al cabo de un rato recibo un mensaje en el grupo de hermanos.

«Reunión en el porche trasero.»

Paso. Paso tanto que, al final, me tengo que poner las botas y el abrigo, malhumorada, para salir, pues los pesados no paran de mandarme mensajes y de tirar bolas de nieve a mi ventana. ¡Maldita sea!

Cruzo la casa y localizo a mis padres en el salón tan pichis, viendo una película con Milo repanchingado entre ellos, ajenos al atrincheramiento que está sucediendo en la parte trasera de su casa; porque sí, esa reunión capitaneada por mis hermanos mayores no vaticina nada bueno.

Cuando llego al porche, los veo hablando entre ellos junto a Oliver. Hasta Aitor está; cuando me ve, suelta:

—¿Lo veis? Dije que bajaría en cuanto empezaran las bolas de nieve.

—De verdad —digo cuando llego a su altura—, te ahogaría con la bufanda, pero paso de estropear este bien tan preciado.

Aitor se ríe con ganas y estoy a punto de unirme, pero enseguida me acuerdo de las bolas de nieve y, mira, no, me aguanto.

—Bueno, al lío que ya está cayendo el sol —comienza Loren.

Oliver mira al techo de la pérgola, que, como todas las navidades, tiene colgadas pequeñas luces led. Demasiado aguanta este chico.

—No vamos a hacer nada —me adelanto.

Loren y Nina me miran, ella todavía con los surcos de las lágrimas.

—¿Cómo? —pregunta mi hermano mayor.

—Por favor, baja las cejas y borra esa expresión. Os conozco, a los dos. —Los señalo—. Sé que esta reunión tiene el absurdo propósito de boicotear los planes de mamá y papá, pero olvidadlo.

—Oh —dice Lydia, que parece que no había seguido la línea de pensamientos de mis dos hermanos mayores.

—No es eso —dice Nina.

—Ah, ¿no? —me cruzo de brazos en un gesto chulesco que ya parece formar parte de mí—. ¿No es eso?

—¿Has pensado de verdad lo que significa que la vendan? No podremos volver. Daniela no la va a conocer, por no hablar de los futuros nietos.

Sí que lo he pensado, pero si es lo que ellos quieren...

—Creo que mamá y papá necesitan recapacitar.

—No lo van a hacer —deja claro Aitor—. Esto lo han pensado mucho, por cómo han actuado.

—Necesitamos tiempo —dice Loren.

—¿Tiempo? —pregunta Lydia, mordisqueándose el labio.

—Sí. El tiempo suficiente para que puedan darse cuenta del error que están cometiendo —continúa Loren, que parece estar dando un *meeting*.

—Esto es absurdo, ¿os estáis oyendo? —pregunto.

—Votemos —dice Nina—. ¿Votos a favor de hacerles recapacitar?

Todos levantan la mano menos Aitor y yo.

—Esto es tremendo —digo.

Miro a Oliver y a Lydia, pero ambos me retiran la mirada. Cobardicas.

—Bien, tengo un plan. El primer paso es investigar el panorama —continúa Loren, que parece un pavo real, con su pose de saber que ha ganado.

—¿Investigar? —pregunta Aitor.

—Sí. Ver cuánto tardan en venderse las casas en esta zona para, así, saber cuánto tiempo tenemos. ¡Y el precio del mercado!

—Esto es de locos —lo digo para mí, pero con el tono perfecto para que les llegue a todos.

—Vamos, le toca al que saque el palito más pequeño.

¿Cómo? Me quedo muerta cuando Nina prepara cinco ramitas, las sujeta con el puño para que no se vea su longitud después de mezclarlas detrás de su espalda y las ofrece para que todos elijamos una.

—¿Vais en serio? ¿Qué tenemos, seis años?

Pero nadie me contesta porque van como locos a por su palo

y, qué queréis que os diga que no os podáis imaginar... ¿Quién saca la jodida rama corta?

Sí, yo. Es-tu-pen-do.

—Ya hemos mirado en internet y hay poca cosa —dice Loren—, así que será más bien investigación de campo. ¡Mira! Te ha tocado a ti, ¡la reportera! No puede ser más perfecto.

—Creo que me voy a quedar sin bufanda —suelto entre dientes.

Todos se quedan mirándome.

—¿Qué? —pregunto sin ocultar mi irritabilidad.

—Bueno, ¿a qué esperas? —dice Loren.

—Estaréis de broma, ¿no? No pienso ir ahora.

—No estamos para perder tiempo —salta Nina, acariciando su tripa tras el grueso abrigo.

—Solo las de esta urbanización son las que te interesan. Tendrán el mismo valor —indica Oliver.

—Esto es...

Prefiero dejar de perder el tiempo, porque sé que no van a parar hasta que me vaya. Me despido con un saludo militar y voy a la salida.

No tardo en marcar el número de Diana.

—Hola, hola —saluda.

—Querida, no sé si voy a poder salir esta noche. —Me abrocho el abrigo para que no se vean mis pintas de andar por casa. Con las botas y el abrigo todavía doy el pego, y la bufanda ayuda a tapar mi careto—. Pero he sido convocada a una misión de alto secreto.

—¿Qué te han hecho hacer Loren y Nina?

Demasiados años de amistad. Me río. Continúo por la calle mientras me fijo en si alguna de las viviendas tiene un cartel de puesta a la venta.

—Bueno, mis padres nos han soltado la bomba de que van a

vender la casa para poder empezar a viajar. Y claro, todos se han vuelto locos.

—¡Ostras! ¿En serio? ¿Estás bien?

—Por supuesto que estoy bien. A ver, me ha dado algo de pena, lo reconozco, pero esto no deja de ser una casa. Sí, hay muchos recuerdos y tal, pero... no sé. No me lo tomo tan a la tremenda como el resto.

—También es verdad que siempre has visto este sitio como una traba. En cuanto pudiste, saliste pitando.

—Mira quién habló.

Me detengo porque veo una que cumple los requisitos. Es la típica casa con verja de hierro en la entrada, así que, para no parecer una mirona y que los vecinos terminen llamando a la policía, me dirijo al lateral porque hace esquina.

—Oye, ahora te llamo. Voy a hacer una foto.

—Vale, pero esta noche salimos. No voy a aceptar una negativa.

Me despido de Diana y me aúpo para hacer la foto al dichoso cartel, acordándome de cada uno de mis hermanos porque, con las prisas, no he cogido los guantes y me estoy congelando. Cuando hago una decente, bajo de un salto con la gracia y suerte que me caracteriza. Vamos, que la bendita bota se había desabrochado y, como no podía ser de otra forma, me piso el cordón con gran maestría. Juro que, si lo hiciera aposta, no me saldría.

Pierdo el equilibrio y caigo de bruces. Maldigo mientras me levanto escupiendo la nieve. Es ridículo lo que acaba de suceder, así que decido que ha llegado la hora de abandonar la misión. Me importa un pimiento.

De repente, me doy cuenta de que se me ha caído el móvil, causa y efecto de mis habilidades motrices y, cuando comienzo a buscarlo, alguien me lo tiende.

—Aquí lo tienes.

No, por favor. Pero a quién voy a engañar. Reconocería esa voz en cualquier lugar.

Es Cole.

¿Por qué tengo que hacer el ridículo precisamente delante de él? ¿No podría haber sido un tierno anciano? O yo qué sé, cualquier otro ser del planeta Tierra. No, tiene que ser ÉL y, por el gesto de su boca, sé que está intentando no reírse a mi costa. Pero no establece contacto visual directo conmigo y eso me parece raro.

—Hola —saludo al coger el móvil que me tiende.

—Hola —contesta; finalmente me mira.

Nuestros ojos conectan y una descarga va directa a mi estómago. Son nervios. Creo que, en cierta forma, deberíais entenderme. Está guapísimo, madre mía. La última vez que lo vi así, frente a frente, era un chico de apenas veinte años, pero ahora..., ahora es un hombre de treinta y dos que me observa en silencio, con una tensión que puedo intuir por cómo aprieta su mandíbula cuadrada. ¿He dicho ya que la barba de unos días le queda genial?

—Te veo bien —suelto de repente; una vez que soy consciente de lo que acabo de soltar, doy un traspié mental, si es que eso se puede hacer.

«Dios, tendría que haberme ahogado con la nieve», me digo, pero claro, eso me hace recordar mi episodio estúpido, ese del que también él ha sido testigo. Tengo la urgencia de desaparecer o de echar a correr hacia casa, pero claro, no quedaría muy normal el gesto.

—Gracias —contesta finalmente, como si hubiera estado escuchando mis pensamientos y supiera que ahora es el momento de hablar para cortar esa retahíla de sandeces.

Espero que diga algo de mí, pero no hace falta tener una mente privilegiada para saber que no quiere hablar conmigo. El momento se hace aún más incómodo. Miro detrás de mí y señalo el camino de vuelta.

—Bueno, me voy a casa —advierto mientras doy varios pasos hacia atrás.

—Ten cuidado —suelta de pronto.

Creo que hasta le ha cambiado la voz tras todos estos años y, por supuesto, también me pone. ¿Cómo debe de ser que te susurre cochinadas?

«¡ELSA, FRENA!», me grito, obligándome a seguir interactuando.

—¿Cuidado? —pregunto de manera vaga y despreocupada.

«Así, así», me premio.

—Mira por dónde vas, no vaya a ser que te caigas de nuevo —contesta él con una sonrisa ladeada, que me sienta fatal. Esa sonrisa no, por favor.

Todo esto es por culpa de mis hermanos. Si no fuera por ellos, no estaría aquí y, por tanto, no habría hecho el ridículo. Bueno, al menos no delante de él.

—¿Se puede saber qué haces aquí? —pregunto borrando cualquier atisbo de emoción. Paso de ser agradable—. Si no me falla la memoria, no vives por aquí.

—Ya. Veo que tu memoria está intacta. —La forma en la que lo dice me hace entender que hay una pulla camuflada—. Sin embargo, han pasado unos cuantos años desde la última vez que nos vimos, y ahora sí que vivo por aquí.

—Oh, qué bien —suelto.

Todo está siendo tan áspero y raro que no sé cómo actuar. Yo, la reina de la interacción. Muchas veces me había imaginado cómo sería nuestro primer encuentro de verdad, pero nunca, jamás, pensé que sería así. Frío, como si estuviera hablando con un desconocido.

—Bueno, será mejor que vuelva a casa —repito. Cole asiente

justo cuando su móvil suena con la notificación de algún mensaje, o vete tú a saber—. Hasta luego.

—En realidad, vamos hacia la misma dirección.

«Mierda, ¡venga ya!»

Sí, es de esos momentos incómodos en los que te encuentras con alguien y tras saludaros con las típicas preguntas banales, comenzáis a andar pensando que ha terminado, pero no, queridos míos, ahí no acaba la cosa. Tomáis la misma dirección y se da ese momento embarazoso de risitas ridículas. Si eso de por sí ya es incómodo, imaginad cómo lo es con tu ex... Joder, verle me hace recordar todo lo que vivimos en este maldito pueblo, y sé que lo he dicho ya, pero, JODER, ¿en serio tengo tanta capacidad de memoria?

—Bueno, pues nada —me obligo a intentar... Ni siquiera sé qué intento.

Comenzamos a andar y recuerdo las pintas que llevo. Todo es ideal, de verdad. Parece que el karma se está poniendo las botas conmigo. Él, impoluto, y yo, con aspecto de ser ese gremlin mojado del que me avisó Lydia.

Lo mejor hubiera sido callarme, por supuesto. Claro. Ja.

—¿Y qué tal la vida por aquí? Porque sigues en el pueblo, ¿no?

Nada más formularla, me vuelvo a abofetear mentalmente. J-O-D-E-R. ¿Por qué no se me ocurre hablar del puñetero tiempo? Pero ¿sabéis lo mejor? Su deliciosa respuesta:

—Te acabo de decir que sí, que estoy viviendo por esta zona.

«No das una, bonita.»

—Vaya, perdona, ¿eh? —suelto sin disimular que me ha sentado mal.

Cole sigue andando sin molestarse en mirarme. Tan solo mantiene el ritmo de leñador y anoto en mi lista mental otra cosa que odio. Sí, lo habéis adivinado. No me miréis así, pero me parece que tener el look tan estudiado es pretencioso y, por tanto, odiable.

Al añadir algo nuevo a la lista, recuerdo que estoy en este embrollo por mis malditos hermanos, quienes, por supuesto, la encabezan ahora mismo, e irremediablemente comienzo a maquinar alguna *vendetta*. Pero el hombre de montaña vuelve a hablar:

—No me gusta repetir las cosas.

¿Eh? Pestañeo absurdamente con el convencimiento de que el movimiento ocular impulsará la poca sangre que no tengo congelada hasta mi atontado cerebro para entender qué ha querido decir con eso.

—¿Perdón? —pregunto sin ocultar que no entiendo a qué viene eso.

Escucho como suspira y me mira de reojo mientras continuamos andando.

—Lo de antes. Que he sido brusco al contestarte.

—Ya —asiento—. Da igual. Con este tiempo, cualquiera estaría amargado.

Intento quitar importancia al asunto, pero Cole se detiene.

—¿Me estás llamando «amargado»?

—¿Yo? Para nada.

—Esto es cojonudo —murmura mientras reanuda el paso.

Cuando me doy cuenta, estamos llegando a casa de mis padres.

—Cole. —Dios, volver a decir su nombre es tan raro. Se detiene para mirarme justo delante de la verja de mi casa y me obligo a añadir—: No hacía falta que me acompañaras hasta casa.

Se ríe sacudiendo la cabeza.

—No te estoy acompañando. He quedado con tu hermano.

Siento cómo mis mejillas se sonrojan de manera violenta. Algo que detesto, no hace falta decirlo. Cuando era adolescente me pasaba mogollón y mi consuelo era pensar que con la edad eso se corregiría. De nuevo, ja.

—Ah —logro decir.

Siempre me había acompañado a casa en otras ocasiones, pero claro, antes. Y antes era eso, antes. Cuando era la hermana pequeña de su mejor amigo, después su novia y ahora..., ahora no soy nada.

Nos quedamos en silencio y soy consciente de que, para mí, es un total desconocido. Yo he cambiado, así que es estúpido pensar que él sigue siendo la misma persona que dejé atrás.

¿Es feliz? ¿Qué futuro se ha labrado en este diminuto lugar del mundo? Y sí, también me pregunto si hay alguien en su vida, pero al mirarle no consigo ni una respuesta a esas preguntas, tan solo la intensa mirada que recuerdo a la perfección a pesar de todo el tiempo pasado...

—Bueno... —comienzo—, hasta luego.

Doy varios pasos hacia atrás sin despegar mis ojos de los suyos, ¿y qué ocurre? Pues que el cupo de torpeza del día todavía no se ha agotado. Piso mi bufanda, sí, como leéis.

Es todo un acto de autodestrucción, porque no se puede llamar de otra forma, ya que el trozo de tela que durante el trayecto ha debido de ir descolgándose de uno de los extremos, ahora me ahorca ante mi enemigo.

¿Os he dicho ya que no me soporto? ¿Por qué soy así?

En fin, en un intento por recuperar la poca dignidad que me quedaba, pierdo el equilibrio, pero antes de caer y poner la guinda a la escena, por lo menos esta vez unos brazos me sujetan.

—Te he dicho que tuvieras cuidado —dice Cole, soltándome con una rapidez que parece que se haya quemado al tocarme.

—No es que no tenga cuidado, pero no contaba con que la bufanda se interpusiera en mi camino —me quejo.

Cole hace un gesto de superioridad que me suscita las ganas

de estamparle la bufanda en su atractiva cara. Porque os he dicho ya que es guapo, ¿verdad?

—Además, la nieve resbala —continúo.

—La nieve no resbala —sentencia Cole con esa misma actitud que, sí, le está restando puntos.

—Lo que tú digas.

—Lo que ocurre es que estás nerviosa.

—¿Perdón? —me tenso—. ¿Nerviosa de qué?

Cole sonríe, pero es de esas medias sonrisas peligrosas.

—Ah, eso me lo tendrás que decir tú. ¿Qué te pone nerviosa? ¿La nieve?

Abro la boca para cerrarla a continuación. Mi corazón no está bombeando sangre, está en plena batucada, y sí, prefiero callarme antes de soltar otra perla que me ponga en evidencia. Esto es de locos.

Los malditos ojos de Cole recorren mi rostro; o hablo, o no sé qué va a pasar.

—No voy con el calzado adecuado, eso es lo que pasa. Nada más. —Estoy satisfecha de mi respuesta tan coherente.

—Entiendo.

Cole asiente para, después, acortar la distancia entre ambos. Todo mi cuerpo se pone en alerta cuando lo veo alargar de nuevo el brazo hacia mí. Sin embargo, en vez de sentir cómo toca mi cuerpo, se oye el inconfundible ruido metálico de la verja tras de mí.

Cole continúa con esa sonrisa peligrosa en su maldita boca.

—Para que entres sana y salva. No vaya a ser que también te tropieces con la verja.

«Gilipollas.»

Se oye un portazo que nos saca a los dos de ese juego y descubrimos a Diana cruzando con paso ligero el camino de piedra; se detiene abruptamente al descubrirnos.

—Uy —dice completamente sorprendida por nuestra presencia.

Sé que está enfadada y tarda poco en desvelar el motivo. Mi hermano Aitor sale también de casa siguiendo los pasos de Diana.

—¿Qué hacéis? —pregunta Aitor.

Diana y yo suspiramos. Aquí, cada una, a lo suyo.

—Vamos a casa, Elsa —dice mi amiga, indicándome que me acerque—. Estaba yendo al coche para esperarte. Iba a ser lo mejor, pero ya que estás aquí...

—Ya veo —contesto mientras me acerco a ella sin despegar los ojos de mi hermano, quien sigue escrutándome como un estúpido.

Voy a soltar una pullita, pero Diana me arrastra hasta el interior de mi casa. Quiero que seáis conscientes de que yo la gano en altura, pero la tía tiene una fuerza que no sé de dónde diablos sale.

—¿Qué mierdas pasa? —pregunto nada más cruzar el umbral.

—Tu hermano es insoportable. Me saca de mis casillas y, antes de cometer un asesinato como hubieses hecho tú, he decidido que era mejor irme al coche.

—Entiendo. ¿Por eso me traes casi en volandas? —pregunto mientras me quito el abrigo.

Diana farfulla algo que no entiendo.

—¿Eing?

—Te conozco. Ibas a soltar algún comentario de los tuyos que os haría empezar a discutir, pero ahora mismo tengo otras prioridades.

Diana comienza a subir las escaleras de mi casa —demasiados años de amistad y confianza— y sigo sus pasos. Se oyen las voces de mis padres en el salón junto a mis hermanas, y me imagino que Loren habrá salido a dar una vuelta con Oliver.

De repente siento que volvemos a ser esas adolescentes que se encerraban en mi habitación y cotilleaban de manera desaforada. Y quien dice cotillear, dice imaginar todas las cosas que el futuro nos depararía o, simplemente, pasar el rato. Todo menos estudiar, por supuesto.

—Bien, ¿qué ha pasado? —pregunto, pero me veo obligada a frenar porque choco con Diana, que se ha detenido en la entrada de mi habitación—. ¿Qué haces? —pregunto malhumorada—. De verdad que no tengo el día —comienzo a avisar, pero me calla señalando algo del interior.

—El endemoniado está aquí.

Por un momento, miro a mi amiga como si hubiera perdido la cordura. Vamos a ver, del grupo creo que ya ha quedado claro que yo soy la melodramática, pero cuando sigo con la mirada el punto que señala, no puedo evitar reírme.

—No es un endemoniado, es Milo. Y han pasado millones de años, Diana. Ya no se acuerda.

—¿Tú crees? Fíjate cómo me mira.

Milo está tan tranquilo sobre mi cama, pero muy atento a los movimientos de Diana, he de reconocer. Tanto, que no despega sus ojos de ella. Vuelvo a reírme y Diana me maldice mientras toma el camino más alejado posible de la cama y él la sigue con la mirada.

—Mírale. Se acuerda.

—Diana, tía, no te va a hacer nada. Ya es un señor mayor.

Milo decide —como para rebatir lo que he dicho sobre su edad—, dar un brinco bajando de la cama y cruza la habitación con un leve maullido antes de desaparecer por la puerta.

—Me ha mirado —jura Diana, que está completamente pegada a la mesa de mi escritorio.

—Sí, se acuerda. Ese maullido ha sonado a pura maldad y

amenaza —me río, pero ya no estoy tan segura de que Diana deba relajarse.

Todo comenzó una noche en la que todas se quedaron a dormir. Milo siempre ha sido un gato encantador, pero rencoroso, muuuy rencoroso. Pensaréis que Diana le pisó el rabo o algo así, pero no. Siempre se habían llevado bien, hasta que un día, jugando con él, lo fastidió más de la cuenta. Diana tiene una manera de reírse, digamos, escandalosa. Vamos, la típica que literalmente llora de la risa con nada. Y otra cosa no, pero a Milo no le fastidies su descanso. Desde ese momento, su relación se volvió tensa.

—Pasarán los años y me seguirá odiando —oigo decir a Diana cuando enciendo la minicadena y empieza a sonar *Golden Hour* de Kacey Musgraves—. Oye, ¿qué es esto?

La descubro ojeando mi ordenador, el que debí dejar en suspensión. Me acerco para ver lo que está leyendo. Lo identifico rápidamente.

—Ayer tuve la necesidad de escribir.

Diana se alegra.

—Ya veo, amiga. Es bueno.

No le doy mayor importancia y me tumbo sobre la cama mientras veo cómo Diana se sienta en la silla frente al escritorio y comienza a teclear y mover el ratón a una velocidad pasmosa.

—¿Qué haces? —pregunto.

—Una cosa.

—¿Y qué cosita es? —insisto, cruzándome de brazos—. Estoy demasiado vaga, así que dime, querida. No me obligues a levantarme.

—Lo que tienes que hacer es mover el culo y vestirte. Esta noche vamos a salir, ¿recuerdas? Y de paso, explícame por qué estabas con Cole. O mejor, haz una videollamada a estas y nos lo cuentas a la vez.

Hago un gesto teatral para dar constancia de mi malestar, pero cojo el móvil y pulso el icono del chat para hacer la video-llamada. De fondo, suena *San Junipero* de Carousel Casualties.

Sonrío cuando aparece la cara de Nagore, quien parece ir en un coche, y poco después se nos une Gala, que está en el metro.

—Hola, hola —saluda Nagore sacudiendo la mano con efusividad.

—¡Ey! —contesto—. ¿Dónde estáis?

—Hemos quedado para ir a cenar —contesta Gala, que lleva los cascos puestos.

—Qué bien, como nosotras —dice Diana mirándome.

Giro la pantalla del móvil para que puedan verla.

—¿Qué tal? Contad —dice Nagore.

—No hay mucho que contar, la verdad —comienzo, pero me interrumpen rápidamente.

—¿Cómo que no? ¿Se te olvida el reencuentro con tu ex? —Gala ha metido sexta y yo niego con la cabeza.

—Haced el favor de bajar el tono de voz. Por si no lo recordáis, hemos vuelto a ser unas quinceañeras. Las paredes tienen oídos —las regaño.

—¿Qué? —pregunta Nagore, sin ocultar que no entiende lo que acabo de decir.

—Que Cole puede estar por la casa —responde Diana—. De hecho, les he pillado fuera a los dos juntos.

Las reacciones de Gala y Nagore no tardan en estallar. Joder con Diana, pero esta se encoge de hombros encantada.

—Podríamos hablar también de tu episodio con Aitor. —Miro a la pantalla poniendo mi mejor gesto de «te la devuelvo»—. Parece ser que han discutido y no suelta prenda del motivo.

—Por Dios, ¿qué hay en ese pueblo? —pregunta Nagore.

—Algo maligno —prometo yo.

—Vamos por partes... —comienza Gala.

—Sí. Vamos, Elsa, cuenta el encontronazo con Cole —interrumpe Diana, que parece haber terminado con el ordenador y ahora intenta arrebatarme el móvil. Pero, como lo adivino, se lo impido.

—¿Podéis hacer el favor de dejar de decir su nombre? —digo, mirando a la puerta.

—Deja de ser tan paranoica. Nadie está escuchando.

—Parece que no conoces a Nina, o a Loren.

—Eso es cierto —acepta Diana mirando hacia el teléfono.

—Bueno, pues usemos un nombre en clave —interviene Nagore.

—¿Qué tenemos, diez años? —pregunto molesta porque veo que no me voy a salvar de tener que contárselo todo.

—Eres tú quien no quiere que digamos su nombre —señala Gala, que parece que se está bajando del vagón.

—Oh, ¡ya lo tengo! —salta Nagore—. El Innombrable.

Hay que quererla.

—Joder, qué currada de sobrenombre. Nunca lo hubiera pensado —suelto.

—¡Gracias, Elsa! —dice Nagore, encantada de la vida.

—Nagore, cariño, está siendo sarcástica —aclara Diana, que finalmente consigue quitarme el móvil—. Ve moviendo el culo —indica, y señala con la cabeza el armario—. Quiero cenar a una hora decente y sacar a bailar este maravilloso culo.

—Bueno, ¿y qué pasa con el Innombrable? ¿Cómo habéis llegado los dos a...? —vuelve a preguntar Nagore, porque Gala está desaparecida haciendo trasbordo.

Comienzo a contarles las últimas noticias: la bomba que soltaron mis padres y el maquiavélico plan de mis hermanos, para finalizar narrando, con pelos y señales, toda la conversación con Cole.

—Vaya... —dice Gala, de nuevo en el vagón.

—Sí, vaya —asiente Diana.

—Vaya ¿qué? ¿Qué significa ese «vaya»? —pregunto más nerviosa de lo que me gustaría.

—Pues... —empieza Diana, pero Nagore la interrumpe.

—¿Qué estaba bebiendo?

—¿Eh? —preguntamos todas a la vez.

—Que qué estaba bebiendo ayer en el bar.

Miro a Diana confundida y esta se encoje de hombros.

—Pues, siendo sincera, ni me acuerdo. Me imagino que cerveza... pero no puedo asegurarlo. ¿Qué importancia tiene?

—Ah, no sé. Me he acordado de que primero lo viste en el bar y tenía curiosidad.

Diana y Gala se ríen, pero yo niego con la cabeza.

—Nagore, cariño, ¿podemos centrarnos en qué significa ese «vaya»? —pido.

—¡Ah, sí! Tiene pinta de que te odia. —Suelta la bomba así, tal cual.

—Directa como siempre —dice Gala al otro lado mientras Diana se ríe.

Así es Nagore: aspecto angelical y delicado, pero cuando no anda perdida en su mundo, suelta las cosas en frío y sin remordimientos. Aunque poco puedo echarle en cara, yo soy peor.

—¿De verdad creéis que me odia? —pregunto mirando especialmente a Diana.

—A ver, muy contento hablando contigo no parecía... —comienza esta.

—Por lo que nos has contado —añade Gala.

—¡¿Pero qué le hiciste?! —pregunta Nagore, y yo oculto mi cara entre las manos.

Las escucho hablar de manera atropellada mientras imagino mi epitafio: «Aquí yace, muerta por absurda».

—Vamos a ver, tenemos que ser prácticas en esta vida —escucho decir a Diana, quien sujeta el móvil para que se nos vea a las dos—. Sé sincera, Elsa, ¿a ti te interesa algo Cole?

Me pongo tiesa nada más escuchar la pregunta.

—Por supuesto que no —digo.

—¿Ni siquiera para echar un polvo? —tantea Nagore—. Yo me lo plantearía. ¿Hace cuánto que no echas uno? Ya ni me acuerdo.

Abro la boca para contestar, pero me doy cuenta de que tengo que echar cuentas.

—Madre mía —habla Gala—. Cariño, que lo tengas que pensar tanto no es malo, es malísimo. ¿Seis meses?

—¿¡Qué dices!? —suelto, escandalizada—. No hace tanto tiempo.

Diana me mira con un gesto que denota «no nos times» y no me gusta ni un pelo, sobre todo porque el semblante de las demás a través de la pantalla es igual.

—Si no me falla la memoria, después de Marcos no ha habido ninguno. ¿Correcto? Porque, no, el Satisfyer no cuenta.

—¡Que os follen! —suelto.

—Te viene mejor a ti —responde Nagore. *Touché*—. Deberías ir pensando en mirar a Cole con otros ojos, ¿no crees? Además... —Su gesto se vuelve más serio y susurra—: Dicen que la vagina se puede cerrar.

Esto provoca varias reacciones. La de Diana y Gala, que se descojonan hasta el punto de que temo por sus mandíbulas; la de Nagore, que tiene el gesto preocupado; y la mía, que no sé ni cómo catalogarla.

—¿Que se va a cerrar? ¿¡Estás loca!? —reprendo.

—Tía, que sí, que lo leí una vez en la *Cosmopolitan* —continúa Nagore—. La que no folla, se le atrofia.

—Lo que hay que oír —me quejo, mientras las demás siguen a lo suyo.

—¡Que sí! Esto es serio, chicas. De hecho, tiene un nombre. ¿Vaginitis? Mmm, ¿vaginismo?

—Tía —interviene Diana—, eso no pasa por no hacerlo. Es por otros motivos...

—Decid lo que queráis —interrumpe Nagore—. Pero yo te aviso —dice con gesto de advertencia—, si no lo haces por ti, hazlo por *ella*.

—¡*Pray for* vaginismo! —suelta Gala, y todas acabamos riéndonos.

—¿No os habéis parado a pensar en la de mujeres que tendrán ese problema? —pregunta Nagore—. Podemos estar frente a un colectivo olvidado. ¿De verdad que quieres formar parte de él?

—Tía, que no me voy a tirar a Cole. No está entre mis próximos objetivos. Además, ¿no acabas de decir que parece que me odia?

—*Enemies lovers*, lo mejor —interviene Diana con cachondeíto—. En serio que Cole no te pone ni, aunque sea, ¿un poquito?

—Obvio que no. —Qué rápido he contestado...

—Yo no entiendo nada —vuelve a decir Nagore.

—¿Entonces? —pregunta Diana con una expresión que intuyo.

—Entonces es lo que te dije. Estoy quedando fatal delante de mi ex. Primero lo del bar, ignorándome, y luego esto...

—La verdad es que, si tu intención es quedar por encima de él, lo estás haciendo fatal.

—Gracias por los ánimos, pero insisto, creo que con tu primera intervención guillotinadora me ha quedado claro.

—Venga, mujer, tampoco es tan grave —dice Gala intentado quitar hierro al asunto.

—Mira, lo mejor que puedes hacer es pasar página. Total, te

da igual, ¿cierto? Visto de una manera analítica, tú lo dejaste, así que lo único que estás intentando hacer es ser agradable —sigue Diana.

—Eso es cierto. Quédese con el cambio —dice Nagore, quien parece que está bajando de un taxi.

—Mírala, cómo le sobra —digo al oírla.

—Ella, poderosa —asiente Diana divertida.

—Dejad de burlaros de mí, soy pobre como las ratas —dice Nagore al disponerse a andar por la calle—. Gala, ¿dónde estás?

—En la puerta del restaurante hace unos... —Gala consulta su reloj—. ¿Quince minutos?

Nagore comienza a corretear sobre sus tacones.

—Ya llego, ya llego.

No sabemos más, porque su llamada se corta.

—¿Qué ha pasado? —pregunta Diana, inclinándose hacia la pantalla.

Vemos a Gala mirando hacia una dirección fuera de la pantalla.

—Ya la veo. Parece un pato mareado. —Gala vuelve a centrarse en la pantalla—. Voy a cortar la llamada porque llegamos tarde a la reserva, pero Elsa, tía, tranquila. Sería de ciegos negar que te guarda algo de rencor, pero tú no has hecho nada malo. Has intentado ser agradable y él, con su actitud, te está dejando ver que no le interesa ningún tipo de acercamiento, así que déjalo. Está en su derecho. Disfruta de las vacaciones y deja de rallarte por una persona que no te interesa.

Nos despedimos, yo asintiendo con convencimiento y Diana abriendo mi armario para escoger el look de esta noche. No puedo evitar pensar en que, quizá, tan solo quizá, mi actitud signifique algo.

Pero como siempre, mi amiga me saca rápido de las cavilaciones.

—Venga, Elsa, esta noche vamos a disfrutarla.

Tomo impulso y me levanto de la cama.

—Ojalá estuviéramos en Madrid con las chicas —refunfuño.

—No viene mal cambiar de aires de vez en cuando. Además, a mí también me gusta salir alguna vez en mi territorio. Que sé que a todas os pilla de lujo salir por Madrid, pero luego yo tengo un terrible camino de vuelta.

Asiento, pues sé que tiene razón, y finalmente me enfrento al armario. No tardo en escoger un conjunto sencillo, pero cuando cojo mi barra de labios Gravity en el tono marrón chocolate de Identy Beauty y me hago el delineado en el ojo, cambia la cosa.

—Último toque —aviso al echarme un poco de Yes I am, de Cacharel.

Me siento preparada para salir a lo que, según promete Diana, será una noche tranquila. Me miro en el espejo y recuerdo la frase de Coco Chanel: «Si estás triste, ponte más pintalabios y ataca».

Estoy con ella, nada me sube más la moral que un buen color en los labios.

Viernes, 21 de diciembre

Por la noche

Diana me está arrastrando al Malibu's Pub. Cuando dijo eso de mover el culo pensé que se refería a estar en algún bar, como el Sapo Rojo, que está al lado, y no a una discoteca.

—De verdad, Diana, no tengo el cuerpo —digo cuando entramos.

—¡Hace años que no pisamos este antro! —se hace oír por encima de la música.

Está sonando *Saturday Night* de Radio Mix, y no puedo evitar dejarme llevar cuando mi amiga me empuja hasta el centro de la pista para que bailemos. Para nuestra sorpresa, los pasos están grabados a fuego en nuestra memoria. Miro a mi alrededor mientras Diana me hace girar sobre mí misma y me doy cuenta de que el local ha cambiado mucho. Sigue con la misma distribución, sí, pero ahora el ambiente está mucho más cuidado.

Las paredes en ladrillo blanco tienen ilustraciones y decoración playera, algo que, junto al resto de la iluminación en distintos tonos y colores, da un aire divertido a un sitio que recordaba como cutre. A pesar de que el local no es muy grande, hay varias zonas repartidas en lugares estratégicos para tomar algo tranquilamente, aparte de la barra donde los camareros trabajan sin descanso, puesto que, sí, está hasta los topes.

La música hace que nuestros cuerpos vibren y decido sacar el móvil para hacernos un vídeo, pasárselo a las chicas y, ¿por qué no?, subirlo a Instagram.

—Deberíamos beber algo —digo a Diana, que, por supuesto, acepta encantada.

Señalo una zona de la barra que tiene menos gente y Diana me sigue mientras me hago hueco.

Me es imposible no reparar en que la gente va algo más arreglada que nosotras, que nos hemos plantado con un rollo más casual: vaqueros, botas y jerséis gordos. Consigo llamar la atención de una de las camareras y pido dos cervezas.

Mientras esperamos, observo a nuestro alrededor.

—Es raro estar aquí —digo de pronto. Por un momento, creo que Diana no me ha oído debido la música, pero asiente.

—Lo es. Quién nos iba a decir que habría este ambiente. Nos lo llegan a decir cuando nos fuimos de aquí sin mirar atrás y no nos lo hubiéramos creído.

—Tú no te fuiste sin mirar atrás durante la uni. Realmente, ninguna de vosotras —señalo, justo cuando la camarera nos trae los botellines.

—Eso es cierto. Nos dejamos caer por aquí de vez en cuando. Y bueno, mira, luego he sido la única que ha vuelto a vivir en el pueblo. —Diana me señala una zona donde hay varias mesas con taburetes altos.

Cuando nos sentamos, doy un trago, miro a mi amiga y suelto una pregunta que me viene rondando desde que he vuelto a este maldito pueblo:

—¿Soy tan fría?

Diana niega con la cabeza poco convincente y da un trago demasiado largo para mi gusto.

—Vaya, con esto me lo estás diciendo todo.

—No seas agonías y escúchame. No eres fría, eres calculadora. Tienes una capacidad admirable de anteponer la razón a los sentimientos la mayoría de las veces, eso hay que dejarlo claro, porque cuando te da uno de esos ramalazos de mala leche... no hay quien te pare.

—«Calculadora» —repito mientras juego con el botellín.

—A ver cómo me explico. Te marcaste unos objetivos y fuiste a por ellos sin dudarlo. Querías salir de aquí, sabías los pasos que debías seguir y lo hiciste sin dudar. Hasta dejaste a tu novio de aquel entonces; y, Elsa, no todo el mundo tiene esa determinación a los dieciocho.

—Creo que estás intentando adornar el hecho de que soy un cacho de hielo con patas.

—Tía, esto —Diana me señala dibujando un círculo sobre mí con su dedo índice— no eres tú. Eres una tía alegre, divertida y decidida. Siempre lo has tenido todo claro, ¡y eso no es malo!

—Sí, claro. Por eso estoy aquí, ahora.

—Bonita mía, estás aquí conmigo disfrutando de tus quince días de vacaciones. Más que merecidos, por cierto. Después de estos meses allí perdida, ya te echábamos de menos.

Niego con la cabeza e intento tragar el nudo que empiezo a sentir en la garganta, algo que sé que Diana nota, porque me agarra de la mano dándome un suave apretón.

—No estás perdida. Sé que te sientes así, pero no lo estás. ¿Qué ha ido mal? ¿Que estás en un trabajo de mierda? Te prometo que aparecerá algo nuevo. Tienes treinta años, no sesenta y cinco. Por desgracia, nos queda demasiada vida laboral por delante. Cambiarás de trabajo. Sé que lo vas a hacer.

—No es solo eso. Todo es una mierda, y sabía que si volvía aquí, todo me golpearía en la cara.

—Elsa, estás pasando por un mal bache, pero...

—Diana, tengo treinta años y todos mis planes se han ido a la mierda. Bueno, unos a la mierda y otros ni siquiera avanzan. Me siento completamente atrapada. Ahogada.

—Atrapada lo estarías si no hubieras dejado a Marcos. Y doy gracias a lo más sagrado, y mira que sabes que no creo en nada, por que tomaras esa decisión. ¿Tú sabes lo valiente que es lo que has hecho? Poca gente se atrevería a dejar una relación de diez años. Te lo vuelvo a decir: estás pasando por un mal bache, ahora lo ves todo negro, pero en realidad estás trabajando en algo mucho más importante.

—¿Ah, sí? ¿En qué?

—En ser feliz. —Diana choca su botellín contra el mío justo cuando comienza a sonar *Jingle Bell* en un remix cutre que parece cautivar al público, porque vemos cómo la gente en la pista se vuelve loca.

—Además —retoma Diana, volviendo a llamar mi atención—, no estás sola. Nos tienes a nosotras y a ellos.

—¿A ellos?

La miro extrañada cuando coloca su móvil sobre la mesa. La pantalla está encendida y me inclino hacia delante para ver qué es lo que quiere enseñarme. No me lo puedo creer.

—¿Es...? —comienzo.

—Sí.

—¿Tú...?

—También.

—¿Cuándo?

—Esta tarde.

Vuelvo a mirar a la pantalla y observo el blog que tengo delante de mí. Es elegante, minimalista, pero la fuente impide que sea frío y anodino. Invita a quedarte a cotillear, y eso que, por ahora, solo hay un post. El que escribí ayer.

—¿Sin título? —Leo el principio de la cabecera del blog en unas letras negras que imitan el trazo de un rotulador.

—Sin título hasta que tú quieras —completa Diana—. Escribe, Elsa, siempre lo has hecho y no puedes arrebatarte esto. Volver aquí ha hecho que lo retomes, así que hazlo. Pero no te lo quedes para ti, ofrécelo al mundo. Tienes mucho que contar.

Aprieto los dientes con fuerza porque sé que si no lo hago, voy a llorar. Y por supuesto, odio llorar en público.

—Eres una crack —consigo decir, controlando mi voz.

—Lo sé. Bueno, necesitaremos ayuda para el tema del título. Fijo que a Nagore se le ocurre algo, pero estoy contenta con el blog, para haberlo hecho en un ratito... Eso sí, tendremos que perfilarlo. Tú escribe y déjame el resto a mí. Y ahora, vamos a bailar.

Sonrío y asiento.

—Ahora no me digas que no echas de menos la ciudad —suelto mientras busco con desesperación mis guantes en el bolso.

Son las tres de la mañana y hemos salido de la discoteca para irnos a casa como buenas viejóvenes que somos. La edad, que no perdona. Atrás quedan las salidas hasta el alba, algo que se reafirma cuando nos cruzamos con un grupo de cinco chicas que parecen empezar la noche. Me llama especialmente la atención una que tiene el pelo rosa, aunque la que hace pompas enormes con su chicle mientras escucha a la que debe de ser su pareja no se queda atrás. Me sorprende que no se le congele. La pompa, quiero decir.

—A ver, ilumíname —dice Diana, que parece feliz de la vida.

—¿En serio? —La fulmino con la mirada—. Debe de ser que la cerveza te ha subido más que a mí, pero querida, puedo empezar por el frío que hace, que tengo hambre y no hay ningún puesto de comida basura para satisfacerme y que, por supuesto, no hay una maldita alma por la calle. ¿Dónde está la gente? Aunque ahora que lo pienso, mejor. Odio a la gente.

Diana se ríe y yo me uno.

—Vale, gruñona, pero intenta ver más allá por una vez. La decoración hace al pueblo más bonito que de costumbre, podemos ir andando a casa, hemos bebido todo lo que hemos querido y...

—Y hace un frío del averno. —Me agarro a uno de sus brazos mientras salimos de la calle del Rey a la altura de la Churrería.

—Esa frase no tiene coherencia —contesta Diana, pensativa—. Por no decir que en la ciudad también hace frío. A ver si ahora va a ser que tiene siempre una temperatura idónea.

Por mi propio beneficio, decido ignorar ese comentario y me centro en nuestro entorno *encantador*. Ya os digo que no hay un alma, solo nos acompaña la iluminación y los copos que, para variar, han empezado a caer. Eso sí, de manera discreta. Aunque, con la suerte que me caracteriza, la bonita estampa se puede convertir pronto en una tormenta de tal calibre que tengamos que usar los lazos rojos de las farolas para poder sujetarnos a ellas y no morir ahogadas en la ventisca.

La imagen en mi mente es tan absurda que no puedo evitar reírme sola. Diana me mira intrigada, pero antes de que pueda preguntarme el porqué de mi reacción bipolar, oímos el sonido de algo que nos hace volvernos hacia nuestra derecha.

—No me lo puedo creer —comienzo a decir al tiempo que doy varios pasos—. ¡Humanidad!

Y así es. En una de las esquinas que dan a la calle Xavier Cabello Lapiedra, hay un bar que debe de ser nuevo, porque no me suena de nada. Parece ser popular, pues tiene a una cantidad considerable de clientes fuera. Algunos fumando, otros bebiendo o hablando en la terraza cubierta que tienen preparada. Y lo mejor, la media de edad es la nuestra.

Voy dispuesta a acercarme para cotillear el ambiente y así poder ponerlo en mi lista de sitios que visitar para no morir de aburrimiento, pero algo, literal, tira de mi bufanda y, en un pestañeo, me veo arrastrada por una alocada Diana.

—¿Qué coño...? —pregunto cuando, de repente, estoy detrás de un maldito cubo de basura. Pero Diana me chista para que me calle y se asoma levemente—. ¿Diana? ¿Me puedes explicar por qué casi muero? ¡Un poco más y me ahogas con la puta bufanda! ¿Qué coño pasa hoy?

Ella me ignora, por supuesto, así que no me queda más remedio que asomarme también para descubrir el motivo por el cual casi protagonizo un episodio de *Mil maneras de morir*. Está claro que a la siguiente va la vencida.

—Dime que no —murmullo—. Por favor, esto de estar escondidas por mi hermano no está pasando, ¿verdad?

Miro a mi amiga, que está en modo espía total.

—¿Sabes que este cuelgue que tienes por él es ridículo? Tía, que tienes treinta años.

—¡Oh!

Es lo único que suelta por la boquita, pero sé que significa algo, así que me vuelvo a asomar, y sí, ahora soy yo la que se agarra al cubo como si fuera la tabla de *Titanic* y yo Rose, la avariciosa Rose, que, a estas alturas, todos sabemos que hubiera podido salvar a Jack, ¿no?

Pero vamos a lo importante: Cole ha aparecido en escena y no está solo. No. Acompaña a una chica a la que no puedo ver bien. Intento averiguar, entrecerrando los ojos, si conozco a esa con la que se aleja caminando, seguramente para coger el coche. Solo puedo decir que parece morena, que es alta y poco más.

—¿Quién es? —pregunto, viéndolos desparecer al girar por una de las calles.

—Ahora no tenemos treinta años, ¿no? —suelta, ácida.

—Vaya con la pullita —digo. Nos quedamos en silencio: yo, mirando hacia donde ha desaparecido Cole; e imagino que Diana está espiando a mi hermano, el cual seguro que todavía habla en la salida del nuevo local.

Tras unos segundos (espero que así sea y no que hayamos estado como dos patéticas más tiempo del deseado), carraspeo.

—Será mejor que nos separemos del maldito cubo. Al final vamos a terminar mimetizándonos con él, y oye, vale que no estoy muy contenta de cómo va mi vida, pero tampoco nos pasemos.

Diana niega con la cabeza y, sin añadir nada más, volvemos a andar. He de decir que no nos hace falta hablarlo para desviarnos y tomar otra ruta. Nos da igual tardar más, pero no nos vamos a arriesgar a toparnos con ninguno de los dos.

No miramos atrás. Al principio caminamos muy tiesas, como si la gente fuera consciente de lo que hemos estado haciendo, pero en cuanto nos alejamos lo suficiente, sacamos todo lo que nuestras mentes están analizando:

—¿Crees que era su novia? —pregunto.

—¿Y la rubia de ayer? —suelta Diana.

Ambas nos miramos y nos reímos.

—No tiene novia, Diana. Aitor está soltero —explico.

—Habéis estado enfadados, podría haber empezado una relación en estos dos meses en los que no os habéis hablado... De todas formas, me da igual. Es solo el cotilleo.

—Ya, claro.

—Sí. Es solo curiosidad.

La forma en la que lo dice me hace dudar.

—Diana, ¿estáis bien, Bruno y tú?

A pesar de la situación, siento una tranquilidad a la que hace mucho tiempo que no estoy acostumbrada. La noche es silenciosa y fría. No ruidosa y acelerada como en la ciudad, y, aunque esta última me encanta, debo reconocer que el silencio a veces va bien para pensar las cosas. Aunque ahora me preocupan Diana y su relación. Llevan casi seis años, tres viviendo juntos, y salvo las típicas discusiones de pareja, siempre han estado bien.

—¿Y esa pregunta? —quiere saber Diana.

—No sé, llámame «loca», pero te veo muy interesada por mi hermano de una manera un poco...

—Es simple curiosidad. Nada más. Con Bruno estoy bien —contesta justo cuando empezamos a entrar en la zona residencial—. Como tu interés por saber si Cole está con esa chica o no.

Sonrío forzosamente.

—¿Por qué tengo la puta sensación de que me estás mintiendo, querida?

Diana se resigna y detenemos el paso justo en la calle donde ella vive, Marqués de Borja. Ambas nos miramos.

—No es nada —comienza a explicarse—. Tan solo que, al verlo aquí, no puedo evitar interesarme. Pero sabes que en el fondo no lo soporto.

Quiero hablar, pero Diana me interrumpe:

—No es nada más. Todo está bien. Sé que soy ridícula por ese cuelgue que tengo por él, pero es algo irremediable.

—Bien. Si dices que todo está en orden, te creo. Tan solo tendré que mentalizarme de que voy a tener que aguantarte como si fueras una adolescente en un concierto de los Backstreet Boys cada vez que lo veas.

—Gran grupo. Una metáfora muy exagerada para tu hermano. Recuerda que no lo soportamos.

Me río.

—Entonces estamos hablando de que Aitor es una hipérbole con patas. Me parece bien.

—Anda, buenas noches. Ya no sabes ni lo que dices. Escríbeme cuando llegues a casa.

—Lo mismo digo.

Nos separamos y sé que Diana llegará antes, obviamente; en menos de cinco minutos recibo su mensaje.

Me abrazo y continúo la marcha esperando no acabar como en el final de *El resplandor*. Es entonces cuando oigo que un coche se acerca a mí justo al entrar en la avenida Carlos Ruiz.

Me pongo en alerta porque, vale que la estampa es de postal, pero qué queréis que os diga, en un segundo esto se puede convertir en una película de terror y a ver quién acude en mi rescate si...

Interrumpo mis movidas cuando percibo que el coche ralentiza su marcha hasta casi detenerse a mi lado. Comienzo a buscar disimuladamente las llaves de casa en mi bolso por si necesito un arma con la que defenderme, cuando se baja la ventanilla más próxima a mí. ¿De verdad que voy a morir esta noche?

—Elsa. —Dicen mi nombre y eso no me tranquiliza.

Según las encuestas, el ochenta por ciento de las violaciones son cometidas por conocidos, pero cuando miro hacia el coche, descubro que detrás del volante del cuatro por cuatro está Cole, no un perturbado.

Mi cuerpo se destensa en un segundo. Bueno, no sé qué deciros, porque relajarse, lo que se dice relajarse... más bien paso de estar temiendo por mi vida a que mi cuerpo se preocupe por otro tipo de nervios. ¿No estaba con una chica?

—¿Qué haces aquí? —Obviamente no le voy a preguntar por la chica. Ni que me interesara.

Como respuesta abre la puerta del copiloto y no sé muy bien qué hacer. ¿Quiere que suba?

Le oigo suspirar desde dentro.

—Estaba volviendo a casa y te he visto. Anda, sube, te acerco a tu casa.

—¿En serio? —Mi pregunta viene acompañada de mi característico alzamiento de ceja, pero dudo que el gorro permita que se vea.

—Si prefieres seguir congelándote, por mí adelante.

Cole hace el amago de inclinarse para cerrar la puerta, pero a pesar de que no soy lo que se dice muy avispada, mi culo se está congelando y ahorrarme los casi veinte minutos de caminata me parece lo mejor. Así que, antes de que alcance el manillar, me aúpo en el asiento del copiloto. Bendita calefacción... Aunque, para ser sincera, no sé si el calor tiene que ver con eso o es por la proximidad de cierto sujeto. He subido tan rápido al coche que Cole todavía sigue inclinado sobre mi asiento.

Es decir, estamos juntos. Muy juntos.

—Hola. —Suelto lo primero que se les ocurre a mis atropelladas neuronas.

Juro que soy incapaz de decir ninguna frase más larga. ¿De verdad me está ocurriendo esto a mí? ¿Qué tengo, diecisiete años de nuevo? En serio, ahora mismo deben de estar chocando entre ellas.

La respuesta de él me mata y me recuerda que, un día, hubo un «nosotros».

—Hola.

Una simple palabra acompañada por la sombra de una sonrisa que no llega a materializarse pero que sé que está ahí, como cuando éramos más jóvenes y venía a recogerme en este maldito coche; porque, sí, ahora que el terror de poder ser asesinada se ha difuminado, me he percatado de que es el mismo. En definitiva, nos saludábamos siempre así. Con esos holas rápidos, y luego... luego el beso.

Mis ojos se dirigen a su boca y, cuando soy consciente de lo que he hecho, levanto la mirada como si me hubieran pinchado. Lo que ocurre entonces me desconcierta, pues él ha reaccionado igual.

Me acomodo en el asiento de la forma más casual del mundo, mirando al frente, pero no avanzamos. Le miro de reojo y sigue observándome. No tengo que preguntar, porque Cole rompe el silencio:

—¿Tienes pensado cerrar la puerta en algún momento o prefieres que hagamos el camino así?

Señor, ¿qué diablos me pasa? Cierro la puerta girando la cara hacia ella; espero que, así, el gesto le impida ser testigo de que me he sonrojado.

Pido disculpas, pero Cole sigue pinchando:

—Lo decía por apagar la calefacción... ya sabes. También es verdad que no suelo conducir así, pero siempre hay una primera vez para todo. Además, no creo que tengamos problemas. Dudo que nos crucemos con más gente.

—Deja de burlarte de mí. Estoy cansada y solo pienso en meterme en la cama.

Puedo asegurar que ya se me ha ido cualquier tontería.

—Así que ahora, a las tres en casa —deja caer, haciendo avanzar finalmente el coche—. Interesante...

Lo miro entre cabreada y sin querer reconocer que, en el fondo, este rollito... ¡Mierda! Elsa, no, mantente firme. Tú puedes, venga.

—¿Qué es interesante? Tú estás haciendo lo mismo.

Vuelve con esa sonrisilla, ahora más amplia, y soy incapaz de no estudiar su perfil. Eso sí, no me permito fijarme en sus labios más de lo estrictamente necesario. Me obligo a mirar hacia el frente porque su actitud me está poniendo muy nerviosa y, como soy así, decido hablar más para quedar por encima; por supuesto, meto la pata hasta el fondo.

—He de decir que me sorprende. ¿La noche no ha salido como tenías pensado?

Capto su atención y su semblante desaparece. Un minipunto para mí, claro, ¿pero a qué precio?

—¿A qué te refieres?

Ahora que he enseñado mis cartas no puedo escabullirme, así que para delante. Me obligo a ponerme chula, ya que, además, estamos entrando en mi calle. Como mucho nos quedarán dos minutos de conversación.

—No sé, he visto que esta noche tenías una cita. Así que, el hecho de que estés volviendo solo... —Hago un gesto de circunstancia con la boca.

—Vaya, ¿ahora me espías? ¿Ese ha sido tu plan esta noche?

Bufo ante su comentario de engreído. «Si tú supieras», pienso al recordar el episodio del cubo de la basura.

—Por favor. Como comprenderás, tengo cosas mejores que hacer...

—Ya lo veo —me interrumpe él, algo que odio—. ¿Este tipo de cosas las llevas haciendo desde hace tiempo o solo es por tu vuelta al pueblo?

No hace falta que añada mucho más para saber que se refiere a nuestro encontronazo de esta mañana. Pero decido ignorarle.

—Mira, chico, no me culpes a mí de tu no-triunfada noche —dejo claro en cuanto veo la valla de mi casa.

—¿Eso es lo que crees? —Cole frena delante de la puerta y me mira.

—¿Ahora me vas a decir que ha sido un éxito? No sé qué es peor, ¿qué han sido? ¿Cinco minutitos? —respondo segura de haber pinchado su ego de machito, pero vuelve a poner *esa* sonrisa. Sí, la peligrosa. *Second round*, amigas.

—Creo que tú, mejor que nadie, sabes que no soy ningún «cincominutero». ¿O necesitas que te refresque la memoria?

Mi corazón es un colibrí y temo que lo pueda escuchar. ¿Cómo me he metido en esta situación? Sus ojos están clavados en los míos y me doy cuenta de que la distancia entre ambos se empieza a acortar de manera peligrosa.

—Por favor...

Quiero soltar algo que lo deje KO, pero solo puedo buscar de manera frenética el manillar para salir de ese embrollo. Cuando consigo abrir la dichosa puerta, Cole está como si nada, como si hubiéramos tenido una conversación de lo más casual.

—Elsa —me llama.

Me giro.

—Dime.

—Esta vez, acuérdate de cerrar la puerta. Y, por favor, cuando vuelvas a espiarme, al menos no te delates después.

Y cierro la puerta en sus narices.

«Imbécil.»

No tarda en retomar la marcha y, una vez que desaparece por la primera curva a la derecha, me giro hacia mi casa sin poder entender lo que acaba de ocurrir. Segundos después ya tengo acompañante. Milo se sienta a mi lado como un guardaespaldas. Le sonrío con cariño y veo el dibujo de sus patitas sobre la nieve.

—Vamos, ¡adentro! —le digo mientras abro la verja y le dejo pasar.

Obedece, pero una vez en el jardín, me abandona con mis pensamientos. No se puede confiar en el género masculino, está claro.

Entro en casa dispuesta a irme a dormir, aunque, por lo que acaba de pasar, será misión imposible. Me sorprendo cuando veo la luz de la cocina encendida, así que me asomo para descubrir a Loren, Nina y Lydia.

—¿Qué hacéis?

—Por fin haces acto de presencia. ¿Qué has descubierto de las casas en venta? —me suelta Loren, mirándome de arriba abajo.

—No me hables de eso —digo mientras entro en la cocina y veo que están tomando lo que parece chocolate caliente.

—¿Quieres? —pregunta Lydia.

Niego con la cabeza. Nunca he sido muy fan, sí del chocolate, no entréis en cólera, pero en líquido, no sé, no me convence.

—¿Sabéis qué hora es? —dejo caer.

—Sí, pero no puedo dormir y estos han decidido hacerme compañía. Estar embarazada es un rollo.

—No me extraña. Lo que no sé es cómo puedes moverte.

Nina hace un gesto de exasperación mientras se acaricia la tripa, ya de manera inconsciente.

—¿Te unes? —pregunta de golpe Lydia, sacando una caja de su regazo.

—¿Al Monopoly? Ni loca. La última vez, Loren y yo estuvimos días sin hablar. Su mal perder es insoportable.

—¿Perdona? —pregunta mi hermano sin disimular su indignación.

—¿Lo veis?

Nina y Lydia se ríen mientras Loren aleja una de las sillas libres en una clara invitación a que me siente.

—Venga, vamos. Cuenta qué has visto.

Imaginando que mi hermano no está interesado en mis encontronazos con Cole, niego con la cabeza.

—Ya te lo he dicho. No he visto ningún cartel de venta. —La mentira sale sola—. Lo que sí puedo decir es que, por vuestra maldita culpa, he pasado mucho frío. —Por no hablar de otras cosas.

—Venga, Elsa, no me creo que no hayas visto nada en toda la zona. ¿Es que no has ido?

Abro la boca para contestarle, pero, de repente, entra mi padre en bata y se sorprende al vernos.

—Pero ¿qué hacéis todos aquí? —pregunta rascándose la barba.

—Todos no, Oliver se ha ido a dormir. No le apetece jugar al Monopoly —explica Loren.

—¿Por qué será? —No puedo evitarlo, y Loren me golpea con el dedo índice en mis costillas.

—¡Ey! —me quejo tras pegar un brinco.

Mi padre asiente sin mucho entusiasmo y va directo al tarro de las galletas. Otro espontáneo aparece en la cocina: Milo maúlla a mi padre pidiendo su parte.

—¿Qué hacéis todos levantados? —Aparece en el umbral Aitor, que nos mira interrogante, algo comprensible. No es normal encontrar a tanta gente en la cocina a las tres y pico de la madrugada.

—En esta casa nadie duerme, parece ser —contesto.

—¿Te unes? —propone Lydia al tiempo que muestra de nuevo el separador de familias y amistades mundialmente conocido como Monopoly.

—¿Por qué no?

Y sí, sin creérmelo, me veo arrastrada a una partida interminable; pero, como soy competitiva, hasta que no consigo desplumar a Loren, no paro. No sabéis lo divertido que es sacarle de quicio, porque tiene tan mal perder que al final, hora y media después, me lanzo a besarle varias veces para que se le pase el enfado.

Cuando entro en mi dormitorio, cierro la puerta, pero enseguida tengo que abrirla porque oigo que alguien la raspa. Milo entra y va directo a mi cama. Me siento a su lado acariciándole y, sin quererlo, mi mente va sola y directa a pensar en *él*. No se lo he dicho a Diana, pero me ha dolido verlo con alguien. Ha pasado tiempo, sí, pero Cole siempre será Cole. Joder, estoy pensando más en él que en Marcos, pero es que este pueblo parece empeñado en que no dejemos de encontrarnos. Puede que hayamos tenido un momento extraño..., no sé ni cómo catalogarlo, pero siento que todo está empezando a removerse por dentro. Es increíble las promesas que, con el paso del tiempo, rompes incluso contigo misma.

Sin pensarlo, voy al escritorio y enciendo el ordenador. Las manos van solas sobre las teclas y, aunque es maravilloso, también es doloroso porque, sin quererlo, estoy hablando de lo que guardo para mí. De lo triste que es ver cómo, a pesar de todos tus planes, estás atrapada en un lugar que sabes que no es el tuyo, que no es lo que querías; ver que tus esfuerzos no han servido de mucho. Por no decir de nada. Quién le iba a decir a la Elsa de hace unos años, esa que abandonó su hogar llena de sueños y determinación, que las cosas no son como en *Sexo en Nueva York*, que la vida se parece más a *Girls*. Que el esfuerzo no iba a ser recompensado y que ese corazón roto, ese que se obligó a reparar, sigue igual de herido tras el paso del tiempo.

¿Es que hay heridas cerradas cuya marca es tan profunda que resulta imposible curarlas?

Sábado, 22 de diciembre

Por la mañana

La fiebre de la Navidad ya se nota en mi casa. Eso significa que mis padres están de los nervios porque quieren que todo esté listo para la comida de ese día y que, por supuesto, no falte de nada. En esos momentos es mejor hallarse lo más lejos posible de casa, porque, si juntamos el carácter de mis padres junto a una embarazada y a mi hermano Loren, ya os aseguro que nada bueno sale de ahí. Vamos, he visto discusiones muy fuertes por cómo colocar las bolas del árbol. Sí, como os cuento... En fin, debido a eso entenderéis que cuando mi madre pide que alguien vaya al súper del pueblo a recoger algunas cosas, me falta tiempo para arrancarle la lista de la mano. Sed conscientes de que tendré que coger el coche y todo. Entended la gravedad del asunto. Oliver se ofrece a acompañarme y, como mi cuñado me cae bien, accedo. No quiero que el pobre se dé cuenta de que no tiene por qué aguantar a esta familia y nos abandone.

—¿Quieres que coja yo el coche? —pregunta Oliver, pero niego con la cabeza.

—Tengo que enfrentarme a este miedo absurdo. —Mi cuñado asiente y se pone el cinturón volando—. Si morimos...

—Elsa, no vas a poder ir a más de cuarenta. Reza solo por no estropear la carrocería.

—Nunca se sabe, Oliver. Puede que me dé un jari, apriete el pedal del acelerador sin darme cuenta y...

—Ya, ya. Y también puede que te toque la lotería. Venga, melodramática, vayamos a por... —Consulta la lista—. Huevos, mantequilla y ya veremos si sobrevivimos a la operación.

Le saco la lengua en un claro signo de madurez y salgo a la calle. Todo despacio, todo correcto. Oliver enciende la radio y comienza a sonar *Train to Mexico* de Toby Sebastian. Tras unos minutos en los que, por suerte, el vehículo no vuelca, me relajo y comienzo a cantar con mi cuñado hasta que llegamos al supermercado.

Ya hay varias personas haciendo la compra, pero no tantas como para que tenga ganas de abandonar la idea.

—¿Nos separamos? —pregunta Oliver mientras coge el carrito en la entrada.

Asiento.

—Vale, tú consigue esto y yo el resto. —Hace una foto a una parte de la lista y me la pasa por el chat del móvil—. Nos encontramos luego, en las filas. Así terminamos antes y vamos a tomar un café en el local ese de la esquina tan mono.

—Vale. —Sé a cuál se refiere. Como me parece un buen plan, más que nada porque ponen los mejores postres del mundo y al pensar en ello me ha entrado un hambre voraz, salgo disparada.

Consultando la lista, veo que me ha tocado la parte de repostería. Así pues, sabiendo que es por un gran motivo, voy con entusiasmo por los pasillos. Veo algunos padres con sus hijos pequeños y recuerdo que están ya de vacaciones. Sí, no me gustan nada, pero he de decir que los pocos que hay aquí se están comportando de manera civilizada.

He cogido ya la leche y los huevos, todo eco tras recordar la última charla que me dio Diana sobre el tema: «Hay que cuidar el planeta, ponte las pilas». Entonces veo un mensaje de Oliver. Parece ser que hay cola en la carnicería, así que sigo a lo mío tras avisarle de mis progresos y voy directa a por la harina, lo siguiente en mi lista. Y, cómo no, sucede. Justo en el otro extremo del pasillo, aparece Cole empujando su carrito. De verdad, karma, destino o como quieras que te llame. Basta ya, ¡mi vida no es una novela de Nicholas Sparks!

Podría decir que actúo con normalidad, pero, por supuesto, eso no parece estar en mi vocabulario. Mi cuerpo se irgue y, como las malditas ruedas de las cestas parecen hechas de plastilina, al estar yo más pendiente de otra cosa que de la puñetera, se choca contra el *stand* que pilla más a mano, que no es otro que el de los botes de preparados de crepes y gofres, llamando la atención de la gente que tengo alrededor. Entre ellos, la de Cole, sí. Genial.

Me agacho para recogerlos y, cuando termino, retomo la marcha sin mirar nada que no sea la balda de las harinas. Me detengo a estudiar cuál es la que quiere mi madre pero, premio, están agotadas. O no, porque de hecho queda un paquete en una de las baldas más altas. Menos mal que no soy baja, así que me pongo de puntillas para cogerla cuando alguien se me adelanta. Me quedo como Neville Longbottom cuando Hermione le lanza su *pretrificus totalus*. Qué, ¿os pensabais que era *muggle*?

Pero volviendo a lo que nos ocupa, el leñador me acaba de robar el puñetero paquete de harina con toda su calma, algo demasiado insultante para mí, por supuesto; antes muerta que callarme algo.

—¡Oye! —le increpo cuando empieza a alejarse como si no acabara de delinquir.

—¿Me hablas a mí? —pregunta con falsa educación. Lo ha hecho adrede, lo sé, así que mi cabreo se multiplica por mil.

—Claro que sí. Acabas de robarme *mi* paquete de harina

—le increpo al tiempo que suelto la cesta, que se vuelve a volcar detrás de mí. Traidora.

Cole mira la puñetera cesta, pero mantengo el tipo. La torpeza me acompaña desde tiempos inmemoriales, qué se le va a hacer.

—No veo que en el paquete ponga tu nombre. —Lo dice mientras lo gira como si lo estuviera buscando.

—Deja de hacerte el gracioso y dámela. Estaba cogiéndola cuando te me has adelantado.

—Pues sé más rápida la próxima vez.

El cabrón intenta escabullirse, pero no se lo pienso permitir. ¿Quién demonios se cree? Lo retengo por el brazo; imaginad el enfado que tengo encima, que ni siquiera aprecio lo duro que está. Bueno, solo un poco.

—Devuélvemela.

—¿Vas a montar una escena por un paquete de harina?

No pienso. Actúo.

Como es un poco más alto que yo, tengo que coger algo de impulso, pero antes de que se dé cuenta y dando un toque maestro debajo del paquete —esto sirve para todo, chicas—, consigo que se le escape y lo atrapo al vuelo.

—¡Venga ya! —dice, y se esfuma de su cara cualquier signo de diversión. Da varios pasos hacia mí, pero por cada paso que da, yo me alejo un poco más.

—Esto es vergonzoso —dice una anciana al pasar a nuestro lado.

—Me ha robado mi paquete de harina, señora —le explico.

—¿Puedes dejar de montar una escena y devolverme...?

—Tú puedes quitármela, pero yo a ti no. ¿Así funciona?

—Por Dios, madura un poco. Pensaba que con esos aires que te traes ahora, por lo menos significaría que has madurado algo. Pero veo que sigues siendo la misma...

—¿Cómo? —No le dejo terminar la frase—. Que te den.

Cuando esté más tranquila, se me ocurrirán respuestas mucho más ácidas y elegantes, pero chica, una no puede con todo. Así que avanzo y avanzo hasta que, al ver a Oliver esperándome, me doy cuenta de que he olvidado la endemoniada cesta. Sin mediar palabra con mi cuñado, le doy ese paquete de harina que me ha costado mucho más de lo que me gustaría admitir y vuelvo sobre mis pasos para recuperar la cesta. ¿Lo peor? Cole está esperándome en el mismo sitio donde lo he dejado y asiente satisfecho cuando me ve agacharme toda digna, eso sí, para recoger el desastre.

—Que pases un buen día, Elsa.

Voy a responderle, pero cuando levanto la vista, Cole ya ha salido del pasillo.

Estos encuentros me van a costar mi salud mental. De hecho, hay un pensamiento que me empeño en no dejar salir a flote, pero al poner tanto empeño en eso, ocurre todo lo contrario. Es una vocecilla que no para de repetirme que esto no debería afectarme tanto.

¿Por qué lo hace? O, mejor dicho, ¿quiero saberlo?

Sábado, 22 de diciembre

Por la tarde

Durante el mes de diciembre, hasta el día 22, todos los sábados por la tarde hay un mercadillo de Navidad; es delito si te lo pierdes, así que Lydia no tiene que convencerme mucho para ir. Ni a mí ni a Diana.

Y aquí nos encontramos, en el Parque de la Bolera, donde lo preparan. Cada puestecito parece una cabaña de madera y, por supuesto, tiene decoración hasta el tejado. Es decir, en exceso, pero debemos reconocer que si no fuera así no sería tan mono. Hay puestos de comida, artesanía y ropa, y sí, siempre va bien para los últimos regalos y, por supuesto, para ponernos al día.

—¿Os podéis creer que se despidió con un «que pases un buen día, Elsa»? —Pongo mi voz más grave para imitar su tono; mientras tanto, Lydia y Diana examinan el puesto de fulares.

Mi amiga asiente con un gesto entre la estupefacción y un no sé qué, provocándome ganas de sacudirla para que me diga lo que piensa.

—¿Tan malo es? —pregunto directamente.

Lydia y Diana se miran. Como buena reina del drama que soy, me tiro sobre un montón de fulares, pero me quito rápido cuando la propietaria del puesto me alza la voz.

—A ver, ha sido un encuentro raruno... —comienza mi hermana mientras nos dirigimos al siguiente puesto, uno de cazadoras y bolsos de piel que nos llama poco la atención.

—Y los demás... extraños. Parece que te está lanzando la caña para darte un corte poco después —suelta Diana—. No sé, tendremos que analizar su comportamiento en los siguientes encuentros para sacar algo en claro.

—No va a haber siguientes —me apresuro a decir.

Diana y Lydia se sienten cómplices.

—Solo añadiré una cosa —comienza Diana, pero luego se calla.

—¡Habla! —insisto impaciente.

—Te iba a decir que la próxima vez actuaras con normalidad. Pero a quién vamos a engañar, tu nula psicomotricidad lo complica siempre todo...

—¡Eh! —me quejo mientras cotilleo el siguiente puesto, uno de aceites esenciales que llama más mi atención.

Guardamos silencio hasta que verbalizo un pensamiento que me lleva persiguiendo desde la primera vez que lo vi.

—Yo qué sé. ¿Me guardará rencor?

—¿Tú le guardarías rencor a alguien que te dejó cuando tenías dieciocho años? —deja caer Lydia, y pasa al siguiente puesto de bisutería, algo que me pirra.

—Veinte —corrijo—. Tiene dos años más que yo, es como Aitor.

—Mira, chica, qué más da. Como bien dices, te importa poco. —Diana me está retando a que diga lo contrario, lo sé.

—Hombre, sí, pero me choca mucho su comportamiento conmigo. Es decir...

—No hay que darle muchas vueltas —me interrumpe Diana—. Lo que debes tener claro es una cosa... —Las tres nos detenemos cuando dice eso último.

Hay villancicos de fondo y ruido lejano de cascabeles, incluso percibo olor a gofres, pero toda mi atención está centrada en Diana, que, tras colocarse bien su gorro de lana rojo, me mira para terminar su frase:

—Debes tener cuidado en tu próximo encuentro con Cole. Al ritmo que llevas, te veo en el hospital ingresada por alguna fractura.

—Qué imbécil eres, ¿lo sabías, bonita? —Me vuelvo para no ver cómo ambas se ríen a mi costa y voy al siguiente puesto, también de bisutería.

—¿Por qué te impone tanto? —insiste Diana, situándose a mi lado mientras examino anillos de piedras que me chiflan.

—No me impone —dejo claro.

Lydia se vuelve a reír.

—Claro que lo hace.

—Niña, estamos hablando las mayores —le regaño, pero al final suspiro—. Está bien, sí. Puede que me afecte más de lo que me gustaría admitir.

Diana asiente.

—Te ha costado aceptarlo, y más sabiendo que leo los posts de tu blog. —Menuda marisabidilla.

—¿Qué blog? —pregunta Lydia con interés.

—El de tu querida hermana, que va escribiendo verdades como puños. Es imposible que alguien lo lea y no se sienta identificado —suelta Diana al tiempo que pasa un brazo por encima de mis hombros.

—Quita, quita —me quejo intentando recuperar mi espacio.

Las tres nos reímos, pero alguien llama nuestra atención.

—¿Diana? ¿Elsa?

Nos damos la vuelta y descubrimos delante de nosotras a una chica abrigada hasta los topes, y no lo digo por decir, sino de manera literal. Lleva un abrigo enorme con un cuello tan alto que, junto a la bufanda y el gorro, solo permiten ver sus ojos. Unos ojos verdes que no nos dicen mucho a ninguna de las dos.

—¿Sí? —afirmo y pregunto a la vez.

—Soy yo, ¡Celia! Madre mía, ¡cuánto tiempo!

Deja la bolsa de la compra en el suelo y se baja la bufanda con las manos permitiéndonos, así, descubrir a una amiga de la infancia.

—¡Oh, Dios! —dice Diana con entusiasmo.

Nos acercamos y nos da besos y abrazos con demasiada efusividad para mi gusto, pero bueno, la chica se alegra de vernos.

—¿Qué tal estáis? Bueno, se os ve estupendas —dice.

—A ti también —contesta Diana.

«Menuda trola», pienso.

Vamos a ver, a ella solo se le ve media cara, poco para juzgar, y a nosotras, tres cuartas partes de lo mismo. Lo que me sorprende es que nos haya reconocido, pero Celia siempre ha sido un poco cotilla, así que me da que nos habrá visto mucho antes y ahora provoca el encuentro *casual* tras cerciorarse de que somos nosotras.

—Mirad, me habéis pillado con la compra, pero ¿qué os parece si os pasáis esta noche por donde estemos? A todos les hará mucha ilusión veros.

Miro de reojo a Diana, pero esta no capta mi llamada mental, por lo que termino sonriendo mientras ambas intercambian teléfonos para quedar. Genial, nada como tener que aguantar a gente que hace siglos que no veo y que, por tanto, me importa bien poco.

Cuando Celia se aleja, Diana levanta una mano tapando casi mi cara.

—Antes de que empieces a refunfuñar: va a ser divertido. Eran nuestros compis de cole. ¿No tienes, aunque sea, un poco de curiosidad?

—«Francamente, querida, me importa un bledo.»

—Anda, señor Butler,[2] tira, tira —me dice; nos acercamos adonde hemos dejado a Lydia en un, afortunado, segundo plano.

—¿Qué me he perdido? —pregunta mi hermana.

—No preguntes o te arrastraré conmigo —protesto. Entonces un anillo capta mi atención.

—La piedra es ónix negro —me dice la propietaria del puesto, que debe de notar mi interés—. Ayuda a tomar decisiones prudentes, alcanzar objetivos y metas personales.

No necesito más.

—Me lo llevo.

Salimos del parque pensando en volver a casa, cuando Lydia propone un plan imposible de rechazar.

—¿Unas chuches?

Ninguna es tan insensata como para negarse, así que subimos hasta la plaza San Lorenzo, esquina con calle Reina Victoria, y vemos el cartel blanco con su círculo rosa rodeado de puntitos de colores donde se puede leer: LA TIENDA DELI.

Nada más entrar en el local, pequeño, bonito y con varios banderines en tonos pastel colgados del techo, nos da la bienvenida el olor a palomitas recién hechas. Nos dirigimos a las estanterías de madera blanca con nuestras bolsas de papel y, cuando comenzamos a llenarlas de chuches, que os puedo asegurar que hay variedad, Diana vuelve a la carga:

—Esta noche te recojo cuando me diga a qué hora hemos quedado.

—¿De verdad que hay que ir? —me quejo al acercarme a la vitrina de chocolatinas, algunas de ellas en botes de vidrio.

—Elsa, tía, deja de ser tan... —Miro hacia mi hermana, la

2. Personaje de la película *Lo que el viento se llevó*, que dice la mítica frase.

que ha hablado ahora, pero, como me conoce bien, decide que es mejor callarse.

—Así me gusta —digo, y vuelvo a lo mío.

Noto que Diana se coloca a mi lado. De su bolsa salen varios regalices y palotes.

—Venga, si no lo haces por ti... —Me sorprende la puritana de Diana sacando un regaliz rojo y haciendo un gesto que no da pie a dudas—. Hazlo por tu vagina. No querrás que se cierre para siempre, ¿verdad?

La empujo mientras se mofa a mi costa; espero que nadie más haya visto su gesto ni oído su comentario.

—Te juro que como sigas así, acabo contigo y tiro tu cadáver en la charca con los cisnes del monasterio.

Diana disfruta de mi suplicio.

—Anda, tonta, te prometo que va a ser divertido. ¿Qué mal nos puede hacer?

Oh, señor, si hubiera meditado mejor esa última pregunta...

Sábado, 22 de diciembre

Por la noche

Estoy fuera de casa y Diana lleva veinte minutos de retraso, pero por fin veo la luz de los focos de su coche. Cuando se detiene delante de mí, entro y le lanzo mi archiconocida mirada.

—Perdón, perdón, perdón —se disculpa Diana, volviendo a poner el coche en marcha.

—Veinte minutos, Diana. —Así que enciendo la radio y la aviso—: Tengo derecho a escoger música.

Suena *La Vie En Rose* versionada por Lucy Dacus y, satisfecha, me calmo.

—¿Estás preparada? Tengo la sensación de que va a ser una noche emocionante.

—Oh, sí... —contesto mirando por la ventanilla, pero recapacito—: Lo siento, estoy especialmente seta estos días.

Diana se ríe, y yo termino imitándola.

—¿Al final es en el Sapo Rojo? —pregunto, y Diana asiente.

—Dice que van a estar todos.

—¿Es que nadie se ha ido de este pueblo? —Estoy inquieta y me remuevo en el asiento.

—Ahora lo averiguaremos.

No tardamos mucho más en llegar al centro y aparcar. Hay

bastante gente, se nota el aire festivo por la alegría que exudan, y contengo las ganas de vomitar. Puaj.

Vamos directas al bar y noto de nuevo ese nudo en la tripa, pero Celia, que nos hace gestos desde una esquina nada más entrar, me obliga a no detenerme en ello. Ambas saludamos con la mano y vamos hacia allí. Como es habitual, el local está lleno. La música casi no se oye por las voces, y el olor a comida rápida lo inunda todo. Estupendo, toda mi ropa olerá a fritanga.

—¡Hola, chicas! —sonríe Celia.

Celia es una chica un poco más baja que Diana, con un pelo rubio muy claro, al igual que su piel, y eso hace que sus ojos verdes destaquen mogollón. Siempre fue una chica muy dulce y agradable, la típica que se llevaba bien con todo el mundo. La saludamos y nos centramos en los demás, que nos miran como animales de zoo. Es chocante ver a mis amigos de la infancia convertidos en adultos, así, de golpe. Rarísimo.

—Julio —saluda Diana al primero que se levanta de la mesa.

Uy, Julio, era el rompecorazones. Las tenía locas a todas. Ahora puedo decir, mientras me saluda, que la edad no le ha tratado tan bien. Sigue siendo un tiarrón grande; vamos, menguar lo que se dice menguar, no lo ha hecho, pero tiene entradas de esas mal llevadas, se nota que ha cogido peso y no lo quiere ver. Es decir, estoy sufriendo por la tirantez de su jersey en la zona del estómago, por no decir que las arrugas de su rostro me hacen desear tener un espejo ahora mismo y examinarme con detalle. ¿Estamos tan viejos?

Le siguen Leyre, Roque y Noé; en líneas generales, puedo decir que están iguales, pero sí, se nota que ya no somos adolescentes. Hay caras nuevas, que corresponden a las parejas; salvo a la de Julio, que sigue soltero. Y sí, falta gente. No fuimos las únicas que nos fuimos de este pueblo.

—Bueno, chicas, contadme. ¿Qué tal? —nos pregunta Celia

mientras nos traen nuestras cervezas. Parece ser la única interesada en nosotras, porque los demás, tras los saludos, continúan con sus conversaciones.

—Pues poca cosa, la verdad. Ambas tenemos vacaciones por Navidad y Elsa se ha animado a venir a pasar estos días aquí —contesta Diana mirando a Julio, quien también parece interesado.

Para mi amiga debe de ser un *shock* ver al popular de la clase convertido en un orco. Sí, esa imagen mental de *El señor de los anillos* que os está viniendo a la mente es muy exacta. Bueno, vale, quizá exagero un poco.

Intento que parezca que estoy al tanto de la conversación, pero en realidad pienso en lo bruja que soy y en lo orgullosa que me siento de ello. Es cierto que Diana volvió para vivir junto con Bruno, pero no es el típico pueblo de ochenta habitantes, así que, al final, no ves a la gente con la que ya no sueles salir. Hasta resulta difícil cruzártelos en el supermercado, algo que sí ha sucedido con Cole. ¿Cómo narices no voy a estar todo el rato cuestionándome, si no paro de encontrármelo?

—¿Y qué tal la vida? ¿Cómo os ha tratado?

La pregunta llama mi atención, así que dejo de pensar en cierto sujeto que, no, NO me interesa lo más mínimo. Lo recalco para que se enteren bien esas neuronas rezagadas que tengo.

—Bueno, yo estoy como *community* en una empresa internacional, y la verdad es que muy bien. —Esa es Diana, por supuesto. Yo sigo bebiendo, a ver si, con suerte, se olvidan de mí.

—¿Y tú, Elsa? No te recordaba tan callada —suelta Julio. Vaya, no he tenido suerte.

—Bien, trabajo como periodista en una pequeña agencia. —Respuesta estándar cargada de mentiras para salir del paso.

—Oh, ¿en serio? ¡Suena genial! —Celia está encantada.

—¿Y sobre qué escribís? Nunca había oído eso de periodistas en agencias. ¿De qué es? —insiste el orco.

Ya no me cae tan bien, así que le puedo llamar como me dé la gana. Dejo el botellín sobre la mesa y le miro recordándome que debo ser simpática.

—Escribimos artículos para empresas que nos contratan.

—Ah, como un creador de contenidos, ¿no? —pregunta. Asiento y vuelvo a mi botellín.

—¿Y Nagore y Gala? Porque seguís igual de inseparables, ¿no? —quiere saber Celia.

Ambas asentimos.

—Sí, seguimos juntas. Lo que pasa es que hacemos más vida en Madrid. Bueno, todas vivimos allí salvo Diana.

Miro a esta pidiendo ayuda. No quiero hablar de nosotras.

—Bueno, ¿y vosotros? —interviene rauda Diana, como mi salvavidas.

—Yo estoy en una empresa de videojuegos. Estoy a cargo del departamento de programación. La verdad, es una pasada.

Vaya, el orco me deja sorprendida.

—Sí, el trabajo de Julio es muy chulo, lo bueno es que somos los primeros en conseguir los videojuegos —asiente Celia—. Yo soy enfermera, estoy en el hospital.

—Oh, qué bien —dice Diana. Ambos asienten sin ocultar lo encantados que están con sus vidas, y sé que si preguntamos al resto me voy a deprimir.

Soy la única desgraciada del grupo. Es estupendo.

A pesar del terrible inicio, acabo disfrutando al recordar anécdotas de todos. Hace un rato que hemos dejado de picotear, y las cervezas y copas invaden la mesa. Y no solo la nuestra, por lo que puedo ver a nuestro alrededor.

Estamos en mitad de otra, esta vez narrada por Noé, cuando noto que Diana se tensa a mi lado. Es algo imperceptible para los demás, pero no para mí. Y no tardo en localizar quién ha sido el causante. Sí, vosotros también. Aitor, que acaba de llegar al local con sus amigos, se dirige a la barra. Seguramente para preguntar si hay alguna mesa libre. Hay tanta gente que ya está abierta la segunda planta, así pues, no creo que tenga problemas. Seguro que Diana se ha percatado también de la rubia del otro día y, aunque han venido en grupo, está muy pendiente de él. Cuando mi hermano indica a sus amigos que vayan abajo, se posiciona a su lado. ¿Aitor con novia? No sé yo... me cuesta imaginármelo.

Pero cuando empiezan a andar, pone su mano en la baja espalda de ella para guiarla. Vaya, vaya. Antes de girarme, noto la mirada láser de Diana. Hacemos contacto visual y comenzamos una de nuestras conversaciones telepáticas:

¿Que no tenía novia?, pregunta Diana.

Ya ves.

¿Eso es lo único que te dignas a decir?

Sí, asiento.

Como podéis apreciar, nuestras conversaciones telepáticas son cortas y directas. Hacerlas de otra forma solo conduce a la catástrofe. Os lo puedo asegurar.

Diana se inclina hacia mí y decide hablarme directamente:

—Haz algo.

—¿Algo? —pregunto sin entender—. ¿Qué quieres que haga? No puedo deshacerme de ella, Diana.

La miro con reprobación para sacarla de quicio, ahora es ella la que bufa.

—No me refiero a eso. Sino a que investigues a ver si tienen un rollete o algo más.

—¡Venga ya! —me quejo, y me llevo un golpe en la rodilla—. Vale, vale.

Echo la silla hacia atrás para incorporarme. Llamo la atención de todos, que se quedan mirándome extrañados.

—Eh... voy al baño. —Digo lo primero que se me ocurre, pero cuando soy consciente de que el servicio está en la planta baja, me doy cuenta de que soy brillante hasta cuando meto la pata.

Nada más alejarme, noto que mi móvil vibra. Lo saco mientras sorteo a la gente.

Diana
¿ADÓNDE VAS?

Su mensaje es así de alarmante, y por un momento estoy tentada a no contestarla, pero tecleo sobre la pantalla mientras comienzo a bajar las escaleras, confirmando que soy una santa.

Yo
¿No me has dicho que consiga información? ¡Pues a eso voy!

Diana
Vuelve ahora mismo. ¿Qué piensas hacer?

Yo
Un poco de fe en tu amiga.

Guardo el móvil, y así, sin pensar mucho en qué hacer, continúo con mi propósito sin temor. Total, suelen decir que los planes improvisados son los que mejor salen... Ja. Yo os puedo asegurar que eso es falso. Muy falso.

Ahora mismo está sonando *You Make My Dreams* de Daryl Hall & John Oates y, por la forma en la que termino de bajar las escaleras siguiendo el ritmo de la canción, me doy cuenta de que estoy algo... tocada. Bueno, ¡qué más da! Hemos venido a jugar. Y sí, jugar es sinónimo de averiguar qué se trae entre manos mi hermano, pero primero, el baño. Porque ahora que lo pienso, sí, me meo viva.

Así pues, comienzo a buscar hasta que encuentro el cartelito. Cuando llego hay cola, no mucha porque solo tengo delante a dos chicas, pero la hay, así que no tengo más remedio que esperar a que llegue mi turno. Me apoyo en la pared más cercana y empiezo a estudiar mi entorno, es decir, intento localizar a mi hermano y su grupo de amigos. La zona en la que estoy es perfecta para mi cometido porque estamos en un pequeño distribuidor que, al estar resguardado, sirve para poder cotillear sin ser descubierto.

Localizo rápido a Aitor; parece que está pasando un buen rato ajeno a mi escrutinio, pero no encuentro a la rubia que preocupa a Diana. En ese momento caigo en que una de las chicas de la fila es rubia...

Bingo. Me vuelvo con disimulo de nuevo hacia los baños y no solo confirmo que es la rubia que estaba buscando, sino que ambas me están mirando. Vaya, no soy la única Mata Hari presente.

Ambas dan un leve respingo, muy delatador, al establecer contacto visual conmigo. Desvían la mirada, pero puedo ver que la rubia asiente levemente a la otra, una morena que seguramente también es del grupo. Saco el móvil, y en el proceso intento sacar información sobre nuestra «sujeta» de estudio. Mmm... ¿eso está bien dicho? ¿«Sujeta»? Dios, suena fatal. No debería beber más.

Mi móvil vibra y, por supuesto, es Diana. Quiere saber por qué estoy tardando tanto. Tengo la suerte de que la puerta del baño se abre y una de las que estaba dentro sale. Ambas amigas entran dejándome sola, así que hago un audio breve.

Yo
Al habla para dar informe. No hay mucho avance. Corto y cambio.

Y me quedo más *pancha* que larga. Ya os digo que se me ha ido la mano con los botellines. No estoy acostumbrada y como me despiste...
Su respuesta no tarda en llegar, corta y concisa:

Diana

Empiezo a teclear para explicarle que estoy detrás de la rubia en la fila del baño, pero oigo un estallido de risas que me hacen mirar hacia la mesa de mi hermano. El estómago me da un vuelco porque descubro que alguien más se ha unido a la fiesta. Cole les está saludando.

La puerta del baño se abre y me topo de nuevo con las dos estudiándome. De repente, caigo en algo que me produce vértigo, especialmente cuando la morena dirige su mirada hacia la mesa y noto cómo se le ilumina la mirada. Es la morena que vi con Cole. Confirmadísimo. El alcohol me baja de golpe, como si me hubieran tirado un cubo de agua fría. ¿Qué digo fría? ¡Helada!

Me aparto para dejarlas salir, y cuando entro me miro en el espejo. La expresión de mi cara es un poema, pero me estudio con cierto enfado. «¿Por qué narices te importa tanto?», eso es lo que me pregunto; joder, que alguien me dé la maldita respuesta, porque esto es absurdo. Absurdo, patético y... no, me niego a ser también patética. ¡No me da la gana! Voy directa a echarme agua a la cara, pero lo pienso mejor. Mi *eyeliner* se ha mantenido intacto, así que ¿para qué estropearlo? Hago pis, me vuelvo a mirar, asegurándome al menos de tener un aspecto decente y salgo. Y no, no lo hago con un trozo de papel higiénico pegado a la bota. Qué poca fe tenéis en mí. Lo hago con arrojo, pero mi mirada se dirige al único sitio al que no debo. «Quítala, mira para otro lado. Elsa, joder», me repito, pero mi propio consejo se esfuma cuando me doy cuenta de que sus ojos están fijos en mí.

«¿Por qué diablos me miras...?»

Llego a la mesa como una persona nueva, y no en el buen sentido. Es decir, me fui entusiasmada, feliz de la vida, y he vuelto con cara de pocos, poquísimos amigos. Celia y Diana me observan compasivas.

—¿Qué? —pregunto, más brusca de lo que me gustaría.

—Hemos visto llegar a Cole —contesta Diana. Rápidamente miro a Celia y al resto de la mesa, pero salvo nuestra amiga de la infancia, todos parecen estar pendientes de sus conversaciones.

—Ah, ¿sí? —pregunto en busca de mi botellín y recordando que ya me lo he bebido. Todo son alegrías.

—Sí —contesta Diana con tacto. Me observa como si fuera a explotar en algún momento—. ¿Te ha visto?

Ahora parece que las tres estamos en un velatorio, hasta que una de nosotras decide romper el silencio:

—¿Sabéis? Voy a por otra ronda. —Celia se levanta; sospecho que se ha dado cuenta de que necesitamos un segundo a solas.

Nada más irse, Diana se acerca a mí.

—¿Qué ha pasado?

—No ha pasado nada, salvo que he bajado dispuesta a averiguar si el tonto de Aitor está liado con la rubia esa, pero solo vuelvo con información sobre Cole: ya sé con quién estaba el otro día.

Ella me escucha explicar, con pelos y señales, lo que ha ocurrido abajo.

—Tampoco sabes con certeza...

No termina la frase, por mi mirada y porque Celia vuelve con la ansiada nueva ronda. Cuando se sienta, dispara de lleno su siguiente pregunta:

—¿Has podido hablar con él? —Me mira solo a mí, pero me hago la tonta.

—¿Con quién?

—Con Cole.

Niego con la cabeza mientras voy directa a por el botellín.

—Creo que ni me ha visto. —La mentira vuela sola, pero mejor así. Celia asiente.

—Seguro que se alegra de verte. Le está yendo todo muy bien. —Con esa frase capta mi atención, pero Diana actúa.

—¿De veras?

—Sí, está como profesor en el colegio, y hace poco se compró una casita por vuestra zona, bueno, la de vuestros padres.

—Me alegro. —Y es sincero.

Que a Cole le vaya bien es genial y merecido. Siempre fue una gran persona. Tenía su futuro claro en este pueblo y es bueno saber que lo ha conseguido. Me pica la curiosidad por preguntar a Celia si sabe si está con alguien, pero sé que no debo. En especial cuando, poco a poco, los demás se unen a nuestra conversación. Es raro, pero siento que no estoy aquí, sino revisando cada detalle de lo que ha pasado. Y no paro de frenarme, esto que estoy sintiendo no es bueno. De hecho, no debería estar sintiéndolo. No hay ni por dónde cogerlo, pero lo peor termina por llegar.

—Me hago pis —me dice Diana. Sé lo que me indica, que baje con ella.

—No pienso hacerlo —le dejo claro—. Baja tú sola.

Diana me hace un gesto de súplica. Es la típica que no puede ir sola al baño y sé que tendré que ceder. Tras varios intercambios absurdos, finalmente lo hago.

Os juro que, mientras me levanto y nos dirigimos hacia las escaleras, siento que el nudo de mi estómago se revuelve como si tuviera un alien dentro; pensándolo bien, casi preferiría que se me abriera ahora mismo el pecho y saliera el dichoso bicho chillando, que lo que me espera abajo. Vamos, pensadlo. Al menos no tendría que ir al baño...

En fin, que bajamos y esta vez sí que me cuido mucho de no dirigir la mirada hacia cierta dirección. Diana me está hablando, pero solo hago como que escucho.

—No me estás haciendo ni caso, ¿verdad? —me pregunta cuando estamos entrando en el baño.

—No.

Diana suspira. Me conoce y sabe que no oculto esas cosas. Es como cuando hacen videollamadas o quedamos, soy la típica que si no le apetece una mierda lo dice, así, tal cual. Saben que las quiero, pero a veces estoy que no estoy.

—¿Qué pasa? —pregunta Diana al entrar en el único cubículo libre.

Me apoyo en el lavabo y suspiro.

—Que todo es una mierda —suelto al fin—. No ha sido buena idea venir a esta mierda de pueblo. Es como si a cada paso que doy, la cruda realidad me gritara lo estúpida que he sido... ¡Y que sigo siendo! ¡Qué mierda!

Suena la cadena cuando Diana tira de ella. Yo, toda profunda hablando de mis sentimientos, y la melodía que me acompaña es esa. Sale del baño y dice:

—Quizá es lo que necesitabas. Ya sabes...

—¿De verdad piensas que me gusta que se me eche en cara lo bien que le va a todo el mundo menos a mí?

Diana me mira a través del reflejo del espejo mientras se lava las manos.

—Creo que lo estás enfocando desde una perspectiva que no es la correcta.

—Ah, ¿sí?

—La amargura no es buena, y la envidia tampoco.

—Yo no tengo envidia de nadie —suelto rápidamente; Diana asiente sonriendo.

—No tienes envidia, vale, pero la autocompasión no te queda nada bien.

—¡Oye! —La miro mal.

—Soy tu amiga, no estoy para regalarte los oídos, bonita. Y sí, estás comportándote de una manera que no te pega nada. Cambia de chip.

—Ni que fuera fácil. Es jodido verle tan perfecto, tan feliz y... «Y tan lejos», pero eso me lo guardo para mí.

—Vaya, ¿así que esto va sobre él? —Diana se apoya sobre el lavamanos y se vuelve para mirarme.

—Venga, Diana. Deja de buscarme las cosquillas y de imaginarte cosas. Reconozco que está... guapo.

—Guapo. Ya...

—Bueno, sí, está más que guapo. Pero no hay nada más que rascar en esa frase —dejo claro—. Sabes cómo me ha afectado Cole siempre, aunque también he de reconocer que puede que mi apreciación esté algo nublada porque hace unos seis meses que no echo una canita al aire.

Diana se ríe, pero esta se congela en el momento en el que abrimos la puerta del puñetero baño y nos topamos con *la* persona. El rubor de mi cara no se hace esperar y sus ojos vuelven a conectar con los míos. Sé que lo ha escuchado todo, lo noto en su cara. Me quiero morir. «¿Por qué a mí?», es lo único que consigo pensar mientras miro a Cole con la cara desencajada. ¿Veis como lo del alien no hubiera sido tan terrible? Esa muerte es mucho más digna que la que estoy a punto de padecer.

—Hola —dice al final.

Por si había alguna duda, ambas nos hemos quedado con la misma expresión que Macaulay Culkin cuando se echa en la cara el *aftershave*. Y el espanto de escena solo termina cuando la puerta de caballeros se abre y sale un chico que se queda cortado ante tanta gente actuando de manera extraña. No le culpo.

Antes de añadir nada más, aprovecho y tiro millas. Espero que Diana me esté siguiendo, porque no sé si seré capaz de volver a por ella. Qué genial es todo.

Sábado, 22 de diciembre

De madrugada

Por supuesto, no me voy a casa. Eso sería una muestra de debilidad y no pienso estar así delante del enemigo. NUNCA. Eso de irme con el rabo entre las piernas no va conmigo, así que me obligo a subir *stories* a Instagram con Diana y Celia brindando, bailando y haciendo que parezca que es la mejor noche de mi vida. Hasta me hago alguna foto con Julio intentando, eso sí, que la cámara no capte lo que está sufriendo su jersey.

Y os estaréis preguntando por qué narices hago eso si no tengo a Cole entre mis pocos pero apreciados seguidores. Es simple. Está alguno de los amigos de mi hermano y nunca se sabe. ¿Y si les da por cotillearme y él lo ve? De todas formas, esta pantomima está provocando que me lo vuelva a pasar bien y me olvide un poquitín de mi metedura de pata, así que nos dejamos llevar. Eso sí, a Diana se la guardo por haberme obligado a acompañarla. Nada de esto hubiera sucedido si supiera mear solita.

Sin embargo, hay que recordar que estamos en un bar de pueblo y, por lo tanto, cierra pronto. A las dos y media, la gente de la planta baja termina subiendo porque empiezan cerrando esa zona. Esto, aparte de ocasionar que la principal esté atestada, también provoca otra cosa que sé que estáis pensando. Sí, mi hermano y compañía suben. Empiezo a ponerme nerviosa cuando veo que mucha gente comienza a irse, así que miro a Diana, que asiente.

—Deberíamos irnos ya —dice mirando a Celia, quien pone un gesto triste cuando la apoyo.

—Voy a pagar —concluyo.

Llego a la barra, pero como parece que se le ha ocurrido lo mismo a todo el mundo, me toca esperar mientras los camareros están cobrando. ¿He dicho ya cuánto odio a la gente? Juego con los dedos sobre la superficie hasta que toco algo pringoso que me obliga a quitar la mano con una rapidez inhumana. Mientras lo examino con asco, noto que alguien conocido se pone a mi lado.

—Es de algún coctel de esos que tienen más azúcar que cualquier otra cosa, tranquila.

Esta vez lleva el pelo suelto con sus mechones rubios algo ondulados y despeinados, pero sí, le queda que... que no debería estar fijándome. Al encontrarnos tan cerca, me llega su aroma por encima del resto. Una fragancia a cuero, a musgo; sé que, si hundo la nariz en su cuello como antes, también apreciaré un toque fresco, como a menta. Es increíble que todavía huela igual.

—Veo que sigues siendo tan escrupulosa como antes —dice.

Simulo no estar afectada por su presencia y, ante todo, que no recuerdo el episodio del baño.

—Sí, ya ves.

Se nos acerca el camarero; cuando le pago, al dejar el bolso sobre la barra, el chico lo empuja sin querer y cae al suelo.

«Estupendo», pienso, y me agacho entre las disculpas del camarero. Comienzo a recoger las cosas y Cole no tarda en ayudarme. Soy consciente de que estoy enferma cuando me veo apreciando las manos tan masculinas que tiene. Sin embargo, las fantasías se me apagan cuando alcanza el envoltorio de un preservativo. «Mierda, mierda, mierda.»

—Vaya —dice, cerciorándose de que está impoluto—. Parece que a alguien se le va a fastidiar la noche. Qué putada. Sabiendo que no es tuyo, para mí.

Me quedo pasmada cuando se lo guarda y se levanta como si tal cosa.

—¿Cómo sabes que no es mío? —Me incorporo como un rayo.

—Bueno, después de lo que he escuchado en el baño... —deja caer sonriendo.

Sé que está disfrutando de mi bochorno, y no sé por qué mierdas voy a empezar a discutir, porque efectivamente ese condón no es mío, pero os he dicho que eso de ceder en las batallas no va conmigo. Peleona hasta la tumba, amigas.

—Devuélvemelo, y deja de sacar conclusiones por una conversación fuera de contexto.

Me descubro desafiante porque el cabrón no ha borrado esa sonrisa y mi cuerpo está reaccionando a ella, cosa que me repatea de una manera que no sois conscientes.

—¿Así que es tuyo? —Algo en su pregunta, junto al brillo de sus ojos, hace que me cabree aún más y se me pongan a temblar las piernas. Así, todo a la vez. Qué ajetreo de sentimientos, de verdad.

Extiendo la mano como respuesta.

—¿Qué me das por él? —insiste, sacándolo de nuevo.

—¿De verdad que estamos regateando por un condón? —Me pongo exquisita—. Si estás tan mal de pasta, puedo regalarte una caja.

Su sonrisa se hace más amplia.

—Tengo de sobra, Elsa, no te preocupes. Tan solo era para que el pobre tuviera un uso.

—Que te jodan, Cole —le suelto, y él se fija en mi boca. Boom, boom. Eso que se escucha es mi corazón.

—¿Te estás ofreciendo como voluntaria?

«Pero ¿qué está pasando?»

—¿No acabas de dejar caer que tienes una vida sexual plena y satisfactoria? No entiendo esto de ir mendigando.

Cole se ríe, y lo hace con ganas.

—Disfruta de la noche, Elsa.

Y se va dejándome como una seta, porque sí, sé que esa es la cara que tengo ahora mismo.

—¿Se puede saber de qué hablabais? —pregunta una voz detrás de mí. Me vuelvo y descubro a Aitor con cara de pocos amigos. Hablando de champiñones...

Mi hermano se acerca a la barra para pagar y me suelta una pregunta que me deja descolocada en todos los sentidos.

—¿Quién es ese que no se separa de Diana?

Pestañeo por el inesperado cambio de rumbo de la conversación, pero sigo la dirección de la mirada de mi hermano y localizo rápidamente al espécimen al que se refiere.

—Es Julio. Un antiguo compañero de clase. Habíamos quedado esta noche para ponernos todos al día...

—Entiendo. —Aitor asiente y ahora soy yo la que lo mira mal.

—¿Qué ocurre?

—Nada, solo que no sabía quién era, porque sigue con Bruno.

Eso último parece como una pregunta. Es mi momento.

—Vaya, ¿desde cuándo te interesa el novio de Diana?

Aitor me mira y por su rostro sé que sigue cabreado, aunque ahora mismo no estoy tan segura del motivo.

—Buenas noches, hermanita.

Asiento mientras veo cómo se aleja perdiéndose entre la gente. Miro de vuelta a mi amiga y tengo la sensación de que están pasando muchas cosas de las que no me estoy enterando.

Vuelvo con el grupo, están apurando lo último de sus bebidas.

—Oye, voy al baño un momento —comento haciéndome oír sobre el bullicio.

—¿Te acompaño? —me pregunta Diana, quien seguramente ha visto el intercambio de palabras con Cole.

Niego con la cabeza.

—Solo voy a refrescarme un poco. Si queréis, esperadme fuera. No tardo nada.

No puedo negarlo, me ha puesto nerviosa. Así que, sí, necesito que el agua fría me calme un poco. Creo que si salgo y vuelvo a verlo, no seré capaz de controlarme. Él consigue desesperarme, enfurecerme y otra cosa que no pienso admitir pero que, al mismo tiempo, nadie consigue.

Entro en el baño tras cruzar la sala desierta y noto que mi móvil vibra, me imagino que Diana me está escribiendo para decirme dónde me está esperando. No lo miro, voy directa al lavabo y, tras dejar que el agua corra un poco, doy un trago ayudándome de mis manos. Se oye la música de arriba de forma amortiguada. Si no me equivoco, es *You and I* de Lady Gaga.

Y aparte de la melodía, oigo que la puerta del baño se abre detrás de mí.

Es Cole.

—¿Qué haces aquí? —pregunto mientras me giro hacia él.

—Verás, mientras me iba he estado pensando que al final, tras nuestra interesante conversación, no te he devuelto esto. —Hace un movimiento rápido con la mano derecha y me enseña el condón.

Me concentro en respirar y mantener la calma, como si me estuviera enseñando cualquier otra cosa y no eso. No me juzguéis, me gustaría veros en mi situación con este hombre delante en un baño que parece haber bajado de metros cuadrados solo con su presencia.

Él sonríe y da un paso hacia mí. Con ese simple gesto ha conseguido que vuelva a sentir calor. Necesito dejar de parecer un cervatillo acorralado, así que digo lo primero que puedo.

—No hacía falta que te tomaras tantas molestias. —Me doy cuenta de que, al decir eso, parece que lo esté aceptando y, por ende, remarcando la poca vida sexual que tengo—. Tengo más —añado rápido.

—Me imagino. —Cole asiente y da otro paso, quedando justo enfrente de mí—. Pero es que quería dártelo.

Lo voy a reconocer, porque, sí, aparte de borracha, estoy cachonda por culpa de este tío. Ese que, desde que he vuelto, no ha parado de hacerme tomar consciencia de su presencia.

A la mierda mantener la calma, voy directa:

—¿Qué quieres, Cole?

—Creo que lo sabes desde hace rato.

No soy capaz ni de verbalizar lo que pienso, solo por la forma en la que me está mirando. ¿Esto es real?

—No entiendo nada. Te has estado comportando como un capullo.

Estoy al borde de un paro cardíaco. Coño, con lo joven que soy todavía.

—Tú tampoco es que hayas sido un algodón de azúcar.

—¿En serio? —pregunto molesta.

Cole me mira de arriba abajo. Menudo chulo.

—¿Qué pasa, Elsa, quieres que me vaya?

Cole hace el amago y, sin darme cuenta, lo detengo sujetándolo por la cazadora.

—Joder, menos mal —es lo único que dice.

No hay más. Lo de pensar en el error, mejor para luego.

Acorta las distancias, me agarra por el cuello y me besa con ansia. Siento cómo una de sus manos baja por mi espalda, empujándome contra él, llevándonos hacia atrás, empujándome contra el lavabo. Mis manos no tardan en perderse por su pelo mientras el beso sube aún más de intensidad y nuestras respiraciones se disparan.

Cole se separa un momento, desliza su lengua por el lóbulo de mi oreja y, con voz ronca, me dice:

—Ven.

Sé adónde vamos. Chocamos con la puerta del cubículo hasta que consigue que entremos. Cuando mis ojos se topan con los de él, contengo la respiración por la intensidad con la que me observan. O nos detenemos ahora o no saldremos de esta. Pero esa idea desaparece en cuanto uno de sus brazos vuelve a rodearme y sus labios empiezan a recorrer mi cuello. Puedo sentir su aliento en mi piel y, con él, cualquier pensamiento racional me abandona.

Solo hay una necesidad, pura y abrasadora.

Cole levanta una de mis piernas para que rodee su cadera y, así, poder sentirme aún más cerca. Nuestras manos ya no nos pertenecen, le desabrocho el pantalón y él me quita el mío. Baja las manos hasta mi ropa interior y nota lo excitada que estoy. Cierro los ojos e inclino la cabeza hacia atrás, dejándome arrastrar por todo lo que estoy sintiendo. Jadeo fuerte, pone su dedo índice en mi boca y, húmedo, lo empieza a deslizar por mi pubis. Mis manos intentan llegar al suyo, y es entonces cuando le oigo maldecir entre dientes.

La ropa interior no tarda en desaparecer y nos separamos para que Cole se ponga el preservativo. Me busca con la mirada antes de entrar en mí y, cuando lo hace, los dos gemimos. Mi boca le reclama, estamos sudando y él comienza a elevar el ritmo de sus embestidas. Coloco mis manos sobre su cadera y le hundo las uñas en la piel.

—Sí...

Pero cuando estoy a punto de alcanzar el orgasmo, alguien golpea la puerta.

—Los que estáis ahí dentro, fuera. Estamos cerrando ya. Lo que estéis haciendo lo podéis continuar en otro sitio, venga.

Tras hablar a nuestros pies, que debe de ser lo único que se ve desde fuera, sale. Seguro que es uno de los camareros.

Me quiero morir.

—Joder, joder... —es lo único que se me ocurre decir.

Cole se aleja de mí. Dice algo, pero no le escucho. Me estoy subiendo las bragas a una velocidad admirable. «Mierda, mierda.»

—¿De verdad que acabamos de hacer eso? —pienso en alto.

—Lo que se dice acabar...

—¡Esto es culpa tuya! —le señalo.

—¿Solo mía? Déjame que lo dude.

No voy a ponerme a discutir ahora. Bastante tengo ya con salir del bar y ser la comidilla de todo el personal. Pero ¿qué coño me ha pasado? ¿He perdido el juicio? Madre mía. No, Elsa, lo último que tienes que hacer en esta situación es nombrarla.

Antes de salir del baño, me giro hacia Cole, que se detiene.

—Esto no ha pasado —dejo claro—. Vine a beber agua y eso es todo lo que he hecho.

Cole adquiere una postura desafiante.

—Entiendo. Como tú quieras, Elsa. Como siempre.

Sale y deja en el aire sus últimas palabras.

—¿Qué ha pasado? —pregunta Diana cuando me ve salir del bar muerta de vergüenza.

—Tira, corre. —Me estoy cerrando el abrigo mientras camino calle arriba.

Diana está ya sola, no hay rastro del grupo. Mejor.

—He visto que Cole entraba, te envié un mensaje. ¿No lo has visto? —me pregunta—. Aunque imagino que sí, que le has visto. ¿Qué ha pasado, Elsa?

—Me quiero morir —digo al final.

—Habéis vuelto a discutir —deduce—. Oye, al final le voy a tener que decir cuatro cosas.

Me detengo y la miro. Solo le hace falta un vistazo para que se lleve las manos a la boca.

—¡Oh, Dios! —suelta entre horrorizada e intrigada. No la culpo—. Elsa, ¡tía! ¿Dónde?

Miro a nuestro alrededor. El pueblo está desierto, algo que ahora es perfecto. No necesito más público, bastante he tenido con el personal del bar.

—Vamos al coche.

—¿Tan malo ha sido? ¿Ha perdido facultades?

La miro mal y me lleva en dirección contraria adonde íbamos.

—Diana, tía, que no tengo el cuerpo para más fiesta. Vamos al coche.

—Y allí vamos. Lo que ocurre es que el polvo ha debido de afectar a tu sentido de la orientación.

Bufo.

Cuando entramos en el coche, pone la calefacción y se vuelve con un brillo en los ojos que no me gusta ni un pelo.

—Habla, querida.

Estoy a punto de comenzar, pero me detiene.

—Un momento —coge su móvil y adivino sus intenciones.

—Diana, son casi las cuatro. Estarán durmiendo, como deberíamos estar haciendo nosotras. Maldito el momento en el que me has obligado a salir...

Diana hace un gesto para que me calle y empieza a grabar un audio.

Diana
Parece ser que Elsa ha abandonado el vaginismo, chicas. Se ha tirado a Cole y, por el aspecto que tiene, no ha sido muy satisfactorio. Os doy cinco minutos para que lo podáis escuchar. Si no, mañana.

—Si no, nunca. —Me inclino para que capte también mi voz.

Mi amiga hace llamadas perdidas a Gala y Nagore: señal de que ha pasado algo entre nosotras.

—Nagore acaba de escuchar el audio... —comienza a informar Diana, pero no le da tiempo a terminar. Entra una videollamada.

No me lo puedo creer, ¿es que no duermen?

Cuando Diana la acepta, la voz de Nagore rebota en el interior del coche.

—Que, ¡¿QUÉ?!

Diana se ríe y yo comienzo a barajar la idea de empujarla de su coche y volverme sola a casa. Porque con este frío, ni loca voy andando.

—Vamos, ¿podéis explicar qué ha pasado? ¿Qué hora es? —Oigo la voz de Gala más calmada que la de Nagore.

—No ha pasado nada —suelto, mirando por la ventanilla.

Es más fácil centrarme en la pared del edificio que tengo enfrente, que mirarlas a ellas.

—Mira, bonita mía, nos habéis despertado a las cuatro de la mañana, así que ahora mismo nos vas a contar qué ha ocurrido. Como no lo hagas, juro que cojo el coche y me planto ahí mismo. —Nagore habla con un tono entre amenaza y petición que sé que no debo ignorar.

—Habla, entonces. —Diana gira su móvil para que las chicas puedan verme y no me queda otra que contarlo todo.

Narro el que creo que va a ser el top 10 de los momentos más vergonzosos de mi vida. Estoy segura de que, cuando mis nietos me pregunten —si es que tengo, porque visto el ritmo que llevo dudo tener progenie— será uno estrella. Bueno, no hace falta decir que no lo compartiré con ellos. Es obvio.

—NOOO —suelta Gala cuando termino contando lo del camarero.

—Pero, Elsa, tía. No sé si reírme o abrazarte —comenta Diana.

—¿Y este hombre? ¿Se ha ido así como así? —interviene Nagore—. Porque, digo yo, ya que habéis empezado, ¡por lo menos terminad!

—Nagore, cielo —dice Gala—, la parte de que les han interrumpido no ha calado en tu mente calenturienta, ¿verdad?

Nagore hace un gesto de fastidio.

—Bueno —intervengo—, no hay que terminar nada porque esto no ha pasado. Se lo he dejado bien claro.

Las tres guardan silencio y cierro los ojos llevándome las manos a las sienes.

—¡Dios! No sé en qué narices estaba pensando.

—No estabas pensando, te has dejado llevar —señala Gala.

—Y eso no está nada mal —añade Nagore.

—No sé, me ha tocado y juro que he perdido la puta cabeza.

—Es que estos son los mejores polvos. Los de los sitios improvisados. —Nagore pone un gesto soñador—. Como el que echamos Diego y yo una vez en el baño del tren. Juro que todavía recuerdo cómo tenía que dar al secador de manos para que no se nos oyera.

Me lamento sin poder apartar de mi mente lo que acabo de vivir con Cole.

—Tía, ¡es superemocionante! —dice Diana tocándome el hombro—. ¿Cómo habéis llegado a...? ¡Es que es muy fuerte!

—No sé, estábamos discutiendo y de pronto... —Me muerdo el labio al recordarlo.

—Vamos, que el señor Cole es un empotrador —bromea Gala—. Eso es lo mejor de todo, aunque tenía toda la pinta, la verdad. Eso sí, deberás tener cuidado —me mira—. Esos dejan huella y no se olvidan.

—Genial —suelto mordaz.

—La verdad es que sí. ¡Vuelve a contarlo! —añade Diana, poniéndose cómoda en el asiento.

—Señoras, no estoy aquí para narrar porno. Id con vuestros respectivos y les dais lo suyo.

Todas se ríen.

—Esto está fatal. Tengo bastantes problemas como para añadir este. ¿Qué voy a hacer ahora? ¿Y si me lo vuelvo a cruzar?

—¿En serio no piensas terminar lo que has empezado? —insiste Nagore—. Chica, ¿tan mal lo ha hecho?

—Estoy cansada, necesito dormir y olvidar lo que ha pasado.

—¿Estás segura? —pregunta Diana preocupada.

Asiento, y finalmente nos despedimos de las chicas. Solo hay una forma en la que enfrentarme a esto.

Cuando llego a mi habitación, ni siquiera me molesto en tumbarme en la cama, voy directa al escritorio. Antes de sentarme, saco mi portátil de la maleta de mano. Una vez encendido, comienzo a teclear y, poco a poco, va fluyendo todo.

Está claro que no he tomado las mejores decisiones, pero me estoy dando cuenta de que, durante todo el trayecto de vuelta a casa, lo que no ha parado de aparecer en mi mente no ha sido el recuerdo de sus caricias o el choque de su cuerpo contra el mío, sino sus ojos. Concretamente la forma en la que me ha mirado, y no me refiero al hecho de que sus pupilas hayan entrado en contacto con las mías, sino a lo que me hacen: no solo sentir, sino recordar. Y eso es lo que me está matando por dentro, lo que me hace tomar consciencia de que, desde que he llegado aquí, no paro de darle vueltas a ese sentimiento.

Tengo que ser sincera, aunque sea en este rincón, aunque lo escriba una vez y no lo vuelva a leer nunca más, pero lo que me está afectando tanto son los recuerdos. Si me detengo a pensarlo, siento que hay dos tipos de personas ligadas a ellos.

Primero están los que, de alguna manera, no dejan de aferrarse a ellos; esos que evocan el pasado cada dos por tres y se castigan. Luego están aquellos, entre los que me incluyo, que tienden a esconderlos; pero, a pesar de nuestros intentos, a veces salen a flote. Y me pregunto: el hecho de que todavía nos hagan sentir tanto, ¿significa que no deberían estar enterrados?

Hace un tiempo leí que, para que las cosas sanaran, primero tenías que saber qué tiene que hacerlo; para ello, no hay otra forma que sentirlo. Eso me hace pensar que quizá me he obligado a enterrar cosas demasiado rápido, sin concederme el tiempo necesario para sanar mis heridas.

Y puede que haya otro tipo. Es decir, la gente que se mantiene en un equilibrio perfecto.

¿Existe alguien, de verdad, que sepa hacerlo?

Lunes, 24 de diciembre

Por la mañana

Estoy desayunando con tranquilidad junto a mi padre. Lo bueno de desayunar con él es que, como yo, no tiene buen despertar y le gusta el silencio. Así pues, es un gusto poder empezar la mañana sin que nadie nos moleste, cada uno a su rollo. Mi padre pensando en lo que sea que esté pensando el buen hombre, y su hija con la cabeza en ese episodio que no ocurrió hace dos noches y que no me ha dejado dormir bien desde entonces.

Sin embargo, la calma dura poco. Por supuesto.

A lo lejos se oyen gritos que, para nuestro horror, desembocan en la cocina cuando aparecen Lydia y Loren discutiendo. Me limito a mojar la galleta en el café fantaseando que es la cabeza de mi hermana, quien, aunque la quiero, tiene un tono de voz... ¿Cómo decirlo? Ah, sí, atroz.

Bueno, esa no es la palabra correcta. En realidad, tiene un tono agudo que, cuando grita, lo único que provoca son ganas de arrancarte los tímpanos. No sé si hay un adjetivo que englobe todo eso.

—¡Te estoy diciendo que es mío! —grita, o como narices se pueda definir ese sonido.

—Lydia —advierte mi padre llamando la atención de ambos.

—¡Me ha robado el papel de regalo y encima se ha acabado! No me lo puedo creer, le falta nada para ponerse a patalear. Señor, hoy no tengo la mañana para aguantar esto.

—Eso es mentira —contesta mi hermano, con esa pedantería propia que hace que, automáticamente, te pongas del bando de Lydia—. Ya te he dicho que compré el papel...

—Aquí lo tengo —aparece Oliver en la cocina con un rollo de lo más chillón.

—¿Lo ves? ¡Ladrón! —Lydia le arranca el papel de las manos a nuestro cuñado y sale pitando de la cocina.

Loren mira con indignación a su marido, quien se encoge de hombros mientras se sienta en la mesa junto a nosotros. Como siempre, está perfecto.

—Cielo, ¿recuerdas eso de que eres mi marido y debes apoyarme en las cosas? —dice Loren sin borrar el gesto de su rostro.

—Loren, no voy a dejar que robes a la niña —contesta mi cuñado—. Te dejaré mi papel. Compré de sobra porque sabía que se te olvidaría.

—Pero su papel tiene purpurina. El nuestro no.

Termino de comer mi galleta intentando convencerme de que lo que estoy presenciando es y ha sido una discusión entre un hombre de casi cuarenta y una casi treintañera.

—En fin —dice mi padre al levantarse—, voy a ver a vuestra madre y hermana.

—¿Dónde están? —pregunto, comenzando a recoger también.

—Ahora les ha dado por hacer yoga por las mañanas.

Asiento sin saber muy bien qué decir. El deporte me gusta, pero el yoga me pone de los nervios, y como esa no es su finalidad, sé que no resulta adecuado para mí. Nina ha intentado muchas veces adentrarme en su mundillo, pero soy incapaz.

Después de recogerlo todo, voy a mi cuarto y me salta una notificación. Es del blog, según me avisa el chivatazo del móvil, algo que me sorprende. Me conecto y descubro que hay varias; son de comentarios. Sorprendida, veo que debo revisarlos antes de que se publiquen, y se me han acumulado unos cuantos. Los primeros comentarios que me salen son de Diana, Nagore y Gala, quienes me hacen sonreír porque comentan como si no me conocieran; me gustan especialmente los de Diana: insiste en el precioso diseño del blog y considera una lástima que todavía no tenga un título.

Sin embargo, también hay comentarios de gente que no me conoce. Son unos veinte, pero es sorprendente. Estos últimos, además, hacen que me tenga que sentar en la cama. Dicen que se sienten identificados con las cosas que estoy escribiendo, incluso alaban la manera de plasmarlo.

Voy al chat de las chicas para contárselo y sus respuestas no se hacen esperar.

Nagore
Claro que sí, nena, tú vales mucho. Son posts que llegan, tía. Llegan muy hondo.

Gala
¡Y cercanos! Todos hemos pasado por algo parecido en algún momento.

Diana
Eso es lo que pasa cuando las cosas se hacen con el corazón. ¡Éxito asegurado!

No puedo negarlo, es un chute de energía que me viene de perlas. Tanto, que me arreglo con rapidez y decido escribir un poco más, pero, conociendo mi querida casa, decido que lo mejor es salir de allí. Cierro el portátil y busco un bolso donde poder guardarlo, pero claro, solo me he traído uno que, ya os adelanto, no entra ni metiendo tripa.

Sé a quién tengo que recurrir.

Salgo al pasillo y voy directa al cuarto de Nina. Hago el amago de llamar a la puerta, pero esta cede cuando apoyo la mano y entro con curiosidad. Nina es la hermana mayor por excelencia. Es decir, nunca, bajo ningún concepto, ha dejado la puerta de su habitación abierta para sus queridos hermanos pequeños. Estaréis pensando que puede que no esté dentro, ¡pues con mayor motivo! Nunca, insisto, bajo ningún concepto, se deja la puerta entreabierta para tentar a los intrusos. Primer mandamiento «hermanil».

Así que, cuando me asomo, no me sorprende encontrarla dentro. Lo que sí lo hace es su actitud.

—¿Qué haces? —pregunto extrañada mientras cierro la puerta detrás de mí.

Sin apartarse de la ventana, Nina me hace aspavientos con las manos para que me calle, y sí, claro que me acerco para intentar descubrir por qué está ahí pegada.

No lo entiendo.

—¿Estás espiando a Aitor? —intento saber—. ¿Por qué?

—¿Cómo que por qué? —dice Nina, asegurándose de que la cortina nos mantenga ocultas.

—Bueno, no sé, creo que Aitor es de las personas menos interesantes del universo.

—Está raro. Oculta algo.

Observo a Aitor, que está en nuestro jardín delantero apilando troncos para la chimenea. Una tarea que, seguramente, mi padre ha mandado también hacer a Lydia, pero me juego lo que queráis a que la enana se ha escabullido.

—Bah —suelto alejándome de la ventana, para sentarme en su cama de matrimonio.

Sí, Nina tiene el dormitorio más grande. La odiamos por eso, insertad aquí el tono de Gollum.

—Está rancio porque seguimos enfadados.

Nina se vuelve hacia mí.

—Por favor, no estáis enfadados de verdad, lo único que pasa es que habéis tenido una absurda discusión y los dos sois super-parecidos. —Mi hermana se detiene y se lleva la mano a la tripa—. Esto va a acabar conmigo. ¿Te he dicho que estar embarazada es un asco?

Se queja y al final se sienta en la cama, a mi lado.

—Me noto superhinchada —añade—. Ni se te ocurra abrir la boca.

—No iba a decir ni mu.

—Te adivino, bonita. Pero no era eso lo que te quería comentar. Aitor...

—Aitor... —insisto; ya me ha picado la curiosidad, qué queréis que os diga. Cuando Nina dice que pasa algo empiezo a comprobar que acierta.

—Está raro. Fuera de lo vuestro...

—¡Ey! —me quejo, pero Nina me ignora.

—Está disperso. Algo le ronda y no sé qué es.

—Le he visto con una rubia por el pueblo —suelto de pronto, y Nina me mira intrigada.

—¿Aitor con novia?

—A mí tampoco me convence, qué quieres que te diga —dejo caer—. Pero le he visto ya dos veces con ella.

—Interesante. ¿Será eso? —pregunta Nina más para ella que para mí.

Nos quedamos en silencio hasta que finalmente mi hermana suspira.

—En fin, ¿qué querías?

Forma sutil de Nina para echarme de su habitación.

—Necesito que me prestes un bolso —sonrío y hasta pestañeo cual dibujo animado.

—¿Un bolso? —Tuerce la boca y me hace señas para que la ayude a levantarse de la cama—. ¿Para?

—Para llevar el portátil, me apetece ir a escribir a La tienda Deli.

—E hincharte a dulces, de paso, ¿no? —dice al oír el nombre de la cafetería.

No niego nada. Es mi hermana y me conoce.

Nina se dirige a su armario y comienza a rebuscar. Es admirable su predisposición a prestar cosas. Esta situación pero al revés hubiera llevado mucho más que unos minutos para ceder a ello.

Nuestros móviles vibran a la vez. Soy la primera en sacarlo y descubrir, por la notificación de la pantalla, que es del grupo de hermanos.

—Es Loren —informo mientras observo que nuestro chat ha pasado a llamarse «El concilio de Elrond». Temo lo que me voy a encontrar.

¿No os he contado lo plasta que es mi hermano con su saga favorita? I-N-S-O-P-O-R-T-A-B-L-E.

—¿Y qué dice? —pregunta Nina, absorta en su búsqueda.

—No sé si quiero decírtelo —contesto mientras leo lo que ha escrito nuestro hermano mayor.

Nina sale del armario con un bolso grande que sé que es perfecto para llevar el portátil sin necesidad de comprobarlo.

—Trae. —Me lo arranca. Sí, como leéis, me arranca el móvil y se pone a leer.

Como he oído que no es muy buena idea meterse con una embarazada, dejo que lo lea. Total, lo va a hacer tarde o temprano y sé cuál va a ser su reacción. No tarda en llegarme y confirmármelo.

—Tenemos que bajar ahora mismo.

—¿Es necesario? —pregunto con desgana, pero Nina ya ha salido de su habitación con el bolso bajo el brazo y no me queda más remedio.

Cuando llego al garaje, el resto está ya dentro, incluido Oliver, quien parece que no puede librarse de nuestra absurda situación, porque, sí, Nina ha acudido a la llamada con entusiasmo.

El garaje se construyó en su momento como una edificación aislada, es decir, no está conectado con la casa directamente; aparte del cuatro por cuatro de mi padre, hay varias bicicletas viejas junto a una variedad de trastos de los que desconozco su utilidad, por no decir la manera de manipularlos.

Por supuesto, el frío aquí es demencial y miro a Loren, que está con gesto triunfal.

—De verdad, ¿qué necesidad hay? —pregunto.

—¿Qué necesidad? —pregunta confundido.

—Que qué necesidad hay de reunirnos aquí —maldigo.

—Mujer, para que mamá y papá no nos descubran —me habla como si fuera corta de miras.

—¿Otra vez con lo de impedir que vendan la casa? —pregunta Aitor, que está como yo y como debería estar todo el mundo: malhumorado.

—Creo que sois lo suficiente adultos como para entender la gravedad de la situación.

—Señorrrrr. —Me muerdo la lengua para evitar soltar una retahíla de palabrotas—. Por cierto, ¿y ese nombre para el grupo?

Ya que estoy en modo mosca cojonera, vamos con todo. Sé perfectamente por qué, pero se lo digo. Como os comentaba, estoy de muy mal humor.

—Es el capítulo del...

—Sí, de *El señor de los anillos* —interrumpo a Loren—. Me acuerdo del millar de páginas. ¿Sabes lo que hice?

Noto la tensión en mi hermano.

—Me lo salté entero. Un tostón.

—Y luego serás capaz de decir que te gusta la trilogía. —Mi hermano niega con la cabeza con decepción.

—Tolkien se enrollaba como las persianas.

Loren se lleva la mano a la cabeza y me vuelve a mirar con desaprobación.

—Loren, por Dios, que te está distrayendo y estás entrando al trapo. Parece que no la conozcas —avisa Nina, que ha abierto el coche de mi padre y se ha sentado de cara a nosotros.

Mi hermano mayor me mira con desconfianza y termino riéndome. Aitor suspira.

—Si vamos a hablar de algo, empecemos. No tengo mucho tiempo.

Estudio a Aitor y me controlo para no mirar a Nina. Este no es como Loren y las pilla al vuelo, por eso no nos interesa en absoluto que sepa que estamos pendientes de él. Si nos pilla en un intercambio de miradas, lo sabrá.

—Hemos tenido pocos avances en cuanto al tema se refiere —comienza Loren—. Mamá y papá han publicado ya el anuncio. Hay pocas casas a la venta por la zona, así pues, debemos reconocer que destaca, pero conociendo el valor de la zona...

—Pero eso da igual. No sé qué utilidad tiene saber el precio de mercado de la casa. ¿Sabotear la venta poniendo el precio más caro? —intervengo con el tono chulo que me encanta usar cuando sé que tengo razón—. Mamá y papá lo llevarán con una inmobiliaria. ¿Qué vas a hacer, entonces? Nada, ya te lo digo yo. Tenéis que dejarles. No puedes modificar el precio.

—Podemos comprar la casa —suelta mi hermano mayor; la noticia cae como... ni sé cómo cae, pero todos le miramos sorprendidos. Hasta parece captar la atención de Lydia, que hasta ese momento ha estado tecleando en su móvil sin prestarnos mucha atención.

—¿Cómo vamos a comprarles la casa? —Ahora la voz de la sensatez es, por primera vez, de nuestra hermana Nina—. Loren, eso no es una opción. No sé tú, pero los demás no podemos permitirnos otra hipoteca.

—¡Hipoteca, dice! —suelto dando un codazo a Aitor—. Aquí algunos de los presentes todavía vivimos de alquiler.

Lydia se ríe ante mi comentario.

—Eso es cierto —secunda la pequeña, aunque su sueldo sea mucho mejor que el mío.

—Es lo único que se me ha ocurrido —añade Loren abatido.

Las ganas de bromear se me pasan al verle así, con Oliver acariciándole el brazo.

Y la coherencia de Nina también, parece ser.

—Pero hay otras formas. Es lo que hablamos desde el principio —dice ella con determinación, recuperando a Loren—. Podemos sabotear la venta.

—¡Pero qué dices! —esta vez es Aitor el que se queja, pero ha sido porque lo ha soltado una milésima de segundo antes que yo.

—Es la única opción. Mamá comentó ayer que las visitas las concertarían después de Navidad, y como la mayoría nos quedamos una semana más...

Loren asiente junto a mi hermana.

Esto va directo al fracaso.

Lunes, 24 de diciembre

Por la tarde

Al final, con la tontería de la reunión supersecreta, se me quitan las ganas de ir a escribir a ningún lugar. De hecho, hasta siento que las musas me han abandonado. Después de comer barajo la idea de ponerme a ver alguna peli o intentar leer, pero estoy inquieta. No voy a decir el motivo, ya lo sabéis.

Como nuestro cuñado Fran no llega hasta mañana, este año hemos decidido que la fiesta la haremos el día de Navidad, por tanto, esta Nochebuena será tranquila para nuestra familia.

Decido ver qué hacen los demás. A la primera que voy a molestar es a Lydia, pero está sobre su cama hablando por teléfono con cara de boba, así que me alejo de su puerta sin ser descubierta. Nina, Loren y Oliver están viendo una película del viejo oeste junto a mi padre, algo que no me apasiona nada, y de Aitor y mi madre no hay rastro, así que decido intentar averiguar dónde están.

Aunque, ahora que lo pienso y sabiendo el día que es, no hace falta ser muy lista para adivinar que Aitor está en el pueblo, ya que el día de Nochebuena se sale para tomar las cañas del aguinaldo desde por la mañana hasta poco antes de cenar con la familia. No hace falta decir por qué no estoy allí.

Me percato de un movimiento y descubro a Milo, que raudo atraviesa el salón. Decido seguirlo y descubro que se dirige al porche acristalado trasero y, al llegar, veo a mi madre ensimismada con un libro mientras se oye la radio de fondo.

—Hola —saludo, sentándome en uno de los sofás de mimbre.

Mi madre cierra el libro justo cuando Milo pega un brinco para subirse a su regazo.

—¿Qué tal? —pregunta, y comienza a acariciarlo—. No hemos hablado mucho.

—Poca novedad.

—¿Sí? ¿Y Marcos?

—¿Marcos? —juro que controlo cada músculo de mi cuerpo y que utilizo un tono despreocupado, pero sé que me ha pillado—. ¿Qué pasa con Marcos?

—¿Qué tal estáis? Hace mucho que no nos hablas de él.

Ya está, lo sabe. Es absurdo seguir fingiendo. De todas formas, ¿qué importancia tiene ya? Me da la sensación de que han pasado siglos desde que le dejé.

—¿Quién te lo ha contado? ¿Nina?

Mi madre hace un gesto de fastidio.

—¿Así que Nina lo sabía y tu madre no? —Su pregunta hace que me sienta mal.

—No me apetecía hablar de ello. Nina me pilló porque es una entrometida.

Mi madre sonríe.

—¿Cómo lo sabías? —pregunto.

—Cariño, porque soy tu madre. Puede que no me creáis cuando os digo que os conozco, pero...

Sonrío y desvío la mirada a la iluminación del jardín, está nevado, e irremediablemente pienso que este será el último año que lo veré. Un sentimiento de tristeza me embarga. Quién lo iba decir, no hay quien me entienda.

—¿Qué tal todo, cielo? Te noto triste, y algo me dice que no es solo por Marcos.

Miro a mi madre y la calidez de sus ojos hace que me entren ganas de llorar, pero me contengo. No quiero preocuparla, sobre todo ahora que está entusiasmada con las fiestas y la ilusión de comenzar una nueva etapa junto a papá.

—Todo está bien, solo es una mala etapa en el trabajo...

«Y el amor; por no decir que todo lo que puede salir mal, me sale mal...», pero eso me lo guardo para mí. Nos quedamos así, sin decir nada, durante unos minutos. Soy consciente de que mi madre sabe que me pasa algo, pero también que no tengo ganas de hablar de ello.

De fondo suena *Il mondo* de Jimmy Fontana, siempre me ha encantado esta canción. Me pierdo en ella hasta que decido volver a hablar:

—Mamá, ¿te arrepientes de algo? —pregunto.

—¿En todo lo que llevo de vida?

Asiento y volvemos a guardar silencio. Esta vez dura tanto que pienso que se ha olvidado de mi pregunta.

—Por supuesto, de muchas cosas. No siempre he tomado las mejores decisiones o dicho y hecho lo mejor, pero es algo que creo que todo el mundo comparte. Dudo que alguien conteste a esa pregunta con una negativa, pero Elsa, a pesar del arrepentimiento, sé con certeza que no cambiaría ni una de las peores decisiones que he tomado. Cada experiencia que vivimos nos hace ser como somos y, gracias a eso, estoy aquí junto a vosotros. Una mala decisión puede provocar en ti una respuesta para solventarla, y esta, a su vez, llevarte a un gran destino. Lo importante es cómo reaccionamos ante los arrepentimientos: si nos dejamos arrastrar por ellos o si les ponemos remedio.

—¿Y si el remedio parece no llegar nunca?

—Cielo, el hecho de decidir hacer algo ya es el camino a un

cambio, pero también es importante darse cuenta de que si ese cambio no llega, quizá sea que no estás tomando el camino correcto. Deja de luchar a contracorriente, a veces lo importante es darse cuenta de que no estamos yendo por donde deberíamos ir.

—Eso es demasiado complicado —respondo abatida.

—¿Tú crees? —me pregunta con una leve sonrisa que no llego a entender.

Finalmente se inclina hacia mí y me acaricia con un suave gesto de su mano.

—Detente y escúchate, Elsa. A veces tenemos la respuesta enfrente de nuestras propias narices y estamos empeñados en no verla. No tengas miedo a equivocarte, la vida es muy corta para ir con miedo constantemente. ¿Qué es lo peor que puede pasar?

Me echo para atrás y me lamento.

—Dejé a Marcos porque no estaba enamorada de él —explico al final. Mi madre me mira y asiente.

—Eso ha sido una buena decisión y, conforme vaya pasando el tiempo, verás que es una de las mejores. No te puedes ni imaginar la de gente que se queda atrapada en relaciones muertas. No hay nada más triste que eso.

Termino asintiendo. Sí, estoy de acuerdo con ella de principio a fin, pero no puedo evitar preguntarme si encontraré algo, qué me deparará el futuro. Pero, por lo que me ha dicho mi madre, este no va a venir a buscarme. Tengo que hacerme las preguntas adecuadas para saber qué quiero.

—¿Qué quieres para ti, Elsa? —siempre parece saber en qué estoy pensando.

Al escuchar la pregunta, pienso en la niña que se alejó de este pueblo, de esta casa, de todo. Es curioso, pero creo que en ese momento lo tenía todo mucho más claro.

—Tengo... —Me levanto mientras me observa intrigada—. Tengo que ir a hacer una cosa arriba.

Nina me pregunta qué hago cuando cruzo el salón, continúan viendo la película, pero la despacho con una seña. Llego a mi habitación y voy directa a escribir.

Quizá sea esta la forma de poder escucharme, porque me he dado cuenta de algo. Cuando he pensado en el futuro, he estado a punto de hablar del pasado, y eso... tiene que significar algo.

Dicen que a veces nos negamos a ver los caminos que debemos tomar, y digo «negamos» porque estoy convencida de que muchas veces sabemos lo que tenemos que hacer, pero no queremos enfrentarnos a ello o no sabemos cómo hacerlo.

Me siento perdida. Mucho. Es absurdo negarlo, pero ¿de verdad que mi pasado va a ser la respuesta? Haber vuelto a él está haciendo que muchas cosas en mi interior se alteren.

¿Qué me quiero decir a mí misma?

Lunes, 24 de diciembre

Muy tarde

Estoy soñando algo agradable, así pues, me cabreo cuando noto que algo me toca la nariz. Me sacudo todavía dormida, pero la idea de que pueda ser una araña me hace abrir los ojos de golpe.

Descubro a Lydia riéndose en silencio, arrodillada frente a mi cama con Milo en brazos.

Me llevo la mano al pecho. No he gritado a pleno pulmón porque creo que mi cuerpo está todavía somnoliento, si no...

—¿Me puedes explicar qué te propones? Si me matas, lo único que vas a heredar son deudas.

Lydia se levanta todavía con el gato entre sus brazos.

—Y un montonazo de ropa bonita —susurra.

—Si tú lo dices... —Me incorporo en la cama y veo que está en pijama—. Mira, Lydia, me encantaría seguir de cháchara, pero son las... —Consulto el reloj de mi móvil en la mesilla de noche—. Las... ¡Las cuatro y media de la mañana! —Levanto la voz, pero Lydia me hace callar chistando.

—Sal de la cama y vamos.

—¿Qué? Has perdido la cabeza.

—¿De verdad que te has olvidado? —pregunta Lydia antes de desaparecer por la puerta.

Enseguida sé a qué se refiere, no me puedo creer que sigan haciéndolo. Mentiría si negara que me siento triste por habérmelo perdido. Salto de la cama y, antes de salir de mi habitación, cojo del armario la bolsa que tengo con los regalos.

Todo está a oscuras salvo por la luz que llega desde la planta baja, que ilumina las escaleras y parte del pasillo guiando mis pasos. Andando con este sigilo me siento una adolescente de nuevo; cuando llego al salón y descubro a Nina y Lydia colocando sus regalos bajo el árbol, sonrío sabiendo que, si no pudieran verme, estaría llorando emocionada.

Comenzamos a hacerlo cuando Nina tendría unos dieciocho años, vamos, cuando tuvo su primer trabajo y por primera vez pudo comprar regalos con su propio sueldo. Lydia y yo éramos unas crías y, como su emoción era contagiosa, nos levantamos cuando la oímos bajar al salón a las tres de la madrugada. Fue algo tan divertido que se convirtió en una tradición hacerlo a aquella hora: colocar nuestros regalos y estar un ratito juntas, hablando y pasando un momento de hermanas. Incluso cuando Nina se marchó de casa siguió viniendo para eso, cosa que, efectivamente, yo no hice cuando todo comenzó a ponerse cuesta arriba.

—Bueno, bueno —dice Nina cuando me ve aparecer—, no estaba segura de que quisieras.

Sonrío con un gesto entre «ya ves» y «yo tampoco estaba segura de bajar». No soy tonta, es imposible no darse cuenta de que Nina está algo molesta por cómo me he separado de la casa y de todo lo que eso conlleva, pero lo que no entiende es que para mí no significa lo mismo que para ella. Aunque ahora comienzo a dudar de mis fuertes creencias. ¿De verdad que fue una buena decisión alejarme de todo y de aquella forma?

—¿Cómo se lo iba a perder? —interviene Lydia, y con ese comentario desaparece la tensión.

Me acerco al árbol. Sé que los regalos que ya están puestos son los de mis padres y los de Loren y Oliver, quienes los colocan antes de irse a dormir. Me divierte ver que hay algunos con el mismo papel chillón de Lydia y recuerdo la absurda discusión en la cocina.

—Bonito papel —digo a mi hermana pequeña. Tiene dibujos de botas con purpurina en un fondo rojo y verde.

—Lo sé —contesta segura de sí misma mientras juguetea con Milo sirviéndose de una de las cintas de Nina, cuyos regalos son espectaculares solo con la presentación.

Nina es de las típicas personas que cuida hasta el último detalle, y sus papeles en tonos azul marino y gris claro con cintas intercaladas con sellos de lacre te dejan embobado. Coloco los míos que, sí, están envueltos con un papel bonito, pero es el típico *pack* de regalo que venden en los centros comerciales.

—Pues ya está —digo al colocar el último.

Las tres nos alejamos del árbol para estudiar cómo ha quedado.

—Muy bonito —admira Nina, que da una palmada y se gira hacia nosotras—. Bueno, qué, ¿bebemos?

La tradición también conlleva esa parte y no seré yo quien confiese que algún que otro año tuvimos que subir casi a gatas por las escaleras para volver a nuestras habitaciones. Siempre nos arrepentíamos al día siguiente, pero...

—¿Me he olvidado de algo o es que pretendes envenenar a nuestra sobrina?

Nina me mira incrédula.

—¿Sabes que hay cócteles sin alcohol? —contesta mordaz.

—Bah. Eso no se puede llamar «cóctel».

Nina me empuja de forma cariñosa hacia el porche y Lydia nos sigue.

—Vaya —suelta esta cuando descubrimos que Nina ya se ha encargado de esa parte.

—Daiquiris sin alcohol —explica nuestra hermana mayor, dejándose caer sobre uno de los sofás de mimbre.

—Puro azúcar —comienzo a decir, pero ante el semblante de Nina corrijo la frase sobre la marcha—: Ideal para las fechas.

Mantengo el tipo y me siento al lado de mi hermana mayor. Sobre la mesa hay una gran jarra de bebida y varios aperitivos, dulces y salados.

—Bueno —salta Lydia al sentarse en el suelo y empezar a picotear—. ¿Qué os contáis?

—Ya le he dicho a mamá que he dejado a Marcos.

Suelto la bomba y ambas me miran asombradas.

La noche o, mejor dicho, la madrugada, no ha hecho más que empezar.

Continuamos en el porche, creo que son casi las cinco y media, pero al final nos hemos animado y, tras otra ronda de daiquiris para todos los públicos, seguimos con nuestra fiesta particular.

Estamos riéndonos por una anécdota de unas navidades pasadas cuando Nina nos manda callar.

—¿No habéis oído algo? —pregunta.

Lydia niega despreocupada dando un trago a su bebida, pero cuando veo a Milo —que momentos antes estaba dormido— observando atento a una parte del jardín, todas le imitamos.

—No oigo... —No termino la frase, porque efectivamente se oye algo—. ¿Cuándo llegaba Fran?

Nina niega con la cabeza con gesto preocupado.

—Hasta las doce de la mañana no llegará.

—Hay alguien —dice Lydia, que empieza a estar asustada.

—Será Aitor —digo porque sé que tras la cena se ha vuelto a ir.

Mis hermanas me miran preocupadas.

—¿Y tarda tanto en entrar en casa? —señala Nina, suspicaz. Ahí tiene un punto.

—¡¿No estarán intentando entrar en casa?!

—Por favor, ¿queréis dejar la paranoia? —digo sin reconocer que me estoy poniendo nerviosa yo también.

—La casa está a la venta, quizá hayan pensado que nadie vive aquí, y sabiendo las fechas en las que estamos... —continúa Nina echando leña al fuego.

Me levanto y ambas me miran sobresaltadas.

—Está bien, Lydia, vamos a ver qué es. —Me dirijo a la puerta que da al jardín.

—¡Quieta ahí! —dice rápidamente Nina. Me detengo sin entender su petición.

—Pero, vamos a ver, ¿no queréis saber qué coño es? Como comprenderéis, en el caso de que sean ladrones no me voy a quedar esperando a que nos pillen.

—¿Y si es algo peor? —propone Lydia, quien, por supuesto, no se ha movido del sitio.

—Pues con mayor motivo. ¡Vamos! —vuelvo a insistirle.

—¿No estarás proponiendo dejarme aquí sola? —interviene Nina como si fuera una locura.

—Nina, qué te voy a decir. No creo que en tu estado sea una buena idea que vengas con la patrulla de reconocimiento. En caso de tener que salir por patas...

—No lo digo por eso, niña, sino porque se quede Lydia aquí. Si pasa algo, ¿quién me ayuda a moverme?

Esto es alucinante.

—Ah, perfecto. Propones que vaya yo sola ante el peligro. Qué bonito, Nina, qué bonito.

—Puedes llevarte a Milo —interviene Lydia, a quien la idea de Nina le parece perfecta.

—¿A Milo? —Miro al gato y él me mira a mí. Creo que le oigo bufar, en plan, «humana, a mí no me metas»—. ¿Y qué hago? ¿Si son ladrones se lo tiro?

—Ni se te ocurra —suelta Nina—. Milo se queda mejor aquí.

—Bien, veo quién de esta pandilla es prescindible.

—Deja de dramatizar... —comienza Nina.

Las hago callar porque, como sigamos así, de haber ladrones se habrán llevado ya media casa. Entonces aparecen unas siluetas en el jardín (que, por las horas, ya no tiene iluminación), y esta vez sí que grito.

El caos comienza, porque Milo sale por patas en cuanto mis hermanas se unen a mí, pero termina pronto cuando descubrimos que, efectivamente, es Aitor. Bueno, un Aitor borracho siendo arrastrado por, cómo no, Cole.

Es increíble y digna de mención mi capacidad para pasar de temer por mi vida a preocuparme por repasar mentalmente mi aspecto. Envidiable, os lo digo. No tanto mi gusto por escoger pijamas, porque sí, mi estilo tiene poco de glamuroso. Maldita sea.

Cuando Lydia (que parece ser la única coherente) se acerca a la cristalera para abrir la puerta y dejar que pase Cole junto al perjudicado de mi hermano, consigo quitarme velozmente el moño mal hecho con el que estaba, sí, *estaba*. Pero dejo de atusármelo de manera disimulada cuando pillo a Nina observándome con la ceja en lo más alto de su frente.

«¿Qué?», pregunto mentalmente a mi hermana.

—¿Pero qué habéis hecho? —oigo preguntar a Lydia, que ayuda a Cole a recostar a Aitor en el sofá más grande.

Este cae de lleno a pesar de sus esfuerzos.

—Por lo que veo, beberse todo el alcohol que Nina nos ha negado —suelto sin poder evitarlo.

—Elsa siempre tan graciosa —dice Nina, centrándose en mi hermano.

Su amigo, al que estoy intentando no mirar, comienza a explicarse.

—No conseguía bajar del coche y, como imaginé que no podría ni abrir la puerta, le he ayudado...

—Dándonos un susto de muerte. Sí, sí —interrumpe mi hermana mayor—. ¿Qué tenéis? ¿Trece años?

Controlo la risa ante el rapapolvo de Nina. Es absurdo negar que la situación es cómica, y ver a Cole tan cortado me hace disfrutar de lo lindo.

—Lydia, trae un vaso de agua. —Nina estudia a Aitor y niega con la cabeza—. No, mejor trae una botella. No os mováis, voy a despertar a Loren para que te ayude a subir a este idiota por la escalera.

Cuando me doy cuenta de que me voy a quedar a solas con Cole, propongo ser yo quien vaya a buscar a nuestro hermano, pero Nina pasa de mi ofrecimiento.

¿Qué mosca le ha picado? ¿No entiende que, bajo ningún concepto, me puedo quedar a solas con él? Esto es grave. Qué digo grave, GRAVÍSIMO. Mi cuerpo ha empezado a sudar.

—Interesante pijama. —Ese es su saludo, y cuando nos miramos, joder.

—No esperaba visita, como comprenderás. —Me cruzo de brazos y eso hace que la camisola que llevo por pijama (sí, lo habéis averiguado, lleva estampado navideño incluido) se eleve enseñando más pierna de la cuenta. Cosa que, os prometo, no quiero.

No quiero porque, uno, no estoy depilada, aunque eso me preocupa menos porque llevo unos calcetines hasta casi las rodillas; dos, también se me ven las bragas y, no, no son las típicas bragas que mostrar orgullosa.

No me miréis así, que levante la mano quien duerme esperando encontrarse de madrugada a quien le ronda la mente más de lo que debería, porque, sí, tampoco vamos a negar lo evidente. Cole me gusta, pero en la forma más sencilla del verbo. Un gustar sin mayor pretensión que la de fantasear cómo sería si, de repente, me empotrara contra la pared del porche para hacerme suya y terminar lo que no terminamos en ese episodio que no ha sucedido y que no recuerdo cada dos segundos. Nada más.

Bueno, vale, acabo de caer en que mi hermano está medio inconsciente en el sofá, así que no es lo que se puede llamar una buena idea, pero bueno, ya me entendéis.

Estoy enferma, ¿verdad?

—Lo veo. —Su contestación, junto con su forma divertida de observarme de arriba abajo, hace que la tontería se me pase rápido.

—¿Sabes dónde te puedes meter tus comentarios? —pregunto, sonriendo de manera encantadora.

Cole sonríe con chulería.

—Te diría que donde te cupieran, pero viendo que como metas algo más va a reventar tu ropa y no en el buen sentido... No sabía que eras de esos a quienes les gusta ir marcando.

No tiene ningún sentido lo que acabo de decir, porque realmente no es el típico mazado que se compra una XS cuando debería usar una L, pero ¡yo qué sé! Son casi las seis de la mañana, mis neuronas están de huelga y no para soltar pullas demasiado inteligentes.

Sin embargo, él no ha hecho más que empezar.

—¿Marcando? ¿Marcando el qué? —Y su sonrisa hace el resto.

Noto que me empiezan a entrar calores, pero, por una vez, mi hermano es útil para algo y comienza a moverse hablando en un idioma que ninguno entiende pero que sirve para llamarnos la atención, y nos acercamos a él.

—¿Aitor? —pregunto mientras Cole le ayuda a incorporarse.

—Werrr. —Es lo que entiendo que dice. Cole y yo nos miramos.

—Pero ¿de dónde venís? —quiero saber mientras me fijo en que ambos no van especialmente arreglados.

Cole hace pruebas de ir soltando poco a poco a Aitor, pero está muy borracho. No diré que es la peor, porque ya llevamos muchos años siendo hermanos, pero, joder.

—Hemos ido a tomar algo. Quería desahogarse. —Eso último hace que me gire hacia él.

Estamos muy cerca. Cole, de hecho, está de cuclillas, pero lo que ha dicho me preocupa y las tonterías quedan en un último plano.

—¿Desahogarse?

—Nada serio. No te preocupes. —La respuesta de Cole hace que me incorpore.

—¿Nada serio? ¡Suelta ahora mismo lo que le pasa a este imbécil! Nos tiene preocupadas. —¿Veis como Nina no se equivoca nunca?

Cole vuelve a sujetar a Aitor, quien, por mi tono de voz, parece estar espabilándose. Pero no mejorando, porque vuelve a tambalearse hacia el otro lado.

—No es nada grave, Elsa. Tan solo mal de amores —confiesa al final.

Podría no creerle, pero sé que no miente. Así que asiento y me siento al lado de Aitor para sujetarle mejor.

—Y nadie muere de amor, ya lo sabes. —Esto último lo ha dicho muy bajo.

Nos miramos y me quedo quieta, muy quieta. El ambiente se vuelve denso de repente; quiere decir algo, lo noto, y en el fondo sé qué es... o quizá no, no lo sé.

—No... —Aitor vuelve a hablar.

—¿No, qué? —le pregunta Cole.

Mi hermano hace amago de incorporarse y nosotros le sujetamos.

—¿No querrás vomitar? —pregunto, y Cole me mira mal.

—No... —Aitor se centra en su amigo y este se acerca más a él.

—No qué, ¿tío? —pregunta Cole con una fe inquebrantable hacia mi hermano. Parece que no lo conozca. Yo ni loca me acercaría tanto a él teniendo en cuenta que parece que le falte cero coma para ponerse a echar la pota.

Entrecierro los ojos imaginándome la escena que se nos viene encima, pero Aitor nos sorprende a los dos dándole un giro de ciento ochenta grados.

—Olvídala. Olvídala ya, tío. Es mal... es malo para ti.

Cole se ríe.

—Y yo que pensaba que quien tenía mal de amores eras tú...

—¿Qué ha pasado aquí? —Loren aparece, por fin, seguido por mis dos hermanas.

Si yo tengo una pinta poco presentable, lo de nuestro hermano son palabras mayores. Pero Loren avanza rápido, quita el vaso de agua a Lydia y llega hasta Aitor.

Me giro hacia mis hermanas cayendo en la cuenta de que han tardado una barbaridad, en especial Lydia, que solo tenía que ir a la cocina y volver.

—¿Dónde estabais? —pregunto mientras Loren comienza a abanicar a Aitor en bata corta y calcetines de Mickey Mouse. Sí, en esta familia tenemos un gran sentido del gusto.

—Buscando a Loren. —Que Nina sea la que conteste en vez

de Lydia me mosquea, pero Cole y Loren comienzan a levantar a Aitor para llevarle a su habitación y no es momento de seguir por ahí.

—Lo tendríamos que meter debajo de un chorro de agua fría —propongo con más maldad que preocupación.

—Cállate, Elsa —me regaña Loren.

—Yo... ya puedo —contesta Aitor arrastrando las palabras.

Me dan ganas de grabarlo para hacerle chantaje.

Ahora que lo pienso, ¿dónde está mi móvil?

Pero el *show* termina rápido. Por supuesto, hemos despertado a mis padres, aunque él es el único que sale de su dormitorio para mirar con desaprobación a mi hermano, quien sigue insistiendo en que está bien incluso cuando le tienen que ayudar a desvestirse para meterlo en la cama.

Lydia, Nina y yo nos quedamos en el pasillo mientras Cole y Loren se encargan de Aitor.

—Bueno, pues a dormir, entonces —dice Lydia al dirigirse a su dormitorio.

—Sí —digo por inercia, aunque lo último que tengo ahora es sueño.

¿Qué ha querido decir Aitor con eso? ¿Se refería a mí?

—¿No quieres despedir a Cole? —La pregunta llega como una bala y, por supuesto, no podría haberla disparado otra que Nina.

—¿Yo? Que lo haga Loren, tengo sueño.

Giro en redondo y voy directa a mi cuarto. Mierda. Lo último que me conviene es que Nina sepa que Cole me da que pensar, así que me meto en la cama con la seguridad de que debo olvidarle.

Esa es la clave. Empezar de cero otra vez.

Martes, 25 de diciembre

Más tarde de lo que me gustaría admitir

Vale, se me ha ido la hora, pero es que ayer, con la tontería, nos acostamos a las tantas. El caso es que tienen que venir a despertarme para abrir los regalos.

Me sorprende saber que soy la única que todavía seguía durmiendo. Hasta Aitor está. Con cara de pedir que acaben con su existencia, sí, pero estar, está. Tiene mis respetos. Si hasta Fran, el marido de Nina, ha llegado. Me saluda imaginando que mi motivo es una resaca de caballo, pero, en fin, ya se lo contará mejor Nina.

—¡Feliz Navidad, chicos! —dice mi madre.

Y comienza el lío, porque no somos la típica familia que da los regalos de manera ordenada ni civilizada.

—Elsa, ¡este es tuyo! —grita Lydia al lanzarme un paquete.

Sí, a ese nivel estamos. No nos juzguéis, pero es lo más maravilloso de mi familia.

El día de Navidad transcurre sin contratiempos. Después de los regalos, desayunamos y, poco después, empezamos con los preparativos de la comida. Mi madre siempre nos organiza en grupos y, como somos de costumbres, sé que me toca hacer los aperitivos con Aitor, quien sigue con cara de querer desaparecer.

—Qué, ¿preparado? —le pregunto con excesivo entusiasmo y sabiendo que le va a molestar.

—¿Qué prefieres? ¿Los canapés de salmón o los...?

—Los que no quieras tú —contesta Aitor; pero al ver que ha cogido el queso, me pongo con los de salmón.

—Bien, ¿qué tal estás? —pregunto al rato. Su única respuesta es un resoplido y miro a nuestro alrededor—. Quiero que sepas que, o subimos el ritmo, o el grupo de los cuñados nos gana.

Y es cierto, Fran y Oliver están terminando la bandeja de dulces a una velocidad de vértigo.

—¿No me vas a hablar? —insisto, pero al ver que Aitor continúa ignorándome, sujeto sus manos e impido que siga montando canapés; por el aspecto de estos, creo que es una salvación para el resto de los comensales.

—¿Qué coño haces? —me pregunta cuando le comienzo a arrastrar fuera de la cocina.

—Tío, estoy cansada de tu carácter. Me parece estupendo que te enfadaras... bueno, ¡qué mierda! ¡No me parece ni medio normal que te enfadaras porque te preguntara por Cole!

—¡Perdón, perdón! —dice Loren interrumpiéndonos al tener que pasar por delante de nosotros.

Aitor me mira sin ocultar su mala leche, esa que tiene guardada por el tema, y eso saca también a relucir la mía.

—No sabes ni una mierda —suelta cuando volvemos a estar solos.

—¿Qué no sé? ¿Que ayer le llamaste para desahogarte por mal de amores? ¿Qué te está pasando?

Una expresión cruza la cara de mi hermano, entre la incredulidad y el cabreo.

—Esto es cojonudo, ¿ahora habláis de mí?

—No me mires así. No fue a mí a quien tuvimos que llevar a rastras a su habitación. ¿Qué es eso del mal de amores? —insisto.

—¿Eso te dijo Cole? —pregunta Aitor.

Asiento:

—Si te sirve de consuelo, no soltó nada más. Cedió porque estaba preocupada y no paré hasta que me dijo que no era nada grave, solo eso.

—Pues no hagas ni caso.

—¿Es por la rubia esa? —vuelvo a la carga, y Aitor se ríe.

—Sí, claro. —Su contestación es una clara negativa.

—Está bien. No me vas a contar qué te pasa. Me parece bien. Nunca nos hemos metido en esos temas, ¿recuerdas?

El silencio significativo pesa entre ambos, hasta que Aitor suspira mirándome de reojo.

—Sí —asiente al final.

—Y nos iba muy bien —le recuerdo—. Alguna vez nos soltábamos alguna pullita para hacernos rabiar, pero nunca nos metíamos en los asuntos del otro. A no ser que fuera para defendernos...

—Estaba destrozado. —Aitor me interrumpe para decir eso, y yo me callo porque sé que está hablando de Cole—. Cuando te fuiste de manera tan repentina, le dejaste hecho polvo. Tú te recuperaste rápido, lo vi; soy tu hermano, pero también soy su amigo y fui testigo de lo que le hiciste, porque Elsa, se lo hiciste tú. Nadie más.

Mi pecho se encoge, a nadie le gusta ser la mala de la película. Así que bajo la mirada, cabizbaja.

—No era mi intención. Solo...

—Solo pensaste en ti. Y de verdad que no sé hasta qué punto estás en tu derecho de hacer eso, pero también hay que reconocer que eras muy joven. El tiempo ha ido pasando, pero cuando me preguntaste por él hace dos meses, cuando ni siquiera estabas en España, mis alarmas sonaron.

—No estoy interesada de esa forma.

Es soltar la frase, y ser consciente de la mentira. Aitor me mira.

—Ya. —No sé si lo dice porque me cree o porque ha olido la mentira junto al pavo que está terminando de cocinarse. Olores que se funden a la perfección, ya os lo digo—. Tienes razón en una cosa, no deberíamos meternos en las cosas del otro. No puedo decirte qué hacer y qué no. Confío en que ahora, ya adulta, sepas tomar mejores decisiones.

Mierda, ¿que soy ya adulta? Que se detenga el mundo. No estoy de acuerdo ni con esa afirmación ni con el convencimiento de que vaya a tomar mejores decisiones, pero mi hermano, ajeno a todo lo que está pasando dentro de mí, sonríe.

—Perdóname, me sobrepasé ese día.

Avanza y me da un gran abrazo. Al principio estoy tensa. Vamos a ver, sigo con mi dilema sobre si advertirle que estoy mucho más descontrolada que cuando tenía dieciocho, pero al final me relajo para disfrutar el momento.

—Vaya —digo mirando su cuello.

—¿Vaya? —repite Aitor.

—No sé, esperaba que olieras a tope de alcohol, pero veo que no.

Aitor me obliga a separarme de él, y hace que me ría.

—Qué graciosa eres.

—Sé que echabas de menos mis chistes.

—¿Vamos a machacar a los cuñados? —propone con una sonrisa.

Le sigo de vuelta a la cocina y veo que mamá nos observa de manera disimulada. Mi hermano coge los canapés con más entusiasmo, empezando a llamar la atención de Fran y Oliver en un absurdo intento por distraerlos. Nunca es una competición salvo para nosotros dos, y con ese simple gesto todos saben que Aitor y yo volvemos a ser nosotros.

Las demás preocupaciones quedan en un segundo plano, al menos, por ahora...

Martes, 25 de diciembre

Por la noche

Cuando cojo el móvil al volver a mi habitación, sé que ha pasado algo sin necesidad de meterme en los mensajes. Tengo dos llamadas perdidas de Nagore y otra de Diana, y como hay chorrocientos mensajes en el chat, decido hacer una videollamada conjunta de las cuatro, pero nadie contesta.

Preocupada, comienzo a leerlo; sin embargo, solo me da tiempo a ver la primera frase de Nagore en la que dice que ha pasado algo. Mi móvil empieza a vibrar y en la pantalla aparece el nombre de Diana. Me está llamando.

—¿Qué ha pasado? —pregunto directa.

—Ni feliz Navidad ni nada, ya veo.

Mis pulsaciones comienzan a relajarse al oír su tono tranquilo. Si hubiera sucedido alguna desgracia, no estaría así.

—Sí, sí, hola y feliz Navidad. Cuéntame.

—No lo sé —dice Diana.

—¿Cómo que no lo sabes?

—Como que no lo sé. Pero no tardaremos en averiguarlo. Nagore viene para acá.

—¿Con «acá» te refieres a San Lorenzo?

Me detengo, ya que estaba dando vueltas de un lado para otro en mi habitación.

—Así es. Me ha llamado llorando. Me preguntó si la podía acoger.

—¿Va a tu casa?

—Sí, ha tomado el primer tren. Dentro de una hora llegará, bueno... —Oigo ruido lejano, como si Diana estuviera removiendo algo—. Más bien dentro de cuarenta minutos. Todo esto ha sido por la tarde.

—¿Se va de casa en Navidad? Ha tenido que ser algo gordo, para no poder esperar —digo mientras me dejo caer sobre la cama.

—Creo que es por Diego.

Suspiro. Diego es el novio de Nagore.

—¿No te ha adelantado nada?

—No paraba de llorar —explica Diana.

—Le voy a matar —digo mientras me levanto y recojo mis cosas.

—No sabemos si ha sido cosa de él o no. No tomemos decisiones precipitadas.

—¡Le he pillado! —Nagore no termina la frase y empieza a llorar.

Diana y yo nos miramos segundos antes de acercarnos para hacerla entrar dentro de casa. Estamos en la de Diana, que está vacía porque Bruno ha ido a la de un amigo.

Cuando conseguimos subir las escaleras y llegar a la habitación de Diana, Nagore comienza a tranquilizarse. La hemos dejado sentarse en la cama, Diana a su lado y yo enfrente, concretamente encima de una alfombra mullida.

—¿Qué ha pasado? —pregunto con tiento.

—Tenía que huir, y el único sitio donde se me ha ocurrido

venir es aquí con vosotras, pero prometo que solo será esta noche, no quiero molestar.

—Tranquila, puedes quedarte el tiempo que quieras. Como si es hasta que terminen las vacaciones —dice Diana acariciándole la espalda.

Nagore niega, obligándose a sonreír.

—Yo trabajo el jueves...

Le damos su espacio hasta que, al final, coge aire y nos mira a ambas. Tiene el rímel corrido y su pelo corto rojizo está mal recogido, con prisas y en un moño. Que Nagore, reina del estilo, esté así, es muy mala señal.

Al final consigue sacar fuerzas para explicárnoslo, aunque sus ojos vuelven a llenarse de lágrimas.

—He pillado a Diego. Está liado con alguna.

Diana la abraza cuando Nagore se derrumba de nuevo; yo quiero asesinar a Diego. Llevan tres años juntos y, siendo sincera, no tenía pinta de ser mal tipo.

—¿Con quién? —pregunto, y Diana me lanza una mirada de advertencia.

Como Nagore no me está mirando, me encojo de hombros como señal de no entender su gesto.

—No lo sé. Solo... —Nagore se aparta las lágrimas y cuando va a hablar, su móvil suena sobresaltándonos a todas, pero lo silencia con un movimiento brusco—. Es él —explica—, capullo deslenguado. Ojalá... ¡Ni se me ocurre qué desearle!

Nuestra amiga pega un pequeño golpe a lo primero que pilla, que es la almohada de Diana. Contengo las ganas de sonreír, Nagore enfadada es muy tierna. Es diminuta y su aspecto angelical choca mucho con lo que estoy presenciando.

El móvil vuelve a sonar. Las tres lo miramos.

—Voy a apagar el teléfono —sentencia Nagore inclinándose a por él—, lleva toda la tarde llamándome.

—¿Has hablado con él? —quiere saber Diana. Nagore niega y alcanza el teléfono.

—¡Espera! Voy a cogerlo —me ofrezco.

Sus reacciones no tardan en llegar.

—¡No! —dice Nagore mientras Diana mira con emoción el teléfono.

—¿Por qué no? —pregunto—. Me gustaría saber qué tiene que decir. No esperará que lo coja yo, además, si me das permiso, puedo decirle un par de cosas.

—Elsa... —me advierte Diana, conocedora de mis prontos.

—¡Cógelo! —Nagore parece convencida, así que acepto la llamada como si fuera Cruella de Vil.

Antes de poder decir nada, me llega la voz desesperada de Diego.

—Nagore, por favor, ¡no es lo que piensas!

—Hola, Diego. —Este se calla en cuanto me oye.

Diana y Nagore me miran con los ojos abiertos de par en par, esta última sujetando la almohada con demasiada fuerza.

—¿Elsa? ¿Eres tú?

—Efectivamente. ¿Qué tal? Feliz Navidad, por cierto —asiento guiñando un ojo a las chicas.

—Eh... feliz Navidad. —Lo dice más como una pregunta, haciéndome ver que está nervioso. Mala señal—. ¿Está Nagore? Necesito hablar con ella.

—Ya, verás, es que ella ahora mismo no quiere... —comienzo, pero Diego me interrumpe.

—¡No estoy liado con nadie! ¡Estaba hablando con la de la inmobiliaria!

Su tono de voz se ha elevado y puedo notar que está empezando a enfadarse, pero la información que me ha dado me ha dejado un poco descolocada.

—¿Cómo?

—Sí, quería darle una sorpresa. ¡Proponerle irnos a vivir juntos! Pero ha sacado unas conclusiones que... ¡que no entiendo! No estoy seguro ni de que haya leído la conversación, si no, no estaríamos en esta situación. ¡Es increíble! ¿Cómo puede confiar tan poco en mí?

Mi gesto debe de decirlo todo, porque ambas me miran extrañadas.

—Bueno, sabes que a veces nuestra mente nos juega malas pasadas. Está tan bien contigo que a veces tiene miedo a que algo lo estropee.

Nagore se levanta de la cama mirándome mal, pero le hago un gesto para que se detenga.

—Diego, en un ratito te llama. Creo que es mejor que lo habléis con calma.

—Sí. Gracias, Elsa.

Cuelgo y me vuelvo hacia Nagore.

—Tía, ¿puedes contarnos qué has visto para saber que Diego está liado con alguien?

Tampoco quiero creer ciegamente a Diego, pero conociendo a Nagore, la balanza está comenzando a inclinarse hacia un lado.

—Pues estaba hablando con una tal María y cuando he intentado leer la conversación, ¡me he dado cuenta de que la ha borrado!

—Pero ¿qué decía? En la conversación, me refiero —interviene Diana, que parece saber por dónde van los tiros.

Nagore nos mira a ambas.

—Algo de unas llaves.

—¿Qué ocurre? ¿Qué te ha dicho? —pregunta mirándome.

—Nada. —Le tiendo el móvil—. Llámale y hablad.

Nagore coge el teléfono y sale de la habitación algo dubitativa, pero al final nos deja a solas.

—¿Qué te ha contado? —quiere saber Diana.

—Le va a proponer irse a vivir juntos. Debe de ser que ha visto un piso o algo.

Me siento a su lado y ambas nos reímos, en especial cuando oímos el chillido de Nagore.

—Esta chica nos supera en dramatismo.

—Estoy de acuerdo contigo —asiento.

—Por cierto, el blog va genial —comenta Diana con una sonrisilla—. Tienes mogollón de comentarios.

Asiento.

—La verdad que es curioso. Gente. Leyéndome.

—Y compartiendo también sus emociones. Es algo muy bonito. Deberías plantearte darle más publicidad. De verdad, que tengas tantos comentarios es algo muy, muy top.

Nagore entra de nuevo en el dormitorio con las mejillas sonrojadas y un brillo muy distinto en los ojos.

—Perdonad por el susto que os he dado —es lo primero que dice.

—No hay nada que perdonar, pero joder, casi me veo teniendo que ir a asesinarle, y Diego me cae bien —sonrío.

Nagore nos obliga a hacerle un hueco en la cama y, una vez apretujadas, nos rodea con los brazos, aplastándonos aún más.

—Chicas, ¡me ha pedido que me vaya a vivir con él! —chilla con alegría. Diana y yo vitoreamos y escuchamos toda la versión.

—¿Y qué le has dicho? —pregunta Diana cuando Nagore termina de contarnos.

—Que sí. —Las tres aplaudimos—. No sé si es una locura, nunca he vivido con nadie salvo con mis padres. Con treinta años que tengo, ¡es muy fuerte!

—Ya verás que va a ser genial —digo convencida—. Lo único que tienes que hacer a veces —dejo claro—, es poner el modo pausa. No puedes reaccionar así, tan a la tremenda, porque no me quiero ni imaginar lo que te habrá costado al final el Uber que has tenido que coger.

—Siempre tan práctica —añade Diana por lo bajinis.

Nagore asiente:

—Lo sé. Cuando vi el mensaje no leí la conversación por miedo, y cuando me convencí para hacerlo, lo había borrado y...

—Huiste. Ya. Siento ser la aguafiestas —comienzo—, pero Nagore, en las relaciones se tienen que hablar las cosas. Si le hubieras preguntado qué era eso, él te lo habría explicado y os habríais ahorrado el disgusto. Sé que es fácil decirlo desde fuera, cada uno reacciona ante las cosas de diferente manera, pero...

—Lo sé. Tienes razón. Me dejé llevar por el miedo.

—¿Pero qué miedo? —pregunta Diana.

Nagore se levanta de la cama y nos mira jugueteando con sus manos.

—Miedo de que se estropee todo. Yo qué sé, lo siento Elsa, pero mira lo que te ha pasado a ti. —Me tenso cuando me señala—. Eres una grandísima persona y todo se ha ido a la mierda de golpe. Y aunque sé que vas a salir de esta (de hecho, ya lo estás haciendo), me da miedo porque yo no soy tan fuerte como tú.

Mi amiga desvía la mirada al suelo, entre avergonzada y triste. Me levanto también de la cama y, buscando sus manos, hago que eleve la mirada. Le sonrío.

—Eres más fuerte y valiente de lo que piensas, pero que le sucedan cosas malas a los demás no significa que te vaya a pasar a ti. Y, por supuesto, no puedes vivir con el temor constante de eso. Por esos nubarrones mentales... —Nagore hace un gesto al escuchar esa palabra y me hace reír—... puedes estropear todo lo bueno que te está sucediendo.

—Sí. Sé que tienes razón, pero es que no paro de preguntarme cuánto durará esta felicidad.

—Eso es imposible saberlo —interviene Diana—. Vamos,

Nagore, sabemos que todo son rachas, así que no te amargues una buena cuando la mala no ha llegado aún.

—Odio saber que va a venir algo malo.

Hago una mueca porque, realmente, no estoy para dar ánimos en este momento de mi vida. Menos mal que Diana se encuentra presente.

—Sé que esto que os voy a decir es de lo más cursi que escucharéis hoy, pero creo fervientemente en ello. Sin esas cosas malas, no apreciaríamos las buenas, vamos, no lo haríamos tanto.

—Diana hace un gesto con las manos para acentuar lo que está diciendo y yo asiento junto a Nagore.

Entiendo lo que dice, y en cierta forma tiene sentido, aunque ahora mismo me gustaría que me llegara un poco de buena racha, porque llevo una...

Un teléfono vuelve a sonar, esta vez es el de Diana.

—¡Es Gala! —avisa descolgando, y pone el altavoz.

—¡Madre mía! Por fin, ¿dónde narices estabais? Venga a llamar y ni una me contesta —nos regaña.

Busco mi móvil y, sí, tengo varias llamadas suyas.

—Estábamos de debate. Perdona —contesta Diana.

—¿Qué ha pasado? ¿Nagore está bien?

—Sí, estoy aquí. ¡No te vas lo vas a creer!

Se nota que Nagore está conteniéndose para no dar brincos por la habitación.

—¿Y si hacemos una videollamada? —propongo.

Todas aceptan y, tras colocarnos, hacemos una con Gala. La vemos sujetando algo entre las manos.

—¿Qué es eso? —pregunta Nagore entrecerrando los ojos en un intento de enfocar la imagen pixelada.

Gala sonríe.

—¡Oh! —dice Diana llevándose la mano a la boca con ímpetu. No se le cae el móvil de milagro.

—Sí, señoritas. —Gala juguetea con unos guantes de nieve—. He pedido el día libre en el trabajo, estaré allí a primera hora de la mañana.

Todas chillamos de emoción.

—¡No me lo creo! —dice Nagore—. ¡Es todo un momentazo histórico! ¡Las cuatro de nuevo en el pueblo!

—Claro que sí, no iba a ser la única que no acudiera al rescate.

—Pues hablando de rescate... —Miro a Nagore al decir eso y sonríe ampliamente.

—¡¿Qué?! —Se puede ver la emoción de Gala a través de la pantalla cuando Nagore se lo cuenta todo—. ¡Madre mía! ¡Es una superbuena noticia! ¡Cuánto me alegro!

—¡Voy a vivir con un chico! —chilla Nagore.

—Las únicas que te pueden aconsejar ahora son Diana y Gala, en ese territorio estoy perdida.

—Oye, hablando ahora de hombres, ¿qué pasó anoche con Cole y Aitor? —me pregunta Diana al recordar el escueto mensaje que les puse al acostarme.

—Eso, cuenta —asiente Gala.

—No hay mucho que contar, ya os lo expliqué todo.

—A ver, eso de que no hay mucho que contar... —comienza Nagore.

—Primero, lo del mal de amores de Aitor. ¿Ha cortado con la rubia esa? —Miro mal a Diana y esta se encoge—. Es simple curiosidad.

—Ya te vemos —dice Gala desde el otro lado de la pantalla.

Suspiro pesadamente y todas vuelven a centrarse en mí.

—Mirad, chicas, he decidido que tengo que cortarlo de raíz. Puede que eso que dijo Aitor fuera por mí, vale, hay una mínima posibilidad. Pero, siendo francas, es un poco egocéntrico pensar que, después de doce años, ¡doce, señoras! —recalco—, sigue pensando en mí de esa manera. No, es que además es eso, que no me tiene que importar más.

Todas están calladas, mirándome de *esa* forma.

—¿Qué pasa? ¿Por qué me miráis así?

—A ver si nos queda claro. ¿Quieres pasar página por alguien que hace dos días decías que no te interesaba lo más mínimo? —pregunta Diana con ingenio.

—Por no olvidar que es con quien echaste un polvo en el baño, bueno, de mala manera. Las cosas que se empiezan tienen que terminarse —puntualiza Nagore.

—¿Me hacéis el favor y me ayudáis un poquito no recordándomelo?

—Pensamos que es importante señalarlo, solo eso —puntualiza Diana.

—¿De verdad que quieres pasar de... esto? —continúa, pero no se atreve a decir su nombre. Un avance.

—Vale, me estáis empezando a cabrear y aviso que tengo un arma y no dudaré en usarla. —Meneo la almohada como si fuera el mismísimo Qui Gon Jinn.[3]

Las tres se ríen. Estoy perdiendo facultades de amenaza.

—Está bien, está bien —comienza Diana al ver mi gesto—. Ya paramos.

—De verdad que no le veo la gracia.

—Mira, si de verdad quieres pasar página del todo —dice Nagore—, tengo la solución a tus plegarias.

—¿Plegarias? —tanteo al temer su ocurrencia.

—Sí, es fácil y bien sabido, además. Un clavo quita otro clavo.

—¿Y ese otro clavo lo voy a encontrar en...? —pregunto, mostrando por el tono de mi voz que eso me parece absurdo.

---

3. Maestro Jedi humano de las películas de *Star Wars*. Fue mentor de Obi-Wan Kenobi.

La repuesta de Nagore no se hace esperar:

—¡En Tinder! Diana, ¡coge su teléfono!

—¡No! —Corro a por él, pero Nagore se lanza a por mí impidiendo que alcance a Diana, quien, rauda, coge mi móvil.

—No veo, ¿lo habéis cogido? —Oímos a Gala entre los forcejeos. Han dejado el teléfono sobre el colchón y con la cámara apuntando al techo.

—¡No me lo puedo creer! Diana, el móvil —exijo cuando me libro de Nagore.

—Venga, va a ser divertido. Haznos caso —dice Nagore, y coge el teléfono de Diana para permitir que Gala pueda vernos de nuevo—. Gala y yo conocimos a nuestros respectivos por allí.

—Nombre: Elsa... —Diana va verbalizando lo que escribe en mi puñetero perfil.

—Os voy a asesinar lentamente, muy lentamente.

—Solo os pido que, si vuelve a haber otro altercado como el anterior, por favor, avisadme o tened la decencia de dejar el móvil en algún sitio seguro. Vaya un mareo, por Dios. Aparte, no he podido contemplar nada, y ser testigo del placaje de Nagore a Elsa ha tenido que ser una visión digna de inmortalizarse.

Nagore me da un empujón juguetón.

—Ponle la foto de la noche esa..., la que llevaba el vestido rojo de Zara que le quedaba espectacular —ordena Gala a Diana, quien asiente satisfecha.

—De principal he puesto la que Nagore le hizo antes de estas vacaciones, en esa cafetería tan mona —comenta Diana.

Todas asienten encantadas, y yo quiero que me trague la tierra.

—Está ideal —afirma Nagore.

—¿Podéis dejar de hablar como si no estuviera delante? Por no decir que me siento como el ganado —refunfuño.

—Anda, potrilla, calla. Si te lo vas a pasar genial —escucho decir a Gala.

—Y nosotras contigo. —Al decir eso, Diana vuelve a la cama y nos recolocamos a su alrededor para ver el perfil.

—No me puedo creer esto —digo más para mí que para ellas. Pero Diana sigue encantada deslizando las distintas fotos que han puesto de mí.

—Mirad, ¡ya tiene solicitudes! —avisa Nagore con emoción.

—¿Sacáis algún tipo de comisión por esto? —pregunto, y Diana se ríe.

—Anda, deja de quejarte y mira. Ya tienes a chicos interesados, ¿cuál quieres aceptar?

Me tiende el teléfono y mi primera reacción es eliminarlo todo, pero, qué queréis que os diga, la curiosidad me puede y, aún sin creérmelo, me veo mirando la pantalla y estudiando los perfiles de aquellos que me han solicitado.

—Este es demasiado joven —digo, desechándole mientras las demás asienten.

—¿Le has puesto el filtro de edad? —demanda Gala.

—¿Hay filtros? —pregunto asombrada.

—Claro, mujer, así las búsquedas son más interesantes. Las hay hasta por zonas.

Nagore da a un par de botones, aparece un listado de chicos y me llama la atención que muchos de ellos están a pocos kilómetros de mí.

—¿De verdad que me interesa conocer a alguien de aquí? —pregunto al tiempo que desecho perfiles, hasta que de repente aparece uno que nos vuelve locas.

—¿Qué pasa? ¿Qué pasa? —quiere saber Gala, quien, de nuevo, ha perdido contacto visual por el nuevo forcejeo.

—¡Mierda! —digo soltando el móvil con el corazón disparado.

—¡Cole tiene perfil! Oh. Dios. Mío —suelta Nagore al más puro estilo de Janice Litman.[4]

Todas se ponen a dar gritos.

—Decidme que se ha agachado —quiere saber Gala.

—Por supuesto, como si Cole estuviera en la pantalla y la fuera a ver.

—Para qué tener enemigos teniéndoos a vosotras como amigas. Ha sido una reacción involuntaria.

Las tres tiparracas, porque eso es lo que son, en vez de intentar tener un mínimo de decencia y apiadarse de mi persona, siguen partiéndose el culo, así que termino por resignarme.

—Os odio —sentencio.

—Anda, mujer, que no es para tanto —acude Nagore a achucharme.

—Decidme cuán grave es. —Escondo la cara entre mis manos.

—¿Grave el qué? —pregunta Nagore; pero Diana, que entiende perfectamente mi pregunta, contesta.

—Le saldrá la notificación de que has visto su perfil.

No necesito nada más. Señor, dame paciencia, porque como me des fuerza...

—Voy a borrarlo —digo con urgencia buscando mi móvil.

—No va a servir de nada, le saldrá igual... —empieza a explicar Gala, pero se calla en cuanto oye mi grito de terror.

—¡Le he solicitado amistad! —Les enseño con horror la pantalla.

—Más bien le has solicitado arrejuntaros —recalca Diana.

—¿Qué hago? —Mi tono hace que dejen de reírse y Diana me coge el móvil.

—No puedes hacer nada, ya lo ha visto.

---

4. Personaje de la serie *Friends*.

Voy a tener un colapso mental en cualquier momento. Lo presiento.

—¿Cómo sabes eso? —pregunta Gala desde la mano de Nagore, que es quien está sujetando el teléfono.

—Porque ha aceptado la solicitud. —Diana gira la pantalla hacia nosotras y, en efecto, Cole ha aceptado *mi* solicitud.

—¡Madre mía! —estalla emocionada Nagore.

—¿Cómo que ha aceptado? —Busco a tientas dónde sentarme porque no puedo despegar mi mirada de ese aparato del inframundo.

—Como que ha visto tu perfil y ha aceptado. —Diana sacude el móvil mientras habla.

—Algún interés debe de tener —añade Nagore.

Las miro a las tres, incrédula.

—¿Quieres hablar con él? —pregunta Gala, y Diana inclina el teléfono hacia mí.

Niego con la cabeza.

—¿Y si lo está haciendo para vengarse?

—A ver, cielo, es Cole. No Voldemort —dice Diana al sentarse a mi lado—. Sobreestimas mucho a los hombres, te prometo que no va a tener ningún plan secreto. Aquí lo único que pasa es que ambos estáis interesados. Y qué quieres que te diga, no veo el problema.

—Pero es Cole. —Mi voz sale lejana, creo que estoy en *shock*.

—Sí, Cole, el chico del que no paras de hablar a pesar de haber roto con Marcos hace seis meses. Tía, ¡despierta! —Sé que Diana se está aguantando las ganas de zarandearme—. Te gusta mucho más de lo que quieres admitir. Haz algo al respecto.

—Pero le dejé bien claro, cuando salimos del baño, ¡que aquello no había pasado! —les recuerdo—. ¿Qué va a pensar ahora?

—Que no lo decías en serio —deja caer Nagore—. Así que

te viene de perlas, porque, tía, eso que le dijiste es una cagada total.

No sé ni qué decir ni qué hacer.

—Elsa, no eres de las típicas que se quedan sin hacer algo que quieren. Y todas sabemos que eso que pasó en el baño significa algo. No quieres una relación, vale, pero ¿por qué no pasar un buen rato? Que no te frene el miedo y averigua adónde te lleva esto —añade Gala.

—Tampoco tienes que hacerlo ahora. Habéis conectado. Puedes hablarle mañana con más calma —propone Nagore; todas asienten, hasta yo.

—¡Claro! —dice Gala—. Ya tenemos plan para mañana. Vamos a una buena cafetería y hablamos con él, a ver qué dice.

Menudo entusiasmo tienen todas.

—No sé, chicas. No sé.

—Tranquila, ahora a casa a descansar y mañana nos dices qué has decidido —interviene Nagore.

No sé cómo, pero termino accediendo a pesar de estar convencida de que me voy a arrepentir de ello; aunque también hay una vocecita que me anima a hacerlo.

Miércoles, 26 de diciembre

Por la mañana

—La verdad es que este pueblo es ideal. ¡Qué recuerdos! —dice Nagore cuando llegamos a la plaza de la Constitución dando vueltas para poder apreciar todos los ángulos.

La decoración sigue igual y, como el frío no decae, la nieve de los días anteriores está intacta. Como si hubieran espolvoreado azúcar glas.

—Está bonito, sí, pero ¿vivir aquí? —digo mientras la obligo a avanzar.

—Gracias por lo que me toca —añade Diana.

—Bueno, cariño, tú tienes planes futuros de irte de aquí. Así que, en cierta forma, me estás dando la razón.

—¡Ey! —Oímos que alguien nos saluda con entusiasmo.

Enfrente, en la parada del bus, vemos a Gala. Chillamos y corremos hacia ella, quien nos acoge con la misma ilusión. Lleva un anorak largo de The North Face en color amarillo; si lo llevara yo, parecería un Minion. Por fin volvemos a estar juntas.

—Bueno, ¿os apetece ir a desayunar? —pregunta Diana frotándose las manos enguantadas.

—Creo que no hace falta ni hacer la pregunta —contesto sonriendo.

—Siempre con hambre, chica —me dice Nagore.

Comenzamos a andar hacia un destino concreto, y es que no hace falta decir el nombre para saber adónde nos dirigimos. Siempre que desayunábamos juntas, era allí, y esta vez no va a ser menos.

—Qué frío hace aquí, ¿no? —comenta Gala escondiéndose bajo el abrigo.

—Muy bonito, muy bonito; pero sí, se te congela el culo y si no te mueves, el cerebro.

—Anda, vamos. —Gala me agarra del brazo para tirar de mí y da un golpecito a la boina roja que me he puesto—. Deja de ser tan antipática, no es bueno para la piel.

Protesto, como es lógico.

Antigua Canela es un local bastante pequeño que solo sirve desayunos o *brunchs*, así que hay que reservar. Como Diana es una tía previsora, podemos sentarnos en nuestro sitio favorito. La mesa junto al ventanal.

Tiene un estilo parisino que enamora desde la fachada en blanco con carpintería en menta, pero es que todo aquel que entra queda maravillado con las sillas de hierro en blanco con cojines pasteles, el mostrador con los numerosos y vistosos postres, las baldas de madera igual que el suelo y el hilo musical de jazz.

Cuando nos sentamos, Gala se queda embobada con la guirnalda de luz que rodea el ventanal, el cual nos muestra parte de la plaza del pueblo.

—¿Qué os apetece? —pregunta Diana inmersa en la carta, mientras Gala intenta ver la pizarra.

—Yo creo que voy a pedir un trozo de tarta de queso con frutos rojos —dice Nagore.

Diana se inclina para señalarle algo.

—No os olvidéis de los tés. Deliciosos.

—¿A qué hora pasa el autobús para llevaros a la estación? —pregunto sin tener que mirar para saber qué pedir.

Por favor, lo tengo claro desde el mismo instante que volví al pueblo.

—A las seis —dice Gala, sacudiéndose el pelo que lleva a la altura de los hombros, en un corte totalmente simétrico que le favorece.

Gala suele vestir con ropa *vintage*, pero la de verdad, la que solo está en tiendas de segunda mano y en la que una se tiene que matar para encontrar algo decente. También hay que reconocer que no todo el mundo vale, pero ella tiene tan buen ojo que capta cosas que, para la mayoría, pasan desapercibidas. Siempre consigue unos looks increíbles.

Tras pedir a la camarera, saco el móvil. Ese aparato que parece estar quemándome a través del bolso.

—¿Alguna novedad? —pregunta Diana. Las demás me observan con interés.

—No entiendo nada —admito.

Dejo el móvil sobre la mesa y Nagore ladea la cabeza para ver la pantalla.

—Quizá esté echándote un pulso —comenta.

—No tendría que haberme hecho ningún perfil. Eso, en primer lugar.

El maldito de Cole, porque ya no tiene otro adjetivo que se le pueda adjuntar, una vez que aceptó mi solicitud, no ha vuelto a hacer ningún movimiento. Supuestamente, como me comentaron las chicas, ya podíamos empezar a hablar, pero ya veis...

—Piénsalo —insiste Nagore—, seguramente esté esperando a que tú des el paso.

—Pero yo le solicité conectar —me quejo.

—¿Y? —dice Gala justo cuando vienen a servirnos.

—Pues que le toca a él mover ficha.

Las tres se miran entre ellas.

—No lo sé —termina por decir Gala.

—¿Y por qué no te animas? No sé, quizá salga algo interesante de todo esto.

Miro a Nagore con seriedad tras escucharla.

—¿No era esto, supuestamente, para distraerme y pensar en otro?

Me llevo el tenedor a la boca con un cacho de gofre con sirope de chocolate. Me sabe a gloria.

—Yo le escribiría —afirma Gala.

—Yo también —se le une Nagore, y comienza a atacar su tarta—. Virgen santa, ¡está buenísima!

—No me gusta ni un pelo de vuestras cabezas toda esta situación.

—Elsa, solo tienes que pensar qué quieres —interviene Diana—. Si te apetece, escríbele. No tienes nada que perder. En el caso de que lo esté haciendo para vacilarte, lo vas a averiguar pronto y tú eres la maestra de las réplicas. Podrás manejar la situación.

Voy a contestar, pero decido asentir y callar. El problema, ese que no quiero decir en alto para que no parezca más real, es que me da miedo adónde me puede llevar esto. A ver, ¿estoy convencida de que si empiezo algo saldré ilesa? Porque sé que, surja lo que sea que surja, tiene fecha de caducidad. Si es que algo mana de ahí.

Estoy hecha un lío, todo son movidas. Sin embargo, Gala acude en mi rescate soltando una bomba:

—Chicas, ¡me voy a casar!

Nos quedamos mudas unas milésimas de segundo antes de comenzar a gritar emocionadas. Gala se ríe mientras acepta nuestros besos de emoción y, una vez que nos tranquilizamos, se explica:

—No será este año, una boda lleva su tiempo, pero bueno, ¡estamos muy emocionados!

—Normal —digo.

—¡Qué emocionante! —aplaude Nagore.

—Quería preguntaros si querréis ser mis damas de honor —continúa Gala, visiblemente nerviosa y emocionada.

—¡No tienes ni que preguntarlo! —contesta Diana.

—No me lo puedo creer, tía, ¡eres la primera en casarse! —señala Nagore.

—¿Quién ha ganado esa apuesta? —pregunto con rapidez. Todas nos reímos, pero es Diana, dueña y señora de las cosas guardadas, quien lo saca de su monedero.

Es una servilleta de papel arrugado de una cena de Navidad de hace ya muchos años. En ella escribimos quién creíamos que se casaría antes, o tendría hijos; quién sería la que se independizaría antes, sola o con pareja. En definitiva, todos los momentos clave de la vida de una persona los apuntamos allí.

—Bueno, esperad, realmente todavía no me he casado —dice Gala. Pero la ignoramos mientras nos inclinamos para leer la servilleta.

—¡JA! —exclamo, encantada en un baile improvisado que ni Madona en sus mejores años.

Sí, fui yo la que apostó por Gala.

—¡Ay, Gala! Antes te veía con hijos —dice Nagore con mal perder.

—Todavía no está nada perdido —deja claro Diana—. Hasta que no estemos en la boda de esta señorita, todavía tenemos tiempo.

—Pues no te emociones mucho, porque la otra gran apuesta de casarse antes eres tú —comento al darle un golpecito suave en el brazo—. ¿Quieres decirnos algo?

Diana mira con rapidez a Gala.

—Vas a ser tú, estoy segura.

Todas comenzamos a hablar de cosas relacionadas con la boda, pero tristemente el tiempo vuela. En un segundo pasamos del delicioso desayuno a estar en la parada del bus despidiendo a Gala y Nagore.

Es absurdo ponernos tristes. La semana que viene, después de Nochevieja, volveremos a Madrid y, por tanto, estaremos juntas de nuevo. Pero sí nos da pena despedirnos y no poder compartir más cosas con ellas. Ha sido muy raro volver a pasar el día en el pueblo que nos vio crecer a las cuatro, porque, aunque nuestras familias (salvo la de Nagore) siguen viviendo aquí, hace ya mucho tiempo que no coincidíamos todas en el pueblo. Volver a tomar unas cañas en la plaza, hacernos fotos frente al monasterio con poses ridículas e incluso pasar por el Crouché Cafetín a tomar algo antes de que las chicas se fueran hace que me entre morriña. Y creo que no solo me pasa a mí, porque ellas tienen una expresión parecida a la mía. ¿Nostalgia? No sé, quizá pueda llamarlo así.

Diana y yo volvemos a nuestras casas y, una vez en mi habitación, me siento y enciendo el portátil.

Hoy, al reunirme con mis amigas, me he dado cuenta de que nos encontramos en momentos muy distintos. Es decir, una de ellas acaba de anunciarnos que se va a casar, cuando justo otra, por fin, se va de casa de sus padres para comenzar a vivir con el novio. No hay una diferencia abismal de edad entre nosotras, de hecho es casi inexistente, y eso me hace pensar en que quizá es verdad esa frase que oí una vez: «La vida son momentos, y no todo el mundo tiene los mismos».

Aunque, ahora que lo pienso, no sé si lo oí en algún sitio o me lo acabo de inventar; pero bueno, le encuentro sentido y da cierta esperanza a esa presión que advertimos a cierta edad:

debemos estar en un determinado lugar. Quizá es eso, que cada uno tiene su tiempo para cada cosa y es necesario dejar de compararse o, mejor dicho, estar más pendiente de qué queremos, de lo que necesitamos, pues no todo el mundo quiere ni necesita las mismas cosas. Al menos no para disfrutar una vida plena. Nos venden la moto desde pequeños: para ser felices, debemos tener X cosas; pero eso no sirve para todo el mundo. Cada sujeto es único y diferente al resto, así que no. La vida no consiste en eso. Estoy empezando a darme cuenta.

Tras publicar el nuevo post, mi mirada va directa al móvil y... qué mierda. ¿Qué es lo que me apetece?

Me levanto con una determinación que ni el señor Thornhill para demostrar que él no es Kaplan[5] y, tras abrir la aplicación, voy directa al chat vacío.

Yo
Hola, ¿qué tal?

Sí, como sospecháis, nada más escribir la frase me arrepiento. Desesperada, busco la manera de borrarlo.

—Mierda, mierda, mierda —repito con nerviosismo.

Al ver que no hay puta forma (no pongáis esa cara por el taco, entended la GRAVEDAD de la situación. Estoy hiperventilando, ¿vale?), me meto rápidamente en el chat de las chicas y grabo un audio.

Yo
Por favor, decidme cómo puedo borrar un mensaje en el chat...
¡Ay, Dios! ¡La he cagado!

5. Protagonista de la película *Con la muerte en los talones*.

Suelto el botón y se manda el audio. No tardan en contestar Gala y Nagore, que estarán en el tren de vuelta a casa.

Gala
Pero ¿qué le has puesto?

Nagore
Creo que no hay forma de borrarlo.

Yo
¿Cómo qué no? TIENE QUE HABER FORMA.

Nagore
Ay, tía, hace años que no usamos eso...

Puede venir a por mí quien quiera, no voy a oponer resistencia. ¿Si me meto en la cama el resto de las vacaciones, alguien lo notará? Suena el pitido de un mensaje y echo un vistazo a la pantalla. Son las chicas.

Gala
Pero ¿qué le has puesto? 😃

Diana
Seguro que nada grave, conociendo lo exagerada que es... 😬

Yo
Sin comentarios.

Siguen escribiendo, pero veo un pequeño icono que no conozco en la parte superior de la pantalla. Siento que mi corazón se detiene. Es de la aplicación.

¿Lo abro? Tiene que ser él. OH, DIOS. HA CONTESTADO.

Lo primero es lo primero. Miro el minuto en que escribí a

las chicas, calculando el tiempo que ha tardado en responderme para así contestar en el mismo tiempo... me detengo. «¿Qué estoy haciendo?», me juzgo. Vamos a ver, soy una mujer adulta. Debería dejar de hacer esas tonterías. Le doy al misterioso icono y me dejo caer en la cama cuando descubro que, en realidad, es un anuncio de la *maravillosa* aplicación para avisarme sobre no sé qué de un nuevo formato para mandar GIF. Tanto, para nada.

Me vuelvo a meter en el chat para mentalizarme de que, sí, tarde o temprano lo va a leer y, no, no hay manera de borrarlo. Y me doy cuenta de que, con el histerismo, nunca me he detenido a ver el perfil de él. Ni he visto las fotos que tiene, ni su descripción...

Voy dispuesta a dar sobre el icono de Cole, pero me detengo. ¿De verdad quiero hacerlo? Quizá ponga algo como que hace muchos años tuvo una relación que no ha logrado superar y que no quiere saber nada de ese tipo de brujas, yo qué sé. Y sigo dándole vueltas cuando, de repente, aparece una palabra debajo de mi frase.

Leído.

Casi suelto el móvil cuando llega su contestación.

Cole
Hola.

Me doy cuenta de varias cosas a la vez. La primera es que me ha contestado y la emoción que me está recorriendo el cuerpo no es buena señal. La segunda, y aún más grave, que le habrá salido el símbolo de «leído» debajo de su saludo y, por tanto, sabrá que he estado dentro del chat esperando desesperada a que conteste al puñetero mensaje anterior.

Huyo de ahí atacada, como si hubiera corrido una maratón. Algo que, ya lo adelanto, no he hecho en mi vida. Empiezo a dar vueltas por mi habitación hasta que consigo recuperar el poco sentido común que me queda.

—No pasa nada. Solo es diversión —me digo a mí misma en alto antes de volver a coger el móvil.

Ha escrito varios mensajes:

Cole
Interesante verte por aquí. ¿Así que abres esto hasta en vacaciones...? Veo que no pierdes el tiempo.

Huelo la pullita, así que voy a por él.

Yo
No tenía esta aplicación hasta que mis amigas me obligaron a ponérmela.

Cole
¡Vaya! La excusa de las amigas, qué mítica.

Yo
No estoy mintiendo. Piensa lo que quieras.

Cole
Eso es lo que hago.

Incluso desde aquí puedo escuchar su irritante tono condescendiente.

Yo
¿Querías algo en particular, o solo sacarme de mis casillas?

Cole
Eso me lo tendrás que decir tú. Has sido tú la que me pidió conectar, y no te voy a engañar, tenía curiosidad. Si no me falla la memoria, la penúltima vez que nos vimos dejaste muy claro que no tenías ningún tipo de interés. Por eso de «esto no ha pasado». Fue algo así, ¿no?

Mierda, incluso por mensaje consigue hacer que me tiemblen hasta las pestañas. ¿Tiemblan? Os aseguro que sí.

Yo
Puede ser.

Cole
Hace mucho que no te veo, pero no te recordaba tan contradictoria. Que si primero dices que llevas sin echar una canita al aire desde hace seis meses, que si luego ibas a darle un uso al condón que no se te cayó del bolso, que bueno, se lo dimos...

«Gilipollas» es lo que pienso al leer eso, y ¿sabéis qué? Que estoy dispuesta a mandarle a tomar por saco y continuar con mis *tranquilas* vacaciones, pero él sigue escribiendo, y una servidora, leyendo.

Cole
Lo que no suponía era que dieras el paso de contactarme, y no solo eso, sino también de escribirme. Es absurdo decir que no esperaba verte más por aquí, tu familia sigue viviendo en el pueblo. Pero lo que no imaginaba en absoluto era que una vez que nos reencontráramos fuera con tanta constancia, y creo que eso significa algo.

Me obligo a tragar saliva y tecleo:

Yo
¿El qué?

Cole
Ya somos mayorcitos, Elsa. No somos esos que separaron sus caminos para continuar sus vidas y, por lo menos por mi parte, sé lo que quiero y lo que me apetece.

Dioses, diosas y todo lo que haya arriba, Cole acaba de rematar con una única pregunta.

Cole
¿Lo sabes tú?

Vale. VALE. V-A-L-E.
Esto necesita un debate urgente. ¿Y qué hago? Muchas lo sabréis. SÍ. Hago capturas de la conversación y las mando al grupo de las chicas.

Nagore
Oh. Dios. Mío. 😵 😵 😵

Diana
Va a saco. 😮

Gala
¡Qué emocionante! 😆 😆

Yo
¿CÓMO QUE QUÉ EMOCIONANTE? ¡Estoy atacada!
¿Qué quiere decir?

Gala
¿Cómo que qué quiere decir? Creo que está muy claro.

Diana
Sí, tía. Te está proponiendo CERDADAS. 😏 😏 😏 😏 😏

Yo
¿De verdad?

Gala
Sí, no hay duda.

Nagore
A ver, hay que asegurarse, que el chico es rarito.

Yo
¿Asegurarme?

Nagore
Sí, tía, ponle...

Diana
Ponle que sabes lo que quieres. 😈

Yo
Quita esa cara, perturbada. En serio, no sé...

Gala
¿No sabes?

Yo
Me da un poco de palo. Ya sabéis. Hace tiempo que no
me acuesto con alguien, si ignoramos el episodio, y la vuelta
al ruedo va a ser con ¿Cole?

Diana
Yo solo digo que el chaval sigue esperando a que digas algo.

Vuelvo al chat con Cole. ¿De verdad voy a hacer esto? Hay
que ser francos, este perfil era a favor de dar un paso adelante,
pero claro... ¿Por qué tengo tanto reparo? Cole fue alguien importante, sí, pero ahora no. Lleva muchos años fuera de mi vida
y lo único que sucede es que me pone cachonda. Y no hago mal
en aprovecharme, ¿no?

Yo
Sí, lo sé.

Miércoles, 26 de diciembre

Por la oscura noche

Me paso la mano por el pelo, que ahora mismo me llega más allá de los hombros. Me aseguro de tenerlo bien y alejarme lo máximo posible de Bridget Jones. Me cae simpática, pero...

Echo un vistazo rápido a la pantalla del móvil, repleto de mensajes de las chicas diciendo que las mantenga informadas, y comienzo a bajar las escaleras de casa. Al llegar al recibidor, me asomo al salón, donde están mis padres y los demás pasando el rato.

—¿Adónde vas? —pregunta alguien detrás de mí.

Me giro sobresaltada y mirando fatal a Aitor, quien me ha dado el susto. Su mueca me chiva que lo ha hecho aposta.

—He quedado —digo con la boca pequeña; mi hermano me mira de arriba abajo.

—¿Con Diana?

—Mmm, sí, claro.

Joder, normalmente lo hago mucho mejor, pero el interrogatorio me está poniendo de los nervios.

—Ya —contesta.

Ya está, lo sabe. Sabe que voy a ver a Cole, y mis intenciones. Medito si confesar, pero claro, decirle a tu hermano que vas a quedar con su mejor amigo para echar un polvo no es buena idea. ¿No?

Yo, chica, ya dudo de todo.

En ese momento se abre la puerta de entrada y aparece Lydia. Deduzco, por las fotos que me ha enseñado, que el que la acompaña es Coque.

¡Mierda! ¡La presentación oficial!

Sonrío, pero a Lydia se le congela la suya al descubrirnos a los dos en la entrada.

—¿Qué hacéis aquí escondidos? —quiere saber.

—Ni «hola» ni nada, ya veo. Estáis últimamente de lo más raritas —suelta Aitor.

Miro a Coque, que parece algo cortado. Es un poco más alto que Lydia, con un bonito gesto tímido y el pelo rizado, negro y corto. No es mi estilo, pero lo principal es que hace feliz a mi hermana. Lo demás, queda atrás.

—Hola, soy Elsa. Y esta cosa, Aitor —nos presento.

—Encantado —dice, pareciendo más relajado—. Soy Coque.

—¿Os vais? —Estoy a punto de asentir cuando me percato, gracias a la pregunta de Lydia, de que él también está arreglado.

—Sí, voy a tomar algo. Elsa, ni idea.

—¿No irás al Sapo Rojo? —pregunto, ignorando la pulla que me lanza.

—¿Ahora vetamos sitios? —quiere saber Aitor.

—Bueno... —interrumpe Lydia, quien nos conoce lo suficiente como para saber que nuestra discusión puede alargarse hasta el infinito y más allá—, nosotros vamos al salón.

Les dejamos pasar y Aitor comienza a abrocharse la chaqueta dispuesto a salir.

—Espera, es mejor que no vayas allí.

—¿Cómo?

Mi hermano se sorprende por lo que le digo.

—¿Sigues con esas? —sigue pinchando.

—Es mejor que no vayas, solo te digo eso.

Aitor pone los ojos en blanco y va directo a la puerta.

—Elsa, soy mayor que tú y eso me da, aparte de más guapura por llevarme los mejores genes antes, la sabiduría necesaria para ser consciente de que, con Diana, no has quedado. Con este paripé tengo claro con quién, pero ya te aviso, me importa más bien poco.

Me guiña un ojo y sale de casa dejándome... bizca. ¿Tan transparente soy?

Mientras entro en el local, me doy cuenta de que voy a tener una cita y de ella será testigo todo el pueblo. Bueno, vale, todo no, pero se me entiende. También que acabaré encontrándome con mi hermano, su grupo de amigos y, quizá, algún conocido mío. Por eso, cuando al llegar no veo ni una cara conocida, me sorprendo; y lo hago pensando en mi última visita aquí. Pero, no, ni rastro de Cole. Así que me acerco a la barra para pedir una cerveza. Habíamos quedado hace diez minutos, pero las chicas me han obligado a llegar tarde con el pretexto de no parecer ansiosa. Y qué queréis que os diga, razón tienen. Ya es suficiente con que sepa que llevo seis meses de larga y áspera sequía, como para aparecer superpuntual. Además, no nos vamos a engañar, la puntualidad no es mi fuerte. De todas formas, ha dado igual.

¿Y si me da plantón? No me había detenido a pensar en ese desenlace y es más que posible, puesto que, desde que nos hemos visto, hemos estado como el perro y el gato. ¿Qué hago si me deja plantada? Pero, como si las chicas estuvieran conmigo, me obligo a no seguir cavilando. Así que, a por lo que iba. La cerveza, sí. Miro en derredor buscando al camarero y descubro a Cole en el otro extremo de la barra.

¿Hola, hormonas?

Llamadme «exagerada», pero mientras me acerco siento que todo va a cámara lenta.

—Por fin llegas. —Ese es su saludo.

—Perdona, sin querer me he liado. —Reacciono como me recomendaron estas, con pies de plomo.

Me siento en un taburete a su lado y pido un botellín; al parecer, Cole ya está servido.

—Bueno —digo enfrentándome a él.

Necesito que me sirvan rápido para poder hacer algo con las manos. Por favor, ahora mismo soy hiperconsciente de cada una de mis extremidades. ¿Qué suelo hacer con ellas? Me toco el pelo, eso siempre queda bien. Movimiento que, por supuesto, él estudia.

—Aquí estamos. —Finalmente habla y da un trago.

Sabe que estoy nerviosa y no es buena señal. Una no puede enseñar sus cartas antes de empezar a jugar.

—Sí. —Por favor, ¿puedo dejar de parecer unineuronal y conseguir mantener una conversación interesante?

Me traen la cerveza, doy un trago y me centro de nuevo en él. Lleva el moño desordenado, la barba de unos días y ropa sacada de un anuncio de invierno de Levi's.

—¿Qué tal todo? Me han dicho que eres profesor.

La sorpresa cruza su cara. Ja, eso es por tener datos que él no esperaba.

—¿Aitor? —pregunta, dando por hecho que ha sido mi hermano.

—Qué va, con Aitor no hablo de ti. Aunque no lo creas, conozco a más gente en el pueblo.

—Hombre, eso ya lo sé. Lo que me parece curioso es que, con gente que hace tanto que no ves, hables de mí. Es, cuando menos, interesante.

Noto mi bochorno por la conclusión que ha sacado, así que niego con la cabeza y vuelvo a beber para intentar disimularlo.

—No es que hablara de ti. Surgió sin más, ya sabes. Como estuvimos juntos...

—Ya.

Al final empiezo a ver caras conocidas. Concretamente, el grupo de amigos de mi hermano y Cole, y ninguno de los dos está con ellos. Lo de Cole es obvio, pero ¿y Aitor? Dijo que iba a salir y todos están aquí, incluso la rubia.

—¿Qué tal tú? ¿Cómo te ha tratado la vida estos años?

—Cole me trae de vuelta.

—A modo de resumen, terminé la carrera, el máster y me independicé de Diana. —Sonrío al decir esa parte, más que nada porque, en realidad, se fue a vivir con Bruno—. Y poca novedad a partir de ahí. Encontré trabajo, que es donde estoy ahora, y poco más. ¡Ah, bueno! Dejé a mi novio de la universidad.

Cole asiente lentamente.

—Ya, algo he escuchado.

—Vaya, así que Aitor y tú sí que habláis de mí —deduzco.

Cole se ríe, pero pronto vuelve a mirarme algo más serio.

—¿Y qué pasó? Diez años son muchos.

Estoy dándome cuenta de que tiene más información de la que pensaba. «Aitor, Aitor. Qué callado te lo tenías.» Decido hablar:

—No sentía lo que tenía que sentir. —Me encojo de hombros al decir eso—. No sé, me lo pasaba muy bien con él, pero cada uno iba a lo suyo. No éramos un equipo, ¿sabes?

—Sí. Y decidiste cortar lazos.

—Era lo mejor.

—Me suena esa explicación.

Está hablando de nuestra ruptura. De cómo le dije que eso era lo mejor para ambos.

—Hay que reconocer que tienes más huevos que nadie.

—Ovarios —le corrijo sonriendo—. Tengo ovarios.

Cole asiente elevando una mano en gesto de disculpa.

—Correcto.

—¿Y se puede saber por qué los tengo?

—Tomas las decisiones que nadie se atreve a tomar cuando todo el mundo sabe que debe hacerlo. Con nosotros fue así, era absurdo continuar la relación. Queríamos cosas distintas y nos hubiéramos visto obligados a cambiar nuestros planes, de haber seguido juntos. Demasiado jóvenes para cortarnos las alas de esa manera.

Está diciendo que era lógico que cortáramos, que él no se atrevió a hacerlo pero que ahí estuve yo para tomar la decisión. Pensaba que nuestra ruptura le había afectado, y ahora estoy viendo que no fue para tanto. Vaya.

—Me imagino que con tu último ex ha sido igual —continúa Cole.

—Llevábamos diez años, Cole. No fue como lo nuestro. —Doy un trago a la cerveza antes de seguir—: Es absurdo compararlo, te puedo asegurar que se pasa mal.

Mentira. El disgusto por Marcos se me pasó en dos meses, mientras que el que tuve por Cole... Pero oye, pulla lanzada.

—Aunque supongo que en todo este tiempo habrás tenido una relación más seria. Así que imagino que sabes de lo que hablo.

Me froto las manos en plan señor Burns. Sé que no ha tenido relaciones más serias. Cole sonríe, pero el brillo de sus ojos muestra lo contrario.

—Sí, claro. Algo ha habido.

¿«Algo»? ¿Con quién ha estado? ¡La mato!

—Entonces ¿la vida en la gran ciudad, bien?

—Fabulosa. —Otra mentira de nada. Además, qué voy a hacer, ¿admitir que mi vida es una mierda? Ni muerta. Prefiero saber de la suya. Quizá está igual de hundido que yo—. ¿Qué tal tú? ¿Cómo es ser el profe?

—¿«El profe»? —pregunta intrigado.

—El mejor profe —aclaro. Y sé, antes de que hable, que es feliz. Muy feliz.

—No me puedo quejar —comienza, como aquel que quiere ser prudente o modesto—. Algunos resultan verdaderos piezas, pero la mayoría son geniales. No me aburro ni un momento. A veces acabo agotado, pero...

—Pero merece la pena —termino la frase por él, adivinando lo que iba a decir.

Cole asiente y yo sonrío sin ocultar el orgullo que siento al saber que, por lo menos, a uno de los dos el plan le salió bien.

—Me compré una casa —dice entonces.

—Sí, me lo dijiste el día que nos encontramos... Ya sabes.

—El día de tu caída aparatosa —aclara.

—No lo podría haber dicho mejor.

—¿Se puede saber qué hacías? Porque dudo que intentaras colarte en la casa de los vecinos o, por lo menos, desconocía esa faceta tuya.

—Ja, Ja. Qué gracioso —refunfuño—. ¿No te ha contado Aitor el plan que tenemos los hermanos?

Cole se ríe con ganas, echando la cabeza hacia atrás por la carcajada, sinónimo de que nos conoce mucho.

—No, y creo que será mejor pedir otra ronda antes de que empieces a contármelo.

Estoy cómoda, y parece que él también.

—Pagaría por ver cómo vais a impedir la venta. —Cole hace un gesto al camarero para que se acerque—. Más bien, me gustaría ver lo que os inventáis para echar a los posibles compradores.

—Loren es muy convincente. Créeme.

Sonrío cuando veo que se acerca el camarero y Cole le paga.

—¡Oye! —me quejo—. ¿Yo no pago?

—Han sido cuatro cervezas, a la próxima me invitas tú.

Entonces ¿va a haber una próxima?

—Muchas gracias, ha sido divertido —digo mientras me levanto.

—¿Ya te despides? —pregunta, y lo miro sorprendida.

—Has pedido la cuenta...

—Sí, pero podemos ir a otro sitio, dar una vuelta... ¿Tienes que madrugar?

—Estoy de vacaciones. —Mi contestación lo dice todo.

Cole señala con la cabeza hacia la puerta de salida y apoya la mano en mi cintura. Hagamos un alto aquí, porque juro solemnemente que siento el roce en mi piel, aunque llevo, por supuesto, un jersey grueso de lana y sus correspondientes subcapas.

Sí, me visto como las cebollas.

Pero lo mejor llega cuando me habla prácticamente al oído, acercando su aliento a mi oreja.

—Perfecto.

Es lo único que dice, y sí, ya estoy mojada.

Ninguno de los dos ha venido en coche, así que nos toca caminar. Cuando entramos en nuestra zona residencial, Cole se detiene. Lleva las manos dentro de la cazadora de aviador y da una patada con las botas a la nieve acumulada en el bordillo de la acera.

—¿Ocurre algo? —pregunto.

—Esta es mi casa —señala Cole.

No es muy diferente a las demás, pero al saber que es suya, observo con otros ojos cada detalle. Es una vivienda rústica de piedra, pequeña y encantadora. Con su cubierta a dos aguas y un porche delantero al que se accede por unas escaleras. Es de dos plantas y seguramente la superior tiene partes abuhardilladas.

—Es muy bonita.

—He estado reformándola. No te imaginas cómo era cuando la compré, pero poco a poco va tomando forma.

Asiento mientras observo la alta chimenea forrada en mampostería, incluso el camino de piedras que lleva hasta la casa.

—¿Quieres que te la enseñe?

Sé lo que significa la invitación y, vamos a ver, todo lo que ha ocurrido hasta ahora se pueden considerar los preliminares. Así que acepto.

Cole sonríe y nos dirige hacia la puerta principal. Es roja, un detalle que me encanta y que resalta sobre la fachada gris.

—Pensé que el mantenimiento sería caro, pero una vez que empiezas a informarte, lo ves con otros ojos.

Enciende la luz de la entrada.

El recibidor es pequeño; justo enfrente están las escaleras de subida. Tiene un perchero para dejar los abrigos, cosa que hace él.

—Los anteriores dueños eran un matrimonio de ancianos —sigue explicándome, mientras me quito el abrigo, la bufanda y demás—. Me convencieron ellos. De entre todos los compradores, quisieron que fuera yo.

—¿Y eso? —pregunto interesada. Cole avanza y llega al pequeño salón, cuyo lateral tiene un precioso ventanal con vistas al verde exterior y da la sensación de estar en un bosque.

—Vieron que quería echar raíces aquí —le escucho decir detrás de mí.

Su tono de voz llama mi atención, entonces descubro que me está mirando. Y lo hace de tal forma que provoca que vuelva a sentirme como la primera vez.

—Nunca pensé que te vería aquí.

Es lo único que dice antes de besarme.

Miércoles, 26 de diciembre

En el espacio-tiempo

¿Te has dejado llevar alguna vez de tal forma que hasta dejas de preguntarte si es lo correcto? Yo nunca. Bueno, nunca hasta ahora.

Hasta él.

Cuando la boca de Cole encuentra la mía, la razón desaparece. La voz que me ha ido guiando durante toda la noche, avisándome de las cosas que debía decir o hacer, ha desaparecido.

¿Que Cole me está besando como si no hubiera un mañana? Sí, y yo le respondo con las mismas ganas. Sus manos se apoyan en mi cintura, acercándome a su cuerpo, a él. Bajan hasta mi culo y aprieta con fuerza mientras ahogo mi excitación en su cuello. Dice algo que no logro comprender, pero me da igual, sus actos hablan por él. Cogiendo impulso, rodeo con las piernas su cadera y Cole me lleva, sin dejar de besarme, hasta el sofá, donde se sienta con maestría, impidiendo que nuestras bocas y cuerpos se separen.

—Hola —saludo en un susurro.

Siento su excitación sobre mí.

—Hola —contesta él—. Voy a desnudarte ahora, y después...

—Su mirada baja hasta mi boca—. Después no voy a parar. Esta vez no.

—Hazlo...

Cole vuelve a lanzarse a por mí, reclamando mis labios con una exigencia que nunca había sentido. Y me gusta. Mucho.

Sus manos se mueven ágiles y me quitan la ropa con urgencia. Intento seguirlo, pero es más rápido que yo. Estoy en ropa interior mucho antes que él y me obliga a tumbarme en el sofá.

Su mirada me hace sentir deseada.

—Quítate el sujetador.

Cuando mis pechos están descubiertos, su lengua se desliza por mi pezón izquierdo. Está caliente y húmeda, lo que me hace sentir el deseo de que esta baje lentamente por mi cuerpo. Abro las piernas en una silenciosa invitación y, cuando siento que sus manos empiezan a tantear el borde del tanga, dejo escapar un gemido hasta que, por fin, me lo quita.

Estoy completamente desnuda ante él y, mientras nuestras bocas siguen luchando, intento acercar aún más su cuerpo. Siento su erección y me hace perder la cabeza. Él, que parece entender lo que quiero, la desliza aún con sus vaqueros puestos.

Lo necesito dentro. Lo necesito ya.

—Aún no.

Cole se separa de mí, colocándose de rodillas entre mis piernas. Me las separa un poco más y acerca la boca hasta mi clítoris. Escondo la cabeza en el sofá y me dejo llevar. Es indescriptible lo que siento. Pronuncio su nombre, pasándole las manos por el pelo mientras él sigue devorándome.

—Necesito... —suplico.

Justo cuando estoy a punto de correrme, se separa. Comienza a desvestirse de cadera para abajo. Me parece lo más erótico del mundo. Se pone el preservativo y, antes de que nuestros cuerpos sean uno, vuelve a buscarme con la mirada y apoya su antebrazo encima de mi cabeza, haciendo que me sienta completamente rodeada por él.

En especial, cuando por fin entra en mí.

Ambos dejamos escapar nuestro deseo y, aunque quiero moverme, me sujeta por las caderas con la otra mano impidiéndome que marque el ritmo. Cole se retira lentamente para, segundos después, deslizarse aún más adentro, aún más fuerte. Lo repite varias veces, pero quiero más.

—Vuelve a hacerlo... —le pido.

Arqueo la espalda separando aún más las piernas y, como respuesta, Cole grita mi nombre. Su voz ha cambiado, ahora es más profunda, más gutural. Siento su boca sobre mi cuello, y me muerde mientras sus embestidas son cada vez más fuertes. Mis manos, que hasta ahora habían estado acariciando su fuerte espalda, buscan sus caderas hasta llegarle al culo.

Sé que me queda poco para alcanzar el orgasmo.

Y así es.

A los pocos segundos, él también lo hace y se incorpora sobre mi cuerpo para que nuestros ojos vuelvan a encontrarse.

—Tan solo he empezado —me advierte—. No pienso dejar que la noche termine tan pronto.

Jueves, 27 de diciembre

Espero que por la mañana no muy tarde

Me despierto desnuda y con frío, así que me cubro con la sábana en un gesto pudoroso. A buenas horas, vaya noche he pasado. Sé que está a mi lado, no necesito darme la vuelta para sentir el calor que desprende su cuerpo en la cama, porque sí, estamos en SU cama.

La noche no terminó en el sofá, ni tampoco en la alfombra del salón, sino que lo hizo en su dormitorio, donde estoy ahora. «¿Dónde tengo la ropa?», echo un vistazo a mi alrededor y veo algunas prendas repartidas de mala manera por el suelo. Lo que tengo claro es que la mayor parte está en el salón.

Me tumbo bocarriba sin hacer movimientos bruscos, aunque sé que está profundamente dormido. Y así, mirando al techo, me pregunto en qué diablos estaba pensando anoche. Pero ese es el problema, no estaba pensando. No me atrevo a mirarlo. No puedo. Siento un nudo en la garganta al ser consciente de que voy a tener que enfrentarme a él después de lo de ayer.

Cierro los ojos. Ha sido... ha sido una noche muy intensa. Joder, nunca había pasado una así. ¿Desde cuándo tiene esa faceta? Pero no me quiero engañar, no es solo por cómo transcurrió, sino por lo que sentí bajo la piel.

Mierda, mierda y remierda.

No puedo. Me levanto con el mayor de los sigilos y voy recogiendo prendas hasta llegar al salón y conseguir vestirme por completo.

Miro el móvil. Son más de las doce y tengo mogollón de mensajes, en especial del chat de las chicas. La urgencia vuelve a invadirme y, sí, hago lo único que soy capaz de hacer ahora mismo.

Salir de su casa sin mirar atrás.

—¿Que has hecho qué? —pregunta Diana sin disimular su sorpresa.

—De todos los posibles finales —interviene Nagore, masticando de manera exagerada el chicle que lleva en la boca—, he de decir que este es el que más esperaba.

Pestañeo al escucharle decir eso.

—Pensaba que ibas a decir que es el que menos. —Habla Gala leyendo mis pensamientos y, por el gesto de Diana, los de ella también.

Estamos en mi habitación, bueno, en mi habitación estoy solo yo, pero era necesaria una videollamada para explicar por qué he estado desaparecida durante tantas horas. Diana se encuentra en su casa, Gala en su despacho y Nagore en lo que parece ser una cafetería en la hora de la comida.

—Ya ves. Elsa le tenía muchas ganas al muchacho. De verdad, ahora que saco el tema, yo te quiero y tal, pero no sé qué le ves. Tiene un aspecto de borde y de desaguisado que... —El gesto de repelús de Nagore hace que Gala se ría, Diana sonría y yo frunza el ceño—. No es nada personal, solo...

—Solo que nuestros gustos son diferentes. Eso es bueno, todo hay que decirlo —interviene Diana.

Nagore asiente masticando. Me está poniendo de los nervios.

—Nagore, cariño, ¿qué mierdas llevas en la boca?

—Es un chicle de esos para hacer pompas.

—¿Pompas? —pregunta Diana.

—Sí, de estas.

Nagore nos hace la demostración o, mejor dicho, lo intenta, porque acaba escupiéndolo.

—¡Nagore! —grita Gala.

La cara de nuestra amiga es un cuadro. No dice nada, pero coge su bandeja de la mesa y sale corriendo. Todo esto lo deducimos cuando la imagen se vuelve oscura y, minutos después, aparece en la calle.

Las tres estamos a punto de llorar de la risa, hasta que vemos el gesto preocupado de Nagore.

—Dios, espero que no me hayan visto.

—Tranquila, tampoco creo que te detengan por escupir un chicle —pincho yo.

Nagore me hace burla.

—Os tengo que dejar, chicas. Elsa, piensa en lo que has hecho.

Y sin más, nos cuelga. Así es Nagore, una caja de bombones llena de sorpresas.

—Esta mujer... —escucho a Diana.

Sonrío, pero tras la cúspide del momento, vuelvo a recordar lo que ha sucedido.

—Vamos, Elsa, tampoco es tan grave —dice Gala—. Lo único que tienes que encontrar es una excusa para él.

—¿Y si no lo vuelvo a ver? Puedo quedarme estos últimos días encerrada en casa.

—Vamos Elsa, tía. Viendo vuestro historial, os vais a encontrar. Quizá sería mejor que le escribieras un mensaje. No dejes que todo se vuelva tan... tan... —Diana se calla buscando la palabra.

—Creo que la palabra que buscas es un sinónimo de «cagada». Vamos, lo que viene siendo un marrón de situación —añade Gala—. Que te hayas ido así, en fin.

—¿En fin, qué? —quiero saber.

—Pues no es plato de buen gusto, Elsa —habla Diana—. Piensa, ¿qué habrías sentido tú si hubiera sido al revés?

Suspiro.

—Sé que tenéis razón, pero es que... no podía.

—¿No podías, qué? —insiste Diana.

Niego con la cabeza.

—Pues eso que no consigues decir en alto es lo que tienes que pensar —sentencia Gala.

Jueves, 27 de diciembre

Por la tarde

Me gustaría decir que estoy en casa tranquila, descansando en mi habitación y meditando cómo solucionar el lío en el que me he metido yo sola. Sin embargo, no tengo tanta suerte. Loren abre la puerta de mi cuarto de par en par. Así, sin pedir permiso ni nada.

—¿Hola? —saludo, alucinando.

—Reunión en el garaje. Corre. —Es lo único que dice, y su salida es igual de triunfal que su entrada.

Sé que si no voy, volverá a buscarme. Así pues, me pongo una sudadera de Asos y salgo de mi habitación hacia el maldito garaje. Por el camino me encuentro a Lydia y Coque.

—Hola —saludo.

—Hola, Elsa —contesta el novio de mi hermana.

—Se ha quedado a dormir —me explica Lydia—. En un par de horas se va.

Ambos me siguen hasta el garaje, donde ya están Nina, Fran, Oliver y Loren.

—Bien, la primera cita es en media hora —explica Loren acelerado.

—¿La primera cita? —pregunta Aitor mientras entra en el garaje.

—De posibles compradores —añade Nina.

—He estado pensando en cómo podemos actuar —continúa Loren.

Con un esfuerzo supremo para no quejarme, me apoyo en la mesa de trabajo que tiene mi padre dispuesta a escuchar el *magnífico* plan de mi hermano.

—Como sé que el único que tiene la posibilidad de desempeñar un papel y que quede creíble soy yo... —No me pasa desapercibida la mueca de Oliver—. Esta vez actuaré primero. Luego ya iremos rotando.

—¿Y qué es lo que vas a hacer cuando lleguen? —pregunto interesada en saber hasta dónde puede llegar su locura.

—Pues sencillo. —Loren se cruza de brazos con chulería—. Me haré pasar por un vecino y, cuando los vea, les diré que la casa es una ruina, que, de hecho, el año pasado tuvieron una plaga de termitas y que a pesar de que los vecinos nos quejamos para que las erradicaran, no las exterminaron.

—¿Pero la casa no es de ladrillo? —quiere saber Coque, llamando la atención de todos.

—¿Tú quién eres? —pregunta Aitor, mirándolo confundido.

—Es Coque, ¡ayer te lo presenté! —le regaña Lydia.

—Pues lo que dice Coque es verdad. La casa no es de madera, Loren —deja caer Aitor.

—Bueno, ¡da igual! Diré que hubo una plaga de ratas, así tendrá más lógica que a los vecinos les preocupara.

En ese momento oímos que un vehículo se detiene. Todos guardamos silencio, pero cuando oímos que las puertas del coche se cierran, nos acercamos a la del garaje para poder ver quién es.

Se trata de un matrimonio con tres niños; nada más verlos ya nos caen mal. Tienen un gesto pedante y bastante desagradable mediante el cual dan a entender que la zona no les gusta, o la casa, porque ahora mismo están estudiando la vivienda. Sin embargo, parece que cambian rápido de opinión, porque asienten entre ellos con satisfacción mientras siguen repasándola sin atreverse todavía a llamar al timbre.

Me da la sensación de que quieren hacerlo antes de avisar a nuestros padres, seguramente recelosos de que estemos ocultando algo. ¿De verdad que esta gente va a vivir en nuestro hogar?

Y me sorprendo a mí misma tomando la iniciativa.

—Loren, o haces ya tu magia o tendremos un problema...

Mi hermano asiente y sale del garaje por la puerta trasera. El plan es dar un rodeo para aparecer desde la calle, impidiendo así que vean de dónde ha salido.

—Voy a entretener a papá y mamá —dice Lydia, saliendo también.

Los demás nos acercamos a la pequeña vidriera superior para estudiar los movimientos de Loren; pronto entra en nuestro campo de visión acercándose a la familia fisgona desde la calle. Desde aquí no podremos escuchar la conversación, pero, por ahora, nuestro hermano mayor parece estar bien metido en su papel.

Parece el típico vecino que va a hacer *running* pero que se detiene al ver caras desconocidas. Pronto le observamos intercambiando palabras con la familia.

—Espero que lo haga bien —dice Nina, hablando por todos.

—Por Dios, que se acuerde de decir que eran ratas y no termitas —pido cuando Loren señala la vivienda y continúa hablando con el matrimonio.

Tras unos minutos, Loren parece que se despide de ellos para continuar andando.

—¿¡Qué hace?! —pregunta Nina al acercarse más al vidrio y empujándonos a todos con su tripa.

—Tendrá que seguir actuando. Si se queda con ellos, no será creíble —deduce Aitor.

Dejamos de ver a nuestro hermano mayor, pero segundos después suena el móvil de Oliver.

—Es él —avisa nuestro cuñado. Acepta la llamada y pone el altavoz para que podamos escucharle todos.

—¿Se han ido? —dice Loren agitado.

—Todavía siguen delante de la casa —responde Aitor; escuchamos a nuestro hermano maldecir al otro lado de la línea.

—Les he dicho lo de la plaga de ratas. He interpretado el papel del vecino indignado al descubrir que sus vecinos irresponsables, esos que tienen problemas con las ratas que están afectando al resto del vecindario, han decidido ponerla a la venta antes de solucionarlo.

—Soberbio —le aplaude Nina.

—Para lo que ha servido... —se lamenta Loren.

Todos empiezan a darle consuelo cuando Aitor chista:

—¡Ey! Se piran —avisa.

Nos acercamos y vemos que, efectivamente, la familia y su coche han desaparecido. Todos lo celebramos; minutos después, aparecen de nuevo Lydia y Loren.

—No se han enterado de nada —explica Lydia sonriente—. He escuchado decir a papá que la primera visita se ha cancelado.

—Bien —interviene Loren, motivado tras su primera victoria—, ahora tenemos que prepararnos para la siguiente.

Tuerzo el gesto.

—Creo que deberíamos centrarnos en que esto ha ido muy bien esta vez, pero...

Dejo de hablar porque se oye que otro coche aparca delante de casa.

—¿Ya? —pregunta Nina.

—Debe de ser que papá ha adelantado la siguiente —deduce Aitor.

Nos acercamos para ver quiénes son y descubrimos a un matrimonio joven.

—Quitad, voy a salir —pide Loren con nerviosismo y avanzando a trompicones hacia la puerta trasera, pero frena en cuanto nuestra hermana pequeña habla.

—Parece que ya se te han adelantado —deja caer Lydia mientras observa a la pareja junto a nuestro padre.

—¡Mierda! —Loren hace amago de salir, pero le agarro por el brazo.

—Vamos, Loren, míralos —le pido.

Todos nos quedamos quietos observando cómo la joven pareja sigue a mis padres hasta dentro de casa. La mujer está embarazada y lleva de la mano a un niño de unos cinco años. Mi padre les está explicando cosas y, tanto ella como él, le escuchan con una gran sonrisa. Nada que ver con la anterior.

—Nosotros ya tenemos nuestros recuerdos en esta casa. Deja que otros la gocen. Mamá y papá no se pueden quedar solos en esta casa tan grande, Loren, lo sabes. Ahora les toca disfrutar de ellos solos; viajar y vivir otro tipo de experiencias.

Escuchamos cómo la mujer le dice lo mucho que le encanta la fachada. Loren asiente cabizbajo y sé que está a punto de llorar, como Nina, a quien Fran está abrazando. Miro a Aitor y a Lydia, quienes también observan la escena con resignación.

—Seguimos juntos, así que crearemos recuerdos en otros sitios, eso es lo importante. Ahora comienza otra etapa para todos, ¿o no? —señalo la tripa de Nina, quien se aparta las lágrimas.

—¿Y si hacemos una fiesta de despedida? —sugiere Aitor.

Loren recupera un brillo de entusiasmo.

—¡Sería genial! —aplaude Lydia.

Nos miramos emocionados por la idea de poder hacer una fiesta de despedida del que fue nuestro hogar.

Es curioso, pero tras el anterior post en el que hablé de los distintos momentos de cada persona, hoy he vivido algo que me ha hecho reafirmarlo. ¿Cómo es posible que alguna gente se apegue al pasado mientras que otros intentamos huir de él desesperados, cuando los primeros deberían seguir avanzando y los segundos... hacerle frente?

Sin poder evitarlo, paseo por mi blog. Me sorprendo con los casi mil seguidores que tiene ya, sobre todo porque las visualizaciones de las entradas son casi el doble. Es increíble que a tanta gente le interese lo que estoy contando al otro lado de la pantalla. Y no solo eso, sino que me contestan diciéndome que se sienten igual que yo o que pasaron por lo mismo.

Entonces ¿hay esperanza?

Mi móvil vibra; hoy, cada vez que esto sucede me estremezco. Descubro que es un mensaje de mi jefa. *Genial*. Está plagado de su falsa cordialidad: espera que esté pasando unas buenas fiestas y que recargue las pilas para la vuelta porque hay bastante trabajo. Se me pone mal cuerpo. Odio mi vida, así, literal. ¿Tendré suerte en algún momento?

Viernes, 28 de diciembre

Por la tarde

La pareja joven que vimos ha hecho una oferta y mis padres la han aceptado. Así que, oficialmente, está vendida. Pensé que se iba a montar un drama, pero mis hermanos lo han aceptado con una madurez que pocas veces habían demostrado. Si alguna vez leen esto, negaré lo escrito.

Me imagino que en cierta forma mis palabras calaron, y, bueno, la fiesta de despedida también ha puesto su granito de arena. Todo hay que decirlo. De hecho, estoy preparándome para ella, y he tomado consciencia de que son los últimos días que pasaré en esta habitación. Es una sensación agridulce, puesto que en todo este tiempo he renegado del pueblo, pero ahora... ahora es distinto, amigas.

Me he arreglado a pesar de que solo vamos a ser nosotros; bueno, le he pedido a Diana que se pase después de cenar. Miro con satisfacción mi modelito. Sencillo, pero bonito: jersey rojo de Mango, lo bastante largo como para usarlo de vestido, y unas Dr. Martens negras que me dan un look *casual-chic* del que Nagore estaría muy orgullosa.

Me maquillo sutilmente con la nueva línea de Saigu Cosmetics, cuyo iluminador me tiene enamorada, y bajo a la cocina, donde ya oigo voces. Nina, Fran y Lydia están con mi madre.

—¿Qué hacéis? —pregunto totalmente intrigada.

Están todos de cara a la encimera y, cuando me acerco, les descubro preparando cócteles.

—¿Mimosas? —intento adivinar al asomarme por encima del hombro de mi madre.

—En versión adultos y para todos los públicos —aclara, maliciosa, Lydia.

—Perfecto. Ya pensaba que tampoco hoy tendríamos alcohol. Como cierta persona es una marimandona... —dejo caer a Nina.

—Qué pena que Coque no se haya podido quedar —dice mamá mientras rellena una segunda jarra del cóctel—. Me ha caído muy bien.

—Cierto, a mí también —asiente Nina—. Al principio, un poco cortado, pero luego mejor. Lo he visto más suelto.

—Es que, cariño, la presentación con esta familia no es... —Fran no termina la frase, ya que las tres nos hemos girado de golpe—. Eh, bueno —carraspea—, ya sabéis, sois muchos y puede parecer un poco intimidante al principio.

—Claro, claro. —Nina hace un gesto que parece amenazador.

—Anda, deja de torturar a mi cuñado. —Fran me sonríe y le guiño un ojo—. Por cierto —comento mirando a mi madre—, después de la cena vendrá Diana.

—Genial —dice Lydia, y mi madre asiente mientras recoge la encimera.

—Voy a ver qué falta en la mesa. Ahora vuelvo.

No me hacen mucho caso porque empiezan a preparar los canapés y, en esta familia, cuando hay comida de por medio... pues eso.

Entro en el salón pensando en lo bonito que es todo y, por

supuesto, ajena a que ese sentimiento me durará... ¿tres segundos? Porque veo a mi padre hablando con Aitor y...

¡¿Qué hace aquí?!

Me quedo con una cara de espanto que debe de ser la peor que ha visto la humanidad en mucho tiempo. No me han visto, estoy segura. Todavía tengo tiempo de dar media vuelta y esconderme en mi habitación; pero, joder, soy yo. La suerte nunca está de mi lado.

—Elsa, ¿me ayudas con estos troncos? —Doy un bote cuando oigo a Oliver detrás de mí.

Me giro sabiendo que ha llamado la atención de los demás.

—Claro. —Hablo rápido y me acerco a él.

No debo de haber disimulado muy bien, porque mi cuñado me mira preocupado.

—¿Te pasa algo? —pregunta en un susurro, pero niego con un gesto rápido y seco de cabeza.

Por suerte no insiste, pero, por desgracia, tengo que seguirlo para dejar los troncos. Exacto, en el salón, donde se encuentra la chimenea.

—Hombre, Cole, no te había visto —saluda Oliver, quien, por supuesto, conoce al mejor amigo de mi hermano y exnovio de, aquí, servidora.

—¿Qué tal? —Le escucho y me vienen imágenes de una manera tan nítida que no debe de ser sano.

Yo, como valiente o, mejor dicho, estúpida que soy, ni lo miro. Al contrario, me dedico a observar el entorno hasta que me topo con la mirada de Oliver. Vale, este también lo sabe. No voy a preguntarme si soy tan evidente, porque sé la respuesta.

A la mierda todo. Levanto la mirada y... ¡premio! Sus ojos están clavados en mí como anoche, o más bien igual que hace unas horas. ¿No hace mucho calor aquí?

Cole está disfrutando de mi tormento y ¿sabéis qué? Me cabrea y mucho. ¿Que me porté fatal al irme sin despedirme? Pues sí, pero, joder, él debería aceptar que soy una bruja sin escrúpulos y no presentarse aquí a exigir nada. No pienso permitirlo. Voy a dejarle claro que yo también sé jugar a esto.

—¿Cómo es que estás aquí? —pregunto, mirando también a Aitor, quien, para mi sorpresa, desvía la mirada.

¿Y ahora qué le pasa a este?

—Tu hermano me dijo que hacíais una fiesta de despedida y me apunté. Esta casa ha sido parte de mi infancia y adolescencia. No podía dejar de venir a dar mi pésame.

—¿El pésame a una casa? —pregunto, conocedora de que este tonito es la única forma de enfrentarme a él.

—Es una forma de hablar. No sabía que había que hablarte de manera literal para que entendieras las cosas. Perdona.

¿¿¿¡¡¡Perdona!!!???

Tras la pulla, miro a nuestro alrededor, pero todos hacen como si nada. No me puedo creer que lo haya hecho delante de mi padre. Pero este, que es un hombre prudente, carraspea antes de hablar:

—Chicos, voy a ver si necesitan ayuda en la cocina. Ahora vuelvo.

—Voy contigo —añade Oliver.

Miro a Aitor con un claro mensaje telepático de «no te muevas», pero parece no entenderme.

—Yo voy a por otra cerveza —dice el lumbreras, y Cole asiente.

Eso no me lo esperaba.

—Sí, voy contigo. Esto está casi vacío.

Sacude el botellín dando énfasis a sus palabras y, en menos de un segundo, me veo sola en el salón. Bueno, sola no. Milo me observa desde el reposabrazos del sofá.

—No me juzgues. —Le doy la espalda y salgo para coger mi móvil de la entrada.

Abro el chat de las chicas.

Yo
Mujeres, HA VENIDO A CASA.

Nagore
¿Quién?

Yo
¡COLE!

Gala
Pero, tía, ¿no era la despedida de vuestra casa? ¿Qué pinta allí?

Nagore
Ay, Elsa, te crecen los enanos... 😄 😄

Yo
¿Los enanos? ¡¡¡Tengo a toda la maldita comunidad del anillo siguiendo mis pasos!!!

Diana
Pero ¿qué pinta allí?

Yo
Diana, tía, necesito que vengas. Urgente.

Gala
Sí, tía. Ve al rescate.

Nagore
La comunidad del anillo, dice. 🤣 🤣 🤣 🤣

Diana
Tía, tiene que ser después de la cena.

Gala
Vamos, Elsa, puedes con eso y más.

Nagore

Gala
Hemos perdido a una.

Nagore
Es que ha sido una imagen muy nítida.

Yo
Dios, ¿qué hago?

Diana
Lo primero, no hiperventilar. Después, sobrevivir a la cena.

Gala
No entiendo muy bien por qué ha ido. Si me pongo en su pellejo...

Nagore
Ya. A mí me daría vergüenza ir a la casa del tío que me ha dejado colgada la mañana después...

Yo
¡LO SÉ! Pero aquí está.

Diana
Tía, está claro que no va a dejar las cosas como están.
Quiere hablarlo.

Nagore
A ver si te dice algo. ¿En qué plan ha ido?

Yo
En el de gilipollas. Me ha soltado una bordería...

Diana

Buah, está dolido. Que, normal, ¿eh? Pero joé, ir hasta allí.

Gala

Sé prudente, tía.

Yo

Puff, lo intentaré.

Diana

Tú tranquila, que en menos de una hora estoy allí.

Viernes, 28 de diciembre

Por la noche

Cole no vuelve a dirigirme la palabra. Bueno, alguna frase cruzamos, pero relacionada con pasarnos cosas en la mesa y poco más. Me ignora tanto que me dan ganas de tirarle un trozo de pan a la cara. Sí, lo sé. No hay quien me entienda, pero ¿no veis que su existencia está solo para torturarme?

Yo no entiendo nada.

Sopeso las posibilidades que tengo de encestar en su botellín una miga de pan mojada en salsa de marisco mientras todos permanecen ajenos a mi tormento en conversaciones absurdas, cuando suena el móvil de alguien.

Ya se han servido los postres, así que Cole se disculpa para responder. Intento ver de manera sutil quién es, pero, por supuesto, no lo consigo. Eso sí, me topo con el escrutinio de mi hermana Nina. ¿Yo? A mí, plin. Me pongo a mirar las cutículas de mis uñas.

—Perdonad —se disculpa Cole al volver.

—No te preocupes, cielo —dice mi madre con cariño.

Controlo mis ganas de hacer que arda Troya. Solo a mí me puede suceder esto. Mi ligue de la noche anterior cenando con mi familia como si nada.

Pero lo peor está por llegar... Esperad, esperad.

Terminamos la cena y ayudo a Lydia a recoger de su habitación unos farolillos flotantes que ha pedido para hacer un acto conmemorativo de la casa. A mí no me miréis, pertenezco a esta familia, pero soy la oveja negra. No me siento representada por la mayoría de las ideas que se toman.

Estamos bajando las escaleras cuando llaman al timbre.

—Es Diana —digo a mi hermana mientras me acerco a la puerta principal.

La abro y descubro que mi amiga está muy tensa.

—Hola, ya estamos aquí.

—¿Estamos? —pregunto.

Diana se echa a un lado para dejarme ver a una chica algo cortada.

—Hola, soy Claudia. Vengo a recoger a Cole.

¡¿Pero qué cojones?! Antes de que pueda reaccionar, *alguien* habla:

—Sí, pasa. Tranquila, estamos terminando.

Me giro alucinada al ver cómo Cole permite entrar a esa desconocida, quien, con una sonrisa, nos adelanta a las dos para aceptar la mano que le tiende. El muy... ya ni sé qué término usar, nos mira con aires de victoria.

—Vamos, chicas, no os quedéis atrás —suelta Cole.

Lo mato, os juro que de esta no sale vivo.

Miro a Diana, que me observa cerrando la puerta con tiento. Cuando habla, sé que estamos solas.

—¿Estás bien? —pregunta.

—¿Qué coño acaba de pasar? ¿Ha invitado a un ligue? —suelto brusca, pero sobre todo bien jodida, que es lo que estoy.

—¿Crees que es eso? —quiere saber Diana.

—¿Qué, si no? —pregunto.

La cara de Diana empieza a preocuparme.

—¿Estás segura de que Cole está soltero?

Esa pregunta impacta en mí como un témpano.

No puede ser. No vayas por ahí...

—Celia dijo que estaba soltero, ¿verdad?

Intento recuperar la poquita cordura que me queda ya, pero Diana empieza a dudar.

—No recuerdo que dijera nada de su situación sentimental.

—Cole no es *así* —recalco—. Podrá ser muchas cosas, pero un hijo de puta no es.

—Entonces sí, ha traído a un ligue. Puede que lo haya hecho como despecho. Ya sabes... le dejaste tirado.

Diana se acerca a mí y me sujeta por los brazos.

—Tía, estás espectacular. Vamos, ¡que le den por culo! Si quiere darte en los morros, se va a quedar con las ganas. ¡Te resbala!

—No —niego con rotundidad.

—¿No?

—Si lo que quiere es joderme, vamos a ver quién jode más a quién.

Salgo disparada hacia el salón, escuchando de fondo a Diana, que me sigue apresurada y balbuceando.

Su reacción es normal.

Sabe que estoy preparada para una de mis famosas *vendettas*.

En mi vida me hubiera imaginado en esta situación y menos en mi propia casa, pero es lo que hay. Nos he servido unas mimosas a Diana y a mí, colocándonos de forma estratégica frente al grupo de Cole y compañía, es decir, junto a Loren y Oliver.

Menos mal que ha venido Diana, porque es quien está llevando la conversación. Me limito a hablar en los momentos adecuados, para innovar, pero confieso que estoy pendiente de

Cole. Está con Claudia, que no, no es la chica del baño del Sapo Rojo, y con Aitor. No ha mirado hacia aquí en ningún momento, al contrario que mi hermano, que no para. Pesado.

Empiezo a desesperarme porque no puedo llamar su atención. Como comprenderéis, hablar con tu cuñado gay no entra dentro de esas situaciones en las que a tu posible ligue le puedan saltar las alarmas.

¡¿Qué mierda estoy haciendo?! Debo reconocer que, esta vez, ha ganado él.

—Elsa, tengo decirte que estás guapísima. ¿De dónde es el vestido? —pregunta de repente Nina, quien me sujeta de la mano para separarme un poco y ver mejor mi look—. En cuanto tenga a esta niña, voy a por algo del estilo.

—Nina, ¿qué quieres? —Lo sospecho por su efusividad, pero se ríe mientras niega con la cabeza.

—¡Que te lo digo de verdad! ¿Está o no despampanante? —pregunta a Loren y Oliver, quienes asienten junto a Diana—. ¿Y las botas? Te hacen las piernas aún más largas.

Me río y le contesto dónde las compré, entonces descubro a *alguien* observándome. Y siento una satisfacción indescriptible cuando, al hacerlo, desvía su mirada. ¡Ja! La partida ha vuelto a comenzar, queridas.

—Novata... —dice Nina rompiendo mi subidón, y vuelve con mis padres.

¿No es un poco *creepy* que mi hermana mayor sepa mis intenciones y lo haya conseguido tan rápido? Pero en esta casa una no puede ser introspectiva...

Lydia acaba de poner villancicos a todo volumen y, en cuanto oigo los primeros acordes, dejo de ser persona y arrastro a Diana, quien, he de decir, no pone mucha resistencia; comenzamos a cantar *All I Want for Chritsmas is You* de Mariah Carey junto a Lydia y mi madre, que hace los coros.

—¿Podéis dejar de molestar? —gruñe Aitor.

Le hago un corte de mangas procurando, muy mucho, que mi madre no lo vea. ¿Os he dicho que, a pesar de estar haciendo el canelo, siento que *alguien* no me quita la mirada? Pues en otra de esas pilladas célebres que hago, Cole, desafiante, rodea con el brazo la cintura de la chica esa cuyo nombre, ya, ni recuerdo.

Lava. Pura lava es lo que empiezo a sentir. ¿Y qué es lo que hago? Nada, continúo bailando y os juro que saco lo mejor de mí. Vamos, jamás se han aprovechado tanto unos villancicos. ¿A que nunca os habíais imaginado que se pudiera calentar a alguien con este tipo de canciones? Pues hoy he aprendido que sí. Estoy meneando el culo que da gusto. No sabéis el juego que surten los cascabeles...

Y no hace falta que nadie me confirme que sigue cada uno de mis pasos. Lo sé.

Jaque mate, Cole.

—¿De verdad que esto no es peligroso? —pregunta Fran mientras todos recorremos el jardín hasta la parte más alejada de la casa.

—Esto flota, no va a provocar ningún incendio. Te lo prometo —aclara Lydia. Aunque mi cuñado la mira con desconfianza, es Aitor quien lo tranquiliza.

—Todo está nevado. Es imposible que esto provoque un incendio.

—Ahí tienes razón —asiente Fran.

Nos detenemos cuando Lydia reparte los farolillos a mis padres y mis hermanos. Conforme los recibimos, los encendemos. Pensé que serían mucho más pequeños y que encenderlo no impactaría tanto, pero la mecha es grande. De hecho, Aitor es quien se encarga de hacerlo mientras los sujetamos. Los únicos que comparten uno son mis padres. Y me quedo observando la llama, consciente de que cuando lo suelte subirá hasta desaparecer en el cielo. ¿Adónde irá?

A pesar del momento, no puedo desconectar de algo o, siendo más concreta, de alguien. No lo miro, pero, aun así, sé que Cole está con ella observando la escena.

—Los soltamos a la de tres —avisa Lydia—. Recordad lanzar vuestro mensaje de agradecimiento.

—¿Cómo? —pregunta Loren—. ¿Esto no es para pedir un deseo?

—Siempre tan práctico —suelta Nina.

—Estamos despidiéndonos de la casa, Loren —explica Lydia—. Vamos a darle las gracias...

—Esto es de locos —dice Loren.

—No me hagas hablar —añado, astuta.

Mi hermano capta a la perfección que me refiero a los compradores. Es inteligente, así que decide callarse. Buen chico, no tengo el día.

—¡Vamos! —interviene mamá emocionada—. Pensad antes de la cuenta atrás.

Veo que Lydia cierra los ojos, Nina más de lo mismo y yo, yo me centro en no prenderme viva.

¿Gracias a esta casa? Lo primero que me viene es lo de siempre, que hui de aquí. Pero, joder, estoy cansada de ser tan negativa. Así que pienso en que está repleta de bonitos recuerdos, tanto de mi familia como de mis amigos. Nos ha visto crecer a todos, incluido a Milo, que ahora está en los brazos de Oliver con su característica solemnidad. Claro que estoy agradecida por todo lo que he vivido aquí. Por todo lo que he aprendido...

Y sí, también lo estoy por él.

—A la de una... —dice mi padre—, a la de dos y... ¡a la de tres!

Los soltamos y nos juntamos mientras vemos cómo desaparecen en la noche. Sonrío. Esta etapa se cierra aquí, y sí, realmente le agradezco todo lo que me ha dado.

Estoy en la cocina porque me voy a encargar de la nueva remesa de mimosas. Sí, estoy bailando mientras exprimo el zumo de las naranjas. Y SÍ, lo habéis adivinado, mi cóctel va a ir más cargadito que los anteriores.

¿Esto es una fiesta o no lo es? Estoy a lo mío cuando alguien entra y, dando por hecho que es Diana, me giro radiante, extendiendo una de las copas dispuesta a compartirla. Me está dando el pedo amistoso, ya veis. Pero se me quita la tontería rápido al ver a Cole, quien me aguanta la mirada y no la copa; sí, la sigo *ofreciendo*.

—Hola.

Estoy hasta el mismísimo de sus «holas». Ya está, la mecha que necesitaba. Estallo.

Le tiro la copa con todas mis ganas y, por su expresión, os puedo asegurar que no se lo esperaba.

—¿Qué coño haces? —grita.

Loren ha aparecido en el momento exacto, pero se vuelve por donde había venido. Os lo dije, es listo.

—Hola a ti también. —Y bebo lo poco que queda en la copa. Es más teatro que otra cosa, pero qué bien me ha quedado.

Cole cruza la cocina hasta quedarse cerca, muy cerca de mí. Está enfadado, pero yo más.

—Te lo repito. ¿Qué coño haces, Elsa?

—Eso te pregunto yo a ti. —Y levanto el mentón, desafiante—. Pasarme por la cara a esa tía. Eres un cabrón.

—¿Pasarte por la cara? —pregunta confuso.

Está tan cerca que hasta percibo el olor a cuero y musgo mentolado de su cuello. ¿Por qué huele así? ¿Por qué?

Lo miro sin titubear, aunque mis hormonas están ya de feria. ¿Es posible reaccionar a la cercanía de un cuerpo? Os juro que sí, pero yo no me callo ni en la tumba.

—Dudo que le hayas hablado de las guarradas que me estabas haciendo hace unas horas. Si yo fuera ella, me gustaría que mi ligue de turno no me llevara a la casa de la tía con la que folló la noche anterior.

Cole entrecierra los ojos y empieza a dibujar esa apetecible y peligrosa sonrisa.

—¿«Folló»? Creo que hicimos más que follar.

Mi cuerpo se estremece. Él lo nota y desvía la mirada hasta mis piernas. ¿Estoy bien? No mucho, ¡que me bese de una puta vez!

—Solo una cosa. —Su voz suena ronca—. Claudia es una amiga, de hecho es la novia de uno del grupo.

Suelta la bomba y se pasa la lengua por los labios.

—Puedo ser muchas cosas, Elsa, pero un cerdo no. Bueno, solo donde debo serlo.

No hay más palabras.

Me lanzo a por él y a la mierda todo, joder.

Nunca he conocido a alguien que me ponga tan cachonda como este hombre. Me rodea entera y sin esfuerzo me levanta con sus brazos. Le rodeo las caderas con mis piernas, dejando que me lleve donde quiera. Jadeo cuando noto cómo mi espalda choca contra una pared. Separamos nuestras bocas solo para que él comience a lamerme el cuello y me vuelve aún más loca. Entre esa neblina de deseo, nos descubro en la despensa. Sí, la de la cocina. Sí, la de la casa de mis padres. Sí, esos que están en el salón con el resto de mi familia. ¿Me importa? Ni idea, mi mente solo está ocupada en sentir todo lo que Cole me provoca.

—Joder, llevo toda la noche deseando esto —murmulla.

Sus manos dibujan un sendero por debajo de mi seudovestido y ahí es cuando recuerdo mi *selecta* ropa interior. Me vuelvo de piedra por un segundo. Vamos a ver, no pensaba que hoy fuera a hacer *esto*. Supuestamente, iba a ser una noche tranquila. «Iba», sí, porque me olvido de todo cuando Cole alcanza, con sus dedos, mi entrepierna.

—Voy a romperte las bragas —me avisa, volviendo a besarme.

—Hazlo —le digo contra sus labios.

¿Lo veis? Si llego a tener puestas unas de encaje que cuestan casi un cuarto de mi sueldo, me tiro a su cuello al oírle decir eso, y no precisamente de manera amorosa. Alguna ventaja debía de tener.

Cuando Cole lo hace, le ayudo a desabrocharse los pantalones.

Todo a mi alrededor desaparece.

Solo estamos él y yo.

Es increíble cómo hace que me sienta salvaje, sin ataduras y completamente desinhibida. Cuando me gira para tenerme de espaldas, siseo al sentir mi mejilla contra la pared. Curvo la espalda y se me escapa un gemido cuando noto cómo se baja los pantalones y roza su erección contra mi culo.

—Joder... —murmullo cuando sus dedos entran en mi sensible y húmeda piel.

—No digas palabrotas —susurra antes de inclinarme un poco más.

Y me penetra de una forma tan intensa y profunda que siento que voy a estallar.

Le escucho jadear detrás de mí, pero, sin darnos tregua, aumenta el ritmo y el placer se extiende por cada centímetro de mi cuerpo.

—Por favor, no pares —le suplico en voz baja cuando siento que la visión se me empieza a nublar.

Viernes, 28 de diciembre

Aún más de noche

He perdido la cabeza. Bueno, no la he perdido sola. Cole está metido conmigo en esto hasta el fondo. Una frase perfecta, teniendo en cuenta lo que acabamos de hacer.

Hemos tardado unos... ¿cinco minutos? Ha sido el polvo más corto de mi vida, pero también el más intenso. Todo hay que reconocerlo.

Nos vestimos de manera apresurada. ¿Qué hemos hecho? ¡Podrían habernos pillado! Solo con imaginarme la escena...

—¿Ahora es cuando te vas sin decir nada? —suelta Cole bien directo.

¿Es normal que me vuelvan a temblar las piernas?

Carraspeo.

—Mira, sobre eso... Estabas dormido y no quise molestarte. —Digo la primera excusa que se me ocurre.

Cole sonríe. Este tampoco nació ayer.

—Vamos, Elsa.

—¿Qué? —pregunto haciéndome la tonta.

Cole avanza para salir de la despensa, pero se detiene a mi lado.

—Ya va siendo hora de que digas las cosas como son.

—¿Y cómo son, Cole?

—La situación te dio vértigo. Nos conocemos desde hace mucho y sé que nunca has...

Lo interrumpo riéndome antes de que siga hablando.

—Por favor, para. No vayas a decir ese rollo de «no estar acostumbrada a echar polvos de una noche»; porque, Cole, no sabes nada de mí. Dejaste de saberlo hace mucho.

—Entiendo. Ahora eres una mujer de mundo. Perfecto.

—Cole asiente—. No diré que no. Es más, subo la apuesta. Te quedan pocos días en el pueblo antes de que vuelvas a tu gran ciudad. —¿Noto cierto chirrío al pronunciar esa palabra?—. Así que, ¿por qué no lo hacemos interesante y divertido?

—¿Qué me estás proponiendo?

Cole se inclina y vuelve a llegarme su aroma, pero esta vez, mezclado con mi loción de vainilla. Me gusta demasiado.

—Veámonos estos días. Disfrutemos de esto que se nos da tan bien. —Inclina la cabeza señalando la pared.

Me quedo en *shock*. ¿Cómo? ¿Me está proponiendo ser follamigos?

—Bueno —vuelve a hablar—. Si te atreves, claro.

Levanta la mano derecha y me faltan segundos para estrechársela. No dejaré que piense que he vacilado. Soy una mujer supermadura y también supermoderna. Ja. Y me sorprende dándome otro beso. Es breve, pero cuando se separa de mí, aún lo siento.

—Para sellar el trato —dice.

Cuando me quedo sola, me llevo las manos al pecho.

¿Qué acabo de aceptar?

—¿Qué, QUÉ? —explota Diana en mi dormitorio.

Últimamente todas las reacciones de mis amigas al escucharme son como esta. La fiesta sigue, pero después de mi momentazo en la despensa, la he obligado a encontrarnos en mi cuarto para contárselo todo.

—¡¿En serio?! —insiste tras escucharme.

—Lo sé, lo sé. ¡Ay, Dios! —Es lo único que consigo decir.

—Mira que lo pensé cuando los dos habéis desaparecido... —comienza a decir mientras da vueltas por el dormitorio—. Pero ¡tííííía!

Es una mezcla de regañina junto a un «no me lo puedo creer».

—Lo sé.

—Pensaba que estaríais hablando. ¡No practicando sexo de manera desenfrenada en la despensa!

—Baja el tono, ¿quieres? Solo falta que nos oiga alguien.

—Estoy flipando. Te lo juro, maldita noche.

No entiendo muy bien su último comentario, pero se sienta a mi lado en la cama y se lleva una mano a la frente.

—¿Crees que las chicas estarán despiertas? —pregunto.

—Lo dudo. Mejor se lo cuentas mañana.

Asiento.

—Entonces, has cedido a tener una aventurilla con él estos últimos días —quiere corroborar—. ¿Te ves capaz? ¿Estás segura? —insiste; me pone nerviosa.

¿Lo estoy?

—Por favor, Diana, como mucho serán cuatro polvos más. —Intento quitarle importancia, pero por dentro hay algo que...

Me recoloco en la cama.

—¿Tú me ves capaz?

Miro a mi amiga, quien hace una mueca que no termino de descifrar.

—¿Qué quieres escuchar? ¿La verdad o *la verdad*?

Cierro los ojos y me dejo caer de nuevo sobre la cama.

—Cariño. —Diana no espera a mi respuesta. Se adelanta sin

necesidad de que se lo pida—. Cole no es otro rollo esporádico que hayas tenido, que además tampoco es que hayan sido muchos, a mí no me puedes engañar. Sé que eso no te va mucho. —Y hace una pausa larga para que pueda asimilar lo que viene a continuación—. Lo malo de hacerlo con él es que, aunque ahora no lo quieras reconocer, es importante para ti.

—No. —Me incorporo rápido para mirarla. Diana arquea una ceja con tal maestría que deja claro que no tiene nada que envidiar a esta familia.

—Elsa...

Me levanto de la cama.

—A ver, vale, no es un chico que acabo de conocer, pero sé dónde están los límites. Si Cole me importara de la forma en la que insinúas, ni se me ocurriría aceptar.

—¡Elsa, tía! —Diana me imita, levantándose también—. ¿Qué ocurre aquí? Nunca te he visto tan ciega ni cabezota.

—Diana. —Me río, pero siento que es un poco forzado—. Lo único que pasa es que llevaba demasiado tiempo sin echar un polvazo y, qué quieres que te diga, no abundan. Así que no quiero negarme unos cuantos más.

—¿De veras es solo eso? ¿No estás cegada por la lujuria desenfrenada? —Diana hace un gesto con los dedos, indicando un gran tamaño—. Fíjate en tu nivel de negación: ni siquiera te has planteado por una milésima de segundo lo de la chica esa. ¿La novia de uno? Por favor, Elsa. ¿Qué coño te pasa?

—Eso es lo que me ha dicho. —Comienzo a sentir sudores fríos.

—¡Lo ves!

Diana da una palmada que me asusta, y luego me señala llena de satisfacción.

—Si te diera igual, querida mía, tu reacción hubiera sido muy distinta.

—Vete a la mierda, Diana. ¿Y si es su novia? ¡La ha engañado conmigo!

Mi amiga se ríe con ganas.

—Ahora te preocupas. Mira, Elsa. —Diana choca su dedo índice contra mi pecho, justo en el corazón—. Aquí pasa algo. De normal hubieras desconfiado de una respuesta tan absurda. Por favor, ¡si la ha estado cogiendo de la cintura, tía!

—Vale, se me ha olvidado lo de la chica, pero es porque estoy en modo vacaciones.

—Claro, claro. —Diana cambia el tono de voz—. Bueno, lo que tú digas. Es tarde, así que me voy a casa, que una tiene sueño. No todas gozamos de la suerte de que nos den un meneo en mitad de la noche para espabilarnos.

No tengo ganas de seguir la conversación, así que la acompaño abajo para que se despida de todos. Para mi sorpresa, Cole y la chica no están.

¡Joder!

Sábado, 29 de diciembre

Por la mañana

Me detengo en el paso de peatones mientras la música golpea mis oídos. ¿No dicen que amansa a las fieras? Pues estoy que muerdo, y la conversación de antes con las chicas no ha ayudado. Especialmente porque Gala y Nagore opinan lo mismo que Diana. Según ellas, estoy negando lo evidente. ¡Por favor! Anoche lo medité y es imposible. No me estoy obligando a no pensar.

No, no. Para nada.

Lo que sí me tiene molesta es lo de la otra chica. Joder, me sienta mal hasta reconocerlo, pero esta mierda se me está yendo de las manos. En especial cuando, impulsada por las palabras de las chicas, esta mañana he preguntado a Aitor si se habían ido todos juntos, ya que él tampoco estaba cuando bajamos Diana y yo. No hace falta decir que el estúpido no se ha dignado ni a contestar. Y, claro, recuerdo que quizá está haciendo lo que acordamos. Es decir, no meternos en nuestros asuntos. Pero si se calla esto, es de mal hermano. Ahí lo dejo.

Aunque, mientras retomo la marcha, pienso en que Aitor sería incapaz de permitir que Cole hiciera algo así conmigo. Pero, claro, supuestamente no hay nada entre nosotros, así que ¿qué le importaría que su amigo se fuera con ella?

Vaya runrún. Me agoto hasta a mí misma.

Estoy fuera de casa porque me he ofrecido a comprar algunas cajas de cartón. Como se ha vendido la casa, nuestros padres nos han pedido que recojamos todo lo que queramos quedarnos; así pues, he pensado que era una buena idea salir para despejarme. Parecía, mejor dicho, porque ahora me doy cuenta de que el hecho de no tener a nadie incordiando a cada rato me permite pensar más de lo que debería.

Entro en la tienda y voy directa al pasillo donde deben estar las susodichas cajas. Mientras consulto las medidas, noto que mi móvil vibra. Me sorprendo cuando descubro que es un mensaje de alguien que no conozco, así que lo abro.

Desconocido
Hola, ¿qué tal?

Contesto olvidándome ya de las cajas.

Yo
¿Quién eres?

La respuesta no tarda en llegar.

Desconocido
Soy Cole. Conseguí tu móvil y creo que es más cómodo hablar por aquí que por la aplicación, ¿no?

Tuerzo el morro. Mucho. Porque, sí, el mensaje ha sido la gota que colma el puñetero vaso. Vamos a ver, estoy aquí en una noria emocional; y él, que qué tal estoy. Como si no pasara nada.

¡Venga ya!

Salgo de la tienda a paso ligero, y de la mala leche que tengo, me veo en la zona residencial en menos de veinte minutos. Todo un logro: recordemos que mi medio de transporte son mis dos piernas, que no son cortas, todo hay que decirlo, pero no dejan de ser eso, piernas.

Visualizo su casa, y al descubrir que la puerta de la verja no está cerrada, llego hasta la principal en menos de un segundo. Creo que ni he pisado los escalones del porche, no os digo más. Mi vuelta al pueblo está sacando a relucir nuevas habilidades. Eso sí, cuando llamo descargo toda la rabia acumulada.

«¿Pero-qué-estoy-haciendo?», me digo. Necesito desaparecer. ¡YA!

Miro histérica a mi alrededor buscando un camino de huida. Podría volver sobre mis pasos, pero, querido público, seguiría dentro de su campo de visión, y eso no puede suceder. El porche no tiene nada utilizable para esconderse, ni una jodida jardinera; aunque, ahora que me fijo, el asiento tipo columpio...

Es de esas cosas que sabes que son mala idea, pero aun así, sí, las haces. ¿Y qué ocurre? Que Cole me descubre con el culo en pompa mientras busco la manera de ocultarme.

—¿Elsa? —pregunta.

En estos momentos, debo de parecerle un avestruz.

—¡Aquí está! —le digo mientras me levanto y le enseño el pendiente que me he quitado con maestría.

Es lo único que tenía a mano, chicas. Situaciones desesperadas requieren medidas... similares.

—¿Se te ha caído el pendiente en el columpio? —pregunta Cole sin disimular su extrañeza. Puedo escuchar desde aquí cómo se pregunta qué estaba haciendo para que eso ocurriera.

—Ya ves. —Lo único que me sale decir.

Creo que si de repente digo que me tengo que ir, quedaría, cómo decirlo, extraño.

—Ya veo.

Cole se apoya en uno de los pilares del porche mientras de manera distraída se rasca la barbilla, más poblada cada día, cosa que le queda maravillosamente bien junto con su pelo suelto. Me gusta más cuando lo tiene recogido en un moño, pero de esa forma tampoco está mal.

—¿Y a qué se debe esta visita? —La pregunta llega por fin, claro—. Estábamos hablando por el móvil.

No me lo recuerdes. ¡Me tienes contenta!

—¿Cómo has conseguido mi número? —quiero saber.

—Creo que es obvio. —Cole eleva las cejas.

Aitor. Interesante, solo se inmiscuye cuando es a favor de su amigo.

—Ajá —asiento.

—Elsa, ¿pasa algo? ¿Te molesta que tenga tú número?

Ese tonito... Sí, estallo. Bueno, sin levantar mucho la voz. Las formas ante todo.

—No sé, quizá tengamos que preguntárselo a tu amiga. ¿Lo sabe?

—¿Amiga?

—Vamos, Cole, no te hagas el tonto. La chica de ayer, con la que te fuiste después de nuestro... ya sabes. —No pienso decir en alto lo que sucedió. Me niego.

Su rostro es en plan «pero qué me estás contando», lo que me cabrea más. Vamos, va a ser tonto ahora.

—¿Claudia?

—¡Eso! —respondo. Por fin recuerdo su nombre.

—Elsa, ya te expliqué anoche quién era Claudia.

Me cruzo de brazos.

—Anoche no tenía la mente clara. Estaba... —«Estaba más

salida que el pico de una mesa», pero no se lo pienso decir—. Estaba confusa. Demasiadas mimosas.

—Ya.

No se está tragando lo que digo, pero yo sigo, a lo hecho... ¡pecho!

—Y hoy, cuando he repasado toda la noche en su conjunto, me he dado cuenta de que tenías una actitud *curiosa* hacia ella.

—¿«Curiosa»?

—Ya sabes, no te despegaste de ella en toda la noche, por no decir que la abrazaste.

—¿La abracé?

—Sí, pasaste el brazo por su cintura.

Conforme hablo, me siento más idiota, y el hecho de que Cole no despegue sus ojos de mí no ayuda nada.

—No sabía que no podía abrazar a una amiga, y lo de no despegarme de ella en toda la noche... —Su sonrisa se hace más pronunciada—. Hubo un rato en que sí que lo hice. —Mis mejillas van a explotar—. Pero en general, sí, estuve toda la cena con ella porque no conocía a nadie. Solo a Aitor, quien, te recuerdo, estuvo también con nosotros *toda* la noche. Ya te lo dije, Elsa, Claudia es la novia de un amigo. No recordaba esa faceta tuya.

—¿Qué faceta? —Ni un segundo le doy para respirar.

—La de celosa. No te recordaba así.

Tocada y ¿hundida?

—No estoy celosa. Tan solo, como te comenté antes, estuve pensando en lo de anoche y, bueno... eso. Pero no estoy celosa —insisto—. Incluso si te hubieras liado con ella me hubiera parecido bien. No tenemos ningún tipo de exclusividad.

—¿Entonces?

Trago saliva. Estoy cavando mi propia tumba.

—Si te parece bien esa posibilidad, ¿por qué estamos teniendo esta conversación? —quiere saber.

Pero bueno, ¿ ahora este es abogado o qué?

—Bien, solo quería asegurarme de que, en ese caso estuvieras siendo sincero con las dos. Que ella supiera que antes te habías acostado conmigo y de lo que acordamos.

—Ya. —Cole asiente—. Puedes estar tranquila, Claudia es solo una amiga. Me conoces, Elsa. Ni miento ni tengo necesidad de hacerlo.

Sé que está siendo sincero, pero también creo a las chicas. Hay algo que no cuadra...

—¿Quieres entrar? Iba a tomar un café.

—¿Es que te acabas de levantar? —pregunto, volviendo a fijarme en él.

No es bueno que mi cuerpo reaccione así cada vez que nos miramos, ¿verdad? Por muy guapo que sea.

—¿Quieres? —insiste, mientras se acerca a la puerta.

Medito.

Lo miro.

Vuelvo a pensar.

Y, al final, decido entrar.

Sábado, 29 de diciembre

Por la tarde

—¿Te dijo eso? —pregunta Cole.

—Y después se fue —contesto yo.

—Sí, tu trabajo es una mierda —afirma mientras da otro mordisco a uno de los sándwiches que hemos preparado hace un rato.

—Lo sé.

Me acomodo en la silla. Estamos en su cocina y, por loco que suene, hemos pasado casi todo el día juntos. Y no, no hemos hecho ninguna cerdada.

Cuando entré, descubrí que estaba pintando algunas habitaciones y, al final, decidí ayudarle. Eso nos llevó a que quisiera invitarme a comer y después, a que yo me ofreciera para colocar los rodapiés con él. ¿Conclusión? Ninguna, pero estoy lo suficientemente cómoda como para empezar a abrirme. Y no, no en ese sentido. Calmaos un poco.

Lo bueno es que Cole no me juzga, tan solo escucha y comparte su opinión cuando se la pido. Eso ayuda, ayuda mucho. Sin embargo, llega la preguntita.

—¿Y por qué sigues ahí?

Hasta luego, Maricarmen.

—Porque me gusta que se aprovechen de mí y las falsas esperanzas —contesto, mordaz.

Cole hace un gesto divertido.

—Te lo estoy preguntando en serio. No estás atada a eso de por vida. ¿Por qué sigues?

Su sonrisa ha desaparecido y desvío mi mirada hacia el refresco que tengo entre las manos.

—No es tan fácil. Tengo que pagar algo que se llaman facturas.

—Venga, Elsa, creo que...

—Sí, todos creemos hasta que nos chocamos con la realidad —lo interrumpo con un tono amargo—. No hay oportunidades.

—No las busques, créalas.

—¿Perdón? —pregunto confundida.

—Tienes una actitud contemplativa. Si no estás feliz con algo, se cambia.

—Es una idea muy romántica, pero en el mundo real...

—El mundo real es donde estás perdiendo oportunidades por no lanzarte de cabeza a lo que quieres. ¿Qué es lo peor que puede pasar?

—¿Que fracase? ¿Que no tenga donde vivir por falta de dinero para pagar mis facturas? ¿Que no pueda comer? —comienzo a enumerar.

—Estás llena de miedos, ¿no te ves? Confía en ti, ¿de verdad crees que llegarías a eso? Elsa, eres la persona más decidida que conozco y cuando te propones algo entre ceja y ceja, lo consigues. ¿Qué ocurre? No te reconozco.

Niego con la cabeza mientras arrastro la silla para alejarme y recoger las cosas. Sí, tengo ganas de llorar.

—¿Que qué sucede? La vida, que no es tan maravillosa como la pintan —confieso al final.

Voy directa a la pila de la cocina para fregar mi plato y tener así las manos ocupadas sin necesidad de mirar a Cole.

—¿Tu familia está mal de salud?, ¿alguno de tus amigos?

Me doy la vuelta ante su pregunta. Cole se ha levantado y está a pocos pasos de mí.

—Sabes que están todos bien.

—Pues eso es lo que importa, Elsa —contesta—. Eres joven y tienes muchas oportunidades delante de tus narices. Lo único que te ocurre es que has terminado en un trabajo que no te gusta. Vaya, qué grave.

Me acerco a él.

—Enfréntate a ello y ponle de verdad una solución.

—¿Cuál? —pregunto con un nudo en la garganta. ¿Por qué me siento así?

Cole me retira un mechón de pelo y me lo coloca detrás de la oreja.

—Sabes de sobra cómo hacerlo, dónde quieres estar y qué quieres hacer. Pelea por ello. No es fácil, pero así la victoria se saborea mucho más. Te lo prometo.

No puedo evitarlo, acorto la distancia y le doy un beso suave. Él me lo devuelve con calma y, al final, termina acercándome a su cuerpo lentamente. Lo necesito, y mientras nuestras bocas se saborean, siento que sus manos acarician mi cintura. Este beso está siendo muy distinto a los demás, lo siento en la piel y, joder, también dentro de mí. Estoy jugando con fuego, lo sé. Pero es lo que quiero.

Dejamos que nuestras manos descubran una vez más nuestros cuerpos y nos separamos, únicamente, cuando chocamos con la encimera. Cole apoya su frente en la mía, me pone una mano sobre el rostro y la otra en la cintura. Tiene las pupilas clavadas en mí cuando se separa unos centímetros y me dedica una sonrisa, la de verdad. El instinto me hace dibujar el recorrido de su mandíbula con el dedo y él inclina la cara hacia mi mano buscando una caricia. Es un momento tan íntimo que no puedo describirlo con palabras. Cojo aire. Él también y, finalmente, actúa.

Me sube a la encimera y se coloca entre mis piernas. En ningún momento dejamos de mirarnos, ni siquiera cuando nos desvestimos. Al final, siempre volvemos a encontrarnos. Hay un silencio extraño, como si nuestro alrededor supiera algo de lo que no somos conscientes. Vuelve a besarme cuando me deja en ropa interior, y no tarda en cargar conmigo hasta el sofá, donde nos tumbamos. Estamos acelerados, sí, pero a pesar de ello, me acaricia con calma, como si estuviera memorizando cada parte de mi cuerpo, cada lunar, cada pliegue.

Una de sus manos llega hasta mi pubis y desciende hasta acariciarme el clítoris. Lo hace con suavidad, pero siento un placer sin igual. Y me guía con sus dedos mientras me acerca con la otra mano hasta que nuestras bocas casi se rozan. Me parece tan erótico que termino corriéndome y él se bebe el orgasmo en un beso largo y húmedo.

Apoyo las manos sobre su pecho, duro y cubierto de una fina capa de sudor. También puedo notarle el pulso, fuerte y precipitado. Esta vez soy yo quien está encima, recorriéndole el torso, centímetro a centímetro, con la lengua. Llego hasta sus calzoncillos y busco su mirada. Él suelta aire, sabe que es mi turno, pero le hago esperar un poco más. Rozo con los labios su erección, aún cubierta.

—Elsa...

—¿Te gusta? —le pregunto mientras hago desaparecer su ropa interior.

La introduzco en mi boca, haciendo que ahora sea él quien arquee la espalda y yo quien marque el ritmo. Con la ayuda de mi mano, voy subiendo la intensidad mientras Cole hunde los dedos en mi pelo. Muevo la lengua desde el cuerpo hasta el glande, llenándola de saliva. Vuelvo a metérmela y, esta vez, mis movimientos son más rápidos, con más ganas, con más urgencia. Y lo hago hasta que se lleva las manos a la cabeza y grita mi nombre.

Sábado, 29 de diciembre

Por la noche

Estoy en la puerta de casa, aún con la llave en las manos, cuando mi mente sale disparada como un torbellino. Me envía al gesto que hace Cole para concentrarse, a esa arruga que le sale al sonreír o a la forma que tiene de chuparse los dedos cuando la salsa del sándwich se le escurre. A su forma de mirarme, de sostenerme, a sus palabras...

Todo esto me tiene aquí, sin permitirme entrar.

Pero sé lo que debo hacer.

—¿Sí? —contesta Diana al otro lado de la línea.

—Hola.

Domingo, 30 de diciembre

Por la mañana

—Pero, Elsa, ¿por qué os vais hoy, con los días que quedan de fiesta? —pregunta mi madre mientras ve cómo Bruno, el novio de Diana, me ayuda con las maletas.

—Mamá, ya te lo he explicado. El trabajo... —no termino la frase.

Me topo con la mirada de Lydia, que, cruzada de brazos, me observa impávida.

—¿De verdad que no puede esperar? —insiste mi madre.

—Bueno, bastante disgusto tendrá ya como para seguir con el tema. Además, deberá reorganizar el piso después de estar estos meses fuera —interviene mi padre al tiempo que rodea con el brazo a mi madre.

—Esto ya está —dice Bruno, sacudiéndose las manos mientras cierra el maletero.

Lleva un gorro gordo de lana, comprensible, porque va rapado al cero. Bruno no es el típico chico llamativo, todo lo contrario. Se le puede reconocer en los ojos cristalinos que tiene, pero es su personalidad arrolladora la que consigue ganarse a la gente. Desde el primer día que lo conocí, me gustó. Un buen tipo, y aquí lo tengo, yendo en nuestro rescate.

Diana, que está a su lado, me mira preguntando «¿Estás segura?». Asiento.

—¿Vendrás en Nochevieja o lo celebrarás con las chicas? —pregunta mi madre, algo decepcionada.

—Intentaré escaparme. Diana se va con Bruno. —Me centro en estos dos, que asienten.

—Sí, vamos con su familia —explica Diana con una sonrisa contenida.

No está a favor de que huya, pero no lo estoy haciendo. Miro por mí, y también por él.

—Bueno, será mejor que salgamos ya —dice Bruno.

De los demás ya me he despedido, así que hago lo propio con mis padres y Lydia.

—Elsa, ¿no te dejas la caja de cartón? —Oigo a Nina, que ha salido de casa y nos observa a unos metros de la puerta principal.

—Mierda. —Frunzo los labios.

—Vamos, te ayudo —dice Diana mientras me empuja.

Lydia también decide acompañarnos y mis padres se quedan con Bruno. No me preocupa, el novio de Diana se desenvuelve perfectamente con la gente. Siempre cae bien.

Entramos en casa, Nina en cabeza, y vamos directas a mi habitación. Sobre la cama espera la caja de cartón. No es especialmente grande, pero no hace falta decir que me desagrada coleccionar recuerdos...

—En fin, qué repentino todo —suelta Nina, deteniéndose ante mi escritorio.

En cuanto oigo su tono de voz, elevo la mirada.

—¿Qué pasa? —pregunto.

—Eso me gustaría saber a mí. —Nina se apoya sobre mi escritorio cruzándose de brazos. Lydia carraspea—. Bueno, nos gustaría saber.

Miro a mi hermana pequeña, que ha cerrado la puerta, y a Diana, quien parece muy interesada en estudiar los libros de mi estantería.

—¿Esto es una clase de mediación?

—Más bien un interrogatorio. Sí, yo lo llamaría así. —Nina se inclina y, con la ayuda de un lápiz, me enseña algo que me deja blanca.

Oigo que Diana coge aire.

—¿Qué coño haces con eso? —pregunto al ver el trozo de tela.

—Puede ser que, cuando escribiste ayer a Lydia para que preparase ella las cajas porque tú estabas muy ocupada —resalta Nina—, decidiéramos echar un vistazo por tu dormitorio.

—¿Con qué puto derecho? —Cruzo la habitación para alcanzar mis bragas rotas.

—He de decir que tampoco es que te hayas esmerado en ocultarlas. ¿En la papelera, detrás de unos folios arrugados? —chista Nina—. Novata y, por cierto, a mí no me hables así.

—Bien... creo que quizá es mejor que os espere fuera —comenta Diana, ya abriendo la puerta, pero ninguna le hace caso.

—Vamos, Elsa. No te puedes ir —dice Lydia mucho más calmada que nosotras dos.

—No vuelvas a decir que es por el trabajo, no somos papá y mamá —aclara Nina, volviendo a cruzarse de brazos.

Nos quedamos en silencio hasta que me fijo de nuevo en mis bragas rotas.

—Eres terrible, ¿lo sabes? —pregunto—. ¿Qué clase de radar tienes para localizar estas cosas?

—¿Como cuando descubrí tu crema de tatuajes detrás del marco de fotos?

—Eso lo encontró mamá.

—¿Quién crees que lo vio antes? —suelta Nina con superioridad; contengo una sonrisa que no merece.

Dirijo mi mirada a la caja de cartón que hay sobre mi cama y me acerco para meter las bragas dentro. No es que las vaya a guardar, aunque, ahora que las miro, pueden ser un recordatorio de lo que una no debe hacer.

—Es por lo que creo que es, ¿cierto? —insiste Nina.

No estoy segura de qué decir. Mi hermana no sabe toda mi historia con Cole, pero comienzo a sospechar que no hace falta.

—Es complicado —digo al fin.

—Aunque pueda sonar como mamá, las cosas son tan complicadas como queremos que lo sean.

Oigo que la puerta se cierra de nuevo. Lydia también se ha ido.

—Se le pasará. Con el tema de la casa estamos todos más sensibles —explica Nina.

Vuelvo a mirar a mi hermana; no sé qué verá, pero se acerca a mí para darme un abrazo. No sé qué me sucede, quizá todo esto me esté afectando también a mí más de lo normal. Necesito un consejo de esos «abrementes».

—Cuando vuelvas, ¿me traerás una caja de esos caramelos que me gustan?

Estamos todavía abrazadas cuando Nina rompe el silencio para preguntarme eso. Nos separamos.

—¿En serio? —pregunto. No es lo que esperaba, pero me hace reír, así que lo acepto.

—Mejor dos cajas.

Nina hace un gesto con la cabeza para indicarme que recoja la caja.

—Vamos, te están esperando.

La recojo confundida.

—Pensaba que ibas a intentar retenerme o, por lo menos, convencerme de que me quedara.

Nina se ríe mientras se acerca a la puerta para abrirla y salir. Comenzamos a recorrer el pasillo con Milo siguiendo nuestros pasos.

—Solo estás pasando tu día rojo.

Me detengo.

—¿Mi día rojo? —Observo a mi hermana Nina, que sonríe enigmática.

Cuando comenzamos a bajar las escaleras, nos topamos con Aitor, que parece ¿malhumorado? No sabría decirlo con certeza, pero es que últimamente no lo veo de otra forma.

—Vaya, hola, hola —saluda nuestra hermana mayor.

Contengo las ganas de poner los ojos en blanco. Para ser tan buena en averiguar secretos, es malísima disimulando.

—¿Os ayudo?

Parece un ofrecimiento, pero Aitor me quita la caja antes de terminar la pregunta. Al llegar a la entrada, aparece Diana, quien sale de la cocina con una expresión extraña.

Le pregunto con la mirada qué sucede, pero me niega sutilmente con la cabeza, así que, sin más, volvemos al coche y, de nuevo, a las despedidas.

Cuando cerramos las puertas del coche y Bruno arranca, apoyo la cabeza en el cristal de la ventanilla.

Y pienso en la petición de Nina. ¿No recuerda que esos caramelos solo los hacen para Navidad? Cuando nos volvamos a ver, ya habrán pasado las fiestas.

Lunes, 31 de diciembre

Por la mañana

Doy un trago al café mientras miro por la ventana de mi aparta-mento, en la Latina. Treinta y uno de diciembre y aquí estoy, desayunando sola en lugar de estar con mi familia disfrutan-do de los últimos días de vacaciones antes de volver a la terrible rutina que, poco a poco, me va desgastando.

A pesar de lo minúsculo que es el piso, tengo la suerte de que mi ventana no da a un patio interior, sino a la calle, Ribera de Curtidores, por donde veo a la gente pasear y algún que otro coche circular. Sí, corro esa suerte, pero poco más que agrade-cer. No tengo cocina, es decir, únicamente una nevera y un tro-zo de encimera con los fogones, que da directamente al salón donde he puesto el escritorio de cara a la ventana y un sillón *vin-tage* ideal de la muerte, uno de los pocos lujos que me he podido permitir en El Rastro. Un capitoné en azul turquesa.

Al fondo, mi cama de matrimonio y una estantería repleta de libros ordenados sin ton ni son, pero es que esa sensación de desor-den en los libros me da paz interior. Hay también un baño peque-ño que podría haber sido el escenario perfecto de *Saw* cuando me mudé, pero he conseguido que ahora se vea decente y que no se tenga miedo de contraer ninguna enfermedad al entrar dentro.

Sé que he recibido varios mensajes en el móvil, pero ahora mismo no me apetece contestar. Mi «día rojo», como bien dijo Nina haciendo referencia a esa escena de *Desayuno con diamantes* en la que Holly le explica a Paul que los días rojos son aquellos en los que tienes miedo y no sabes por qué.

Enciendo mi ordenador con la taza de café en la mano y entro en el blog. Voy directa a hacer un nuevo post, porque ¿es verdad que todos pasamos por días rojos? Si es cierto lo que dice mi hermana, lo que yo hice ayer fue, básicamente, huir. Tomar una decisión por miedo, pero estoy convencida de que no, de que he sido realista.

Viendo cómo se estaban sucediendo los días, ha sido la mejor solución, porque —¿a quién voy a engañar?— Cole no me es indiferente, pero esto no podía ir más allá. Es lo mejor para ambos, y yo siempre tomo las decisiones duras.

Pero esta vez tengo que hacer las cosas bien.

Busco mi móvil y cojo aire antes de marcar.

—¿Sí? —Al escuchar su voz, me emociono. ¿No debería estar ya acostumbrada?

—Hola, Cole —saludo.

—¿Qué tal el viaje? —me pregunta.

—Aitor, ¿no? —Me levanto de la silla y comienzo a pasear descalza por el salón.

—Sí, me contó que era por algo relacionado con el trabajo.

Cierro los ojos y, aunque no percibo en su tono de voz que esté molesto, lo entendería. He vuelto a dejarle tirado.

—Sí, mi jefa me escribió ayer un mensaje cuando volvía a casa y, aprovechando que Diana y Bruno iban a ver a su familia... —Comienzo a dar vueltas para que no se sienta abandonado de nuevo.

—Deberías luchar por tus días libres, pero entiendo que es complicado.

Me detengo, porque comienzo a darme cuenta de que es verdad, no está enfadado. Ni una pizca.

—Es un rollo, me hubiera gustado quedar hoy para ir a patinar donde me dijiste —tanteo.

—No te pierdes mucho —se ríe al otro lado de la línea—. Tan solo verme hacer el ridículo.

—Pues eso suena bien —y siento que la conversación me está afectando más de lo que debería.

—Otra vez será, no te preocupes —añade con tranquilidad—. Bueno, intenta no trabajar mucho y, si algún día vuelves por el pueblo, no dudes en darme un toque.

Se está despidiendo. Así, como si nada.

—Claro —consigo decir.

—Nos vemos, Elsa. Por cierto, feliz Año Nuevo.

—Feliz año —digo antes de que cuelgue.

Me dejo caer en el sillón mirando la pantalla con el corazón roto. No es lo que esperaba. Vamos, ni se le acerca. Está claro que a Cole no le han afectado de la misma forma que a mí nuestros encuentros. Él está bien, seguirá con su vida, conocerá a una buena chica y..., y me siento fatal. Tengo ganas de llorar. ¿Qué mierda? Estoy llorando ya.

Me sujeto la cabeza con las manos, dejando que el pelo me caiga por delante de la cara. «¿Qué estás haciendo?»

Me miro en el espejo antes de salir. No tengo ganas de hacerlo, pero las chicas me han obligado. Como celebrar la Nochevieja juntas no entraba en nuestros planes este año, Juan (el novio de Gala) nos ha conseguido entradas en el último momento para la fiesta en el *roof* del hotel Me, en la plaza Santa Ana, donde ellos iban a pasarla con unos amigos de él.

Sé que no va a servir de nada escribir por el grupo para decir que me retiro, porque son capaces de echar la puerta de mi apartamento abajo, así que vuelvo a darme un rápido vistazo. Tacones negros de la tienda de Jessica Simpson, único capricho y siempre un acierto; falda tutú por las rodillas en rosa palo y un top de manga francesa en negro con un leve efecto *glitter*, según decía la etiqueta. Llevo el pelo suelto, nada especial, pero me he maquillado los ojos haciéndome un ahumado del que me siento muy orgullosa. Cojo el bolso y mi abrigo tipo capa antes de salir pitando.

El Uber donde me está esperando Nagore ya ha llegado, así que bajo por las estrechas escaleras del portal, ya que el ascensor tarda la vida en llegar, y salgo a la calle. «Qué frío», pienso, pero, aun así, no sé, siento que falta algo. Como ese olor a leña que me ha acompañado estos días atrás, y sí, la nieve...

—Aquí. —Nagore me saluda por la ventanilla medio bajada.

El coche está en mitad de la calzada. Bordeo el Mercedes negro con cuidado de no tropezar por culpa de los altísimos tacones, que ya conocemos mi historial de tropiezos, y entro en la parte trasera.

—¡Qué guapa estás! —dice Nagore al lanzarse a mis brazos.

—Tú sí que estás guapa —contesto.

Y es verdad, está deslumbrante. Ha definido las ondas de su pelo rojizo y sus ojos lucen unas sombras plateadas increíbles a juego con el top suelto de tirantes y una falda lápiz negra.

—Al hotel Me. ¿Verdad, señoritas? —pregunta el conductor.

—Sí —responde Nagore mientras escribo por el chat diciendo que ya estamos de camino—. El Reina Victoria.

El coche se pone en marcha y da comienzo la noche.

Nagore inicia el parloteo contándome los avances de su nueva vida. Los pisos que están viendo y los que ya han desechado.

—No me hago a la idea de que, en nada, voy a vivir con él. Sonrío feliz por ella.

—¿Por qué no ha venido con nosotras? —pregunto, aunque sé que Diego va a estar en la fiesta.

Nagore sacude la cabeza negando.

—Nos veremos allí luego. Aunque vayamos a la misma fiesta, él estará con sus amigos y yo con mis chicas.

El resto del trayecto, que normalmente serían unos veinte minutos desde mi barrio, se alarga media hora por la cantidad de tráfico.

—Odio Nochevieja —digo cuando pasamos Neptuno y veo a numerosos grupos de personas arregladas cruzando el paso de peatones, todas repletas de serpentinas, matasuegras y demás ornamentos.

—Ahora que lo dices... —Se inclina y comienza a buscar en su bolso—. ¡Aquí están! —Me sobresalto al ver unas gafas doradas con la silueta del año que va a entrar.

Tuerzo el gesto, por supuesto, pero Nagore me las pone y se coloca a mi lado para hacernos un selfi.

—Venga, tenemos que dar la bienvenida a este año por todo lo alto —me anima Nagore—. ¡La de cosas buenas que están por venir!

Asiento porque, efectivamente, algunas cosas buenas van a suceder en el próximo año, como la boda de Gala o la mudanza de Nagore. Sin embargo, no puedo evitar pensar en Cole mientras observo las luces de Navidad desde la ventanilla del coche, porque, sí, paso de centrarme en la gente. Me deprime.

Finalmente llegamos; debido al tráfico, tenemos que bajarnos del Uber casi a la carrera. Así pues, entramos entre risas en la plaza de Santa Ana, la cual está llena de gente *más que animada*, y eso que todavía queda un rato para las uvas. No es especialmente grande, pero la rodean restaurantes y bares que hoy están cerrados. Sorteamos algún grupo de estúpidos que nos sueltan groserías a las que hacemos oídos sordos, y vamos directas hacia el hotel, está iluminado en tonos violetas que hacen su fachada blanca aún más bonita y destacan así sus miradores y ventanales. Tras pasar el monumento a Lorca, descubrimos la *deliciosa* cola que nos espera.

Hay una larga fila, y es que, por supuesto, no somos las únicas a quienes se les ha ocurrido celebrar el fin de año en este hotel. Sin embargo, avanza rápidamente, y los porteros son guapísimos de la muerte, como no deja de señalar Nagore cada vez que damos unos pasos.

—Por Dios, ¿ese hombre es real? —repite por decimoctava vez—. Pero ¡míralo! —insiste la petarda.

—Ya lo he mirado. Y sí, es guapísimo, pero ahora mismo solo pienso en entrar.

—Claro... —dice vagamente sin apartar la mirada del tipo en cuestión.

He de reconocer que, sí, es bastante atractivo si te gustan del tipo arreglado hasta el mínimo detalle. Pero es el típico moreno de *Mujeres, hombres y viceversa*, con unos ojos claros que no pienso averiguar si son verdes o azules, porque la verdad es que me importa bien poco. Además, seguro que no tiene mucho de qué hablar...

—Tía, ahora eres tú la única soltera. ¡Haz algo! Te lo suplico...

—¿Perdón? —La miro con los brazos en jarras.

—Lígatelo, y luego me lo cuentas. Así vivo la fantasía a través de ti.

—Por favor, lo que tengo que escuchar —me quejo.

Nagore se echa a reír. Al final llegamos hasta el morenazo y le decimos nuestros nombres. Noto cómo mi amiga se tensa por la cercanía, y es que, cuando nos sonríe educadamente para indicarnos que podemos pasar y que la fiesta está en la última planta, hasta yo tengo ganas de suspirar.

—Como todos los encargados de la fiesta sean así... —dejo caer cuando subimos las escaleras hasta el *hall* del hotel.

Vamos directas a los ascensores y entiendo la velocidad a la que avanza la fila: una vez que te dejan pasar, casi no tienes que esperar en el elegante y sencillo recibidor del hotel, puesto que las puertas negras del ascensor se abren para llevarte directamente a la azotea.

Cuando vuelven a abrirse, ya en la azotea, nos miramos asombradas.

—¡Es una pasada!

Lo primero que nos llama la atención son las barras individuales que, situadas en un cuadrado perfecto, tienen a cada extremo una estufa negra que templa el ambiente; aunque, cuando veo a una chica pasar delante de nosotras con un vestido corto y toda la espalda al aire, dudo que calienten como para estar así. Qué valor.

Por supuesto, está repleto de gente dispuesta a celebrar la entrada por todo lo alto. La música suena ya, aunque por ahora lo hace por debajo del clamor de las animadas conversaciones. Como nos contó Gala, la cena es tipo cóctel, algo que podemos apreciar porque los camareros van sorteando a los invitados con sus bandejas.

Traducción: el pedo que vamos a coger va a ser legendario.

—Mira, el ropero —me indica Nagore, tirando de mí e impidiéndome alcanzar a un camarero que viene con una bandeja llena de copas.

Mi amiga señala hacia nuestra izquierda, una zona apartada y discreta donde se pueden dejar los abrigos. Tras deshacernos de ellos, buscamos a las chicas.

—Según el chat, dicen que están... —comienzo a decir, pero me interrumpen.

—¡Aquí! —Me sobresalto cuando noto que alguien tira de uno de mis brazos.

Levanto la mirada y me encuentro a una sonriente Diana y, a su lado, Gala.

—¡Chicas! —saluda Nagore.

—Estáis guapísimas —dice Gala mientras nos damos nuestra sesión de besos.

—¿Y vosotras no? —pregunta Nagore.

—Foto para inmortalizar el momento —dice Diana, sin cortarse ni un pelo en detener a la primera persona que pasa por nuestro lado para pedirle que nos haga una foto.

Diana lleva un vestido corto con mangas asimétricas en un gris metalizado y unos tacones del mismo tono que le hacen unas piernas kilométricas. Lleva la melena recogida en un moño bajo y unos pendientes larguísimos que brillan con el reflejo de las luces de la fiesta.

Gala, como siempre, la más original. Esta vez nos sorprende con una americana blanca que sirve como vestido entallado con un sencillo escote y sandalias en color *nude* que, entre los tonos oscuros que llevamos los demás, destaca aún más. Lleva el pelo recogido en una coleta alta que hace protagonista al *highlight* en tonos dorados de su maquillaje.

Tras hacernos la foto, Gala nos pide que la sigamos. Recorremos la azotea entre las barras independientes en madera oscura y los laterales con zonas de asientos que parecen reservados con estufas. También destacan las plantas que rodean toda la azotea, dándole un toque entre chic y trópico que nos cautiva a todas, por no hablar de las increíbles vistas sobre Madrid.

—Este es nuestro sitio —nos indica Gala señalando un grupo de asientos y mesitas centrales donde nos esperan algunos canapés y una cubitera con Moët & Chandon Rosé.

—¿Y esto? —pregunto alucinada.

—Detallito de Juan y mío para mis damas de honor.

Las cuatro gritamos de emoción y nos damos un gran abrazo colectivo. Nuestra emoción es tan contagiosa que, al final, pienso que quizá no es tan mala idea salir esta noche.

—Entonces ¿Bruno no se va a pasar? —pregunta Nagore mientras se zampa un bicho que, por todos los medios, intento no mirar.

Sí, no me gusta el marisco, aunque sea en porciones diminutas.

Son las once de la noche y estamos en pleno picoteo esperando el momento de las uvas; la música nos sigue acompañando cuando Diana empieza a negar con la cabeza dando un trago a su copa de vino blanco; sí, estamos haciendo una combinación peligrosa. Luego hace un gesto con la boca que nos llama la atención a todas.

—¿Ha pasado algo? —pregunto la primera, más que nada porque no negaré que en San Lorenzo me ha tenido con la mosca detrás de la oreja.

—No. Bueno... —Diana comienza a juguetear con las manos. Mala señal.

Mira de manera disimulada a nuestro alrededor; este gesto revela que se está asegurando de que no haya nadie conocido cerca, algo comprensible, porque en lo que llevamos de noche, tanto Juan como Diego (los chicos de Gala y Nagore respectivamente) se han acercado a saludarnos.

—Diana, habla —pide Gala.

Nuestra amiga se inclina acercándose a nosotras.

—Vaya, tema guarro —suelto al adivinar el asunto del que vamos a hablar.

Que Diana me fulmine con la mirada me demuestra que estoy en lo cierto.

—Ya sabéis que, con lo del nuevo ascenso, nos vemos poco. Y bueno, por consiguiente... —Se mordisquea el labio de forma nerviosa.

—Folláis menos —la ayudo.

Espero que me regañe como hace siempre por ser tan directa en público, pero que solo asienta me indica que Diana está preocupada, así que dejo a un lado las bromas y la miro con atención.

—Sí, no lo hacemos mucho. Y el otro día por fin surgió, pero... cuando fuimos a ponernos a ello, no... —Diana vuelve a mirar a nuestro alrededor y, antes de terminar de hablar, se vuelve a inclinar más—. ¡No se le levantó! —termina susurrando de cierta forma histérica.

Nos miramos entre nosotras. Bruno tuvo el año pasado un ascenso, algo muy importante para su carrera y también para la vida de Diana, ya que les ha abierto la posibilidad de salir del pueblo y venir a vivir a Madrid, algo que Diana siempre ha querido. Sin embargo, al parecer, no todo son buenas noticias...

—Vale. No digáis nada, es...

Gala sacude la cabeza ante el comentario de Diana.

—Tía, tranquila. ¡Es normal! —quita hierro al asunto.

—¿Sí? ¿Alguna vez os ha pasado? —Nos mira a todas con esperanza.

—A mí personalmente no, pero sabes que me han pasado cosas peores. Como el tío del primer año de carrera que no se corría en la vida. ¿Os acordáis? Andaba como John Wayne. ¡Menudo coñazo! —intervengo, consiguiendo que se rían.

Sí, me pasó y fue un episodio corto de mi vida, he de decir.

—¿Cuánto duraste con él? —pregunta Diana intentando hacer memoria.

—Al segundo polvo, cuando vi que el chaval estaba ahí dándole que te pego más de una hora. Le mandé a paseo. No entiendo quién les engaña diciendo que tanto mete... —No termino la frase porque Diana me lanza una mirada de advertencia.

—Sí, la verdad. Los que están obsesionados con que los polvos tienen que ser eternos son terribles —sentencia Gala, y vuelve a su canapé—. Pero hay cosas peores, porque, señoras, no sé si recordáis al italiano.

Es mencionarlo y todas estallamos.

—¡Dios! ¡Se me había olvidado! —dice Nagore; yo asiento.

—Sí, estoy con Gala, eso es peor. ¿Cuánto duraba? ¿Cinco segundos? —pregunto al recordar el ligue que se echó de Erasmus antes de conocer a Juan.

Gala se ríe sarcásticamente.

—Tía, creo que fueron milésimas. La primera vez me pilló superdesprevenida, ¿os acordáis?

—Sí, con su pobre excusa de que estaba mazo excitado —sonríe Diana. Gala asiente.

—Al segundo polvo, cuando vi que pasaba lo mismo... —Gala tuerce el gesto—. No me volvió a ver. Y qué lástima, con lo guapete que era.

—La nariz, un poco grande —recuerdo para joder.

—Tías, ¿os dais cuenta? —dice Nagore—. Nuestro *modus operandi* es decidir según el segundo polvo.

—No estoy de acuerdo —habla Diana—. Hay veces que con el primero ya sabes que va bien, o por lo menos que vas a querer repetir.

Me controlo mucho para que mi mente no vaya hacia cierto sujeto.

—Qué bien... —hablo yo—. Pero, volviendo a Bruno, tía, está pasando por un momento de estrés y, al igual que tú eres consciente de que no os estáis acostando con la misma frecuencia, él también.

—Claro —añade Nagore dedicándole una dulce sonrisa—. Eso debe de generarle aún más presión y al final tiene que salir por algún lado, tía. Es como cuando os conté que Diego casi...

Nagore hace un gesto rarísimo cuando levanta la mirada por encima de nuestras cabezas y casi se le cae el canapé que se disponía a comer. Enseguida sabemos el motivo.

—¿Cuando Diego casi...? —pregunta una voz detrás de nosotras.

Nos giramos para descubrir a Diego acompañado del portero buenorro. ¿Cómo...?

—¡Hola! —saluda Nagore con un tono especialmente agudo—. Les estaba contando a las chicas la historia de cuando encontraste esa oferta para el viaje a Dublín.

—Sí —corrobora Gala, de lo más natural.

No miro a ninguna de ellas porque sé que, si lo hago, voy a delatarnos. Me gustaría poder ver el recorrido de la mente de Nagore para saltar del tema de los chicos a la trola de Dublín con tanta naturalidad que hasta me ha hecho dudar a mí de lo que estábamos comentando. ¿Cuál habrá sido el hilo conductor? Sin embargo, no puedo detenerme mucho más en eso porque Diego nos está presentando a Carlos, sí, el portero buenorro que, además, es compañero de trabajo de Diego y Juan. Qué casualidad, este mundo es un pañuelo.

—¿Y qué hacías en la puerta trabajando? —pregunto, directa, tras escuchar la presentación del morenazo.

Él sonríe y, vale, sí, muy guapo, pero le falta un no sé qué. Bueno, sí. Sé qué le falta, porque eso lo tiene cierto rubio que estará celebrando el fin de año sin preocupaciones, no como yo. Pero me centro en escuchar su explicación para alejarme de terrenos pantanosos.

—Nuestra empresa es la que está organizando la fiesta este año y me ofrecí.

—Ah.

Que le ha tocado pringar, básicamente. La capacidad que tiene la gente de adornar las cosas.

—Bueno —habla Diego—, te presento a las chicas. Ella es Elsa. —Sonrío con ganas de volver a dar un trago a mi copa—. Diana. —Esta adelanta mi gesto—. Gala, que es la chica de Juan...

—Anda, ¡enhorabuena! Me he enterado de lo de la boda.

—Gracias —sonríe, resplandeciente, Gala.

—Y esta última preciosidad es Nagore, mi chica —concluye Diego.

—Encantada —sonríe ella, ya más como una persona normal.

—Igualmente. Bueno, voy a saludar a algunos amigos. Espero que paséis una buena noche.

El moreno se despide y Diego se queda con nosotras observando cómo se va. Cuando se asegura de que su compañero ya se ha perdido entre la gente, se vuelve hacia nosotras con cara de pillo.

—Que sepáis que este es el hijo del jefazo, o sea, está forrado. Y me ha pedido que os presentara. Creo que le ha gustado alguna de vosotras. —Nos guiña un ojo y las cuatro ponemos los ojos en blanco en un gran ejercicio de coordinación.

—Pero no sabes cuál —deja caer Diana, quien parece leerme el pensamiento.

—No me lo ha dicho, pero...

—O sea, que quizá esté interesado en tu novia ¿y se la acabas de presentar? —suelto.

Diego se ríe.

—La cosa está entre Diana y tú, porque sabe de sobra que Gala es la chica de Juan y que Nagore está conmigo.

—Claro, claro —afirma Gala con la boca pequeña.

—Bueno, ¿tomáis las uvas aquí o venís con nosotros? —pregunta.

—Ahora vamos —contesta Nagore—. En cinco minutos.

Diego asiente y se aleja. En cuanto lo hace, las tres nos giramos hacia Nagore, que nos mira más que perdida.

—¿Qué pasa aquí? —quiere saber.

—¿Se lo digo yo? —pregunto. Gala se ríe, pero es Diana quien se lo dice.

—El Carlitos estaba interesado en ti, querida.

—¿¡Qué decís!? ¡Anda, anda! —se ríe quitándole importancia.

—Tía, mientras nos presentaba, volvía a mirarte a ti todo el rato. No ha despegado esos bonitos ojos azules de tu persona.

Jugueteo con mis cejas al decir algo que hemos visto todas menos Nagore.

—Por favor, qué exageradas sois —se ríe.

—Nagore, Nagore —canturrean Diana y Gala mientras me río por la cara de satisfacción que, malamente, intenta disimular Nagore.

—¡Te has dado cuenta! —la acuso yo.

—No sé de qué estáis hablando. —La cabrona oculta la sonrisa detrás de su copa.

—Y Diego, ajeno a todo... —deja caer Gala. Nos volvemos a reír.

—Los tíos, que a veces no se dan cuenta de nada —digo yo.

Las tres asienten cuando Nagore se fija en su móvil. Se levanta con urgencia.

—Oye ¡vamos! Quedan diez minutos y hay que empezar bien el año.

El momento de las uvas va a cámara lenta. Nos hemos reunido con el grupo de los chicos de Nagore y Gala. Los del hotel han previsto una gran pantalla donde proyectar el momento y las cuatro compartimos rápidas miradas cuando comienzan a sonar los cuartos.

Tenemos las doce uvas en nuestras copas de cristal. Cada uva, un mes, un deseo, no sé, cada persona lo ve de una manera. Las campanadas comienzan y, como en toda Nochevieja, hay alguien que las va cantando, algo que me sorprende. Yo soy incapaz de tragármelas de una en una y hay gente que puede numerarlas. Cuando llegamos a la última, todo el mundo brinda, aplaude y vitorea la entrada del nuevo año. Caen serpentinas doradas, incluso confeti, y la gente se funde en besos y abrazos. Diana y yo somos las primeras, ya que las otras están besando a sus parejas.

—Va a ser un gran año —me dice Diana mientras seguimos abrazadas.

No le contesto. Ojalá lo sea.

Cuando nos separamos, Gala y Nagore se tiran a nuestros brazos y, tras achucharnos, la pantalla del móvil de Diana se enciende. Por cómo se le ilumina la cara, sabemos que es Bruno. Responde con una gran sonrisa.

Una sensación desolada me rodea, porque me doy cuenta de que yo no voy a recibir una llamada así. Estarán al caer las llamadas de mis padres y hermanos, pero... pero no la de él.

Joder. ¿Por qué escuece tanto?

Sin embargo, no puedo ni regodearme en mi miseria porque las chicas me arrastran a la pista de baile y, al final, me dejo llevar.

Cinco y trece de la mañana y estamos bailando *Con altura,* de Rosalía y J. Balvin; incluso Diana, quien solo baila rock, pero esta noche ha cedido mucho. Creo que en gran parte es por el alcohol, pero a mí me vale. La cuestión es que estamos dando vueltas sobre nosotras mismas y cantando la canción entre risas, cuando de pronto Nagore se detiene.

—¿Qué haces? —pregunto extrañada.

Estamos prácticamente en mitad de la pista, rodeadas de gente que, como nosotras, lo está dando todo. La gran mayoría están cubiertos de los restos del cotillón, aunque, por supuesto, hay algunos de cosecha propia, como el de la peluca enorme de rizos a lo afro en amarillo chillón que no me convence ni un pelo.

—¿Qué estás mirando? —Gala hace la pregunta correcta y, como Nagore sigue en la misma actitud, las tres dejamos de bailar para seguir su mirada.

—Esa guarra...

A pesar del ambiente, la hemos entendido perfectamente y enseguida descubrimos a quién se refiere. Al final de la pista, donde las barras, descubrimos a Diego con sus amigos... y amiga. No hace falta que nos diga quién es. Laura, la compañera de trabajo que Nagore tiene en su lista negra. La chica en cuestión está hablando con Diego, apartándose el pelo e inclinándose para oírle mejor. Me giro hacia Nagore cuando veo cómo él le habla al oído, y juro que mi amiga ha sido sustituida por un temible y furioso ser.

—Nagore... —comienza Diana.

—Me estaba preguntando dónde estaba y ahora ya lo sé —contesta.

—Venga, están hablando —dice Gala.

—Sí, claro. Y de entre todos los compañeros solo tiene que decirle algo a él —suelta rabiosa—. Voy a por una copa.

Está decidida, pero yo la freno.

—Cariño, no me parece buena idea beber más ni ir hacia allí —dejo caer.

—¡Es increíble! —estalla—. ¿Cuánto hace que no se acerca? ¡Horas! ¿Y por qué? ¡Porque ha estado con esa guarra!

—Venga... —dice Diana—. Tía, estás...

—No me digas que estoy sacando las cosas de quicio —le corta Nagore sin disimular su rabia—. Sabe de sobra lo que pienso, y mirad.

Por supuesto, la escena sigue igual. Ellos hablando de forma distendida.

—Ya está —dice, y da la espalda a la escena—. Me piro.

Todas nos quedamos congeladas una milésima de segundo, incluso creo que a Diana se le ha enganchado un párpado al pestañear, pero reaccionamos rápido siguiéndola.

—¿Adónde vas? —pregunto mientras se abre paso entre la multitud.

—Fuera de aquí. No quiero más fiestas.

Miro a Diana y Gala, que tienen el mismo gesto de asombro que yo.

—La sigo yo. Vosotras id a por los abrigos —les pido.

Cuando salimos del hotel, la retengo por el brazo nada más poner un pie en la acera.

—A ver, para. ¡Para! —le exijo—. ¿Adónde vas tan decidida?

—Pues no lo sé, pero me voy —contesta, mirando a cualquier lugar menos a mí.

—Nagore, tía. Espera, respira y piensa.

—¡Y estoy cansada de pensar! —estalla, llamando la atención a un grupo de chicas que nos miran mientras siguen andando.

Vale, no va a ser buena idea intentar que razone, así que tiro por algo que sé que no va a ignorar.

—¿Y si vamos a tomar unos churros?

—¿Con chocolate? —El gesto en su cara cambia de golpe.

—Por supuesto —asiento, solemne—. Es Nochevieja.

En ese momento aparecen Gala y Diana, y suspiro de alivio cuando me pongo el abrigo. Me estaba congelando.

—Hemos decidido tomar unos churros —dice Nagore como si el episodio que hemos vivido hace un momento nunca hubiera sucedido.

—Oh, perfecto —sonríe Gala—. Me parece un plan fabuloso.

Nagore echa a andar y las tres la seguimos.

—¿A San Ginés? —tantea Diana.

—¿Dónde, si no? —contesto yo.

Podríamos coger un taxi, pero es absurdo, está cerca. Aunque, ni que decir tiene, esquivaremos por todos los medios la plaza de Sol. Bastante será la cantidad de gente con que nos vamos a topar en San Ginés, aunque el servicio es rápido y esos churros lo merecen. Claro que sí.

Madrid es una ciudad que no parece dormir nunca, especialmente hoy. En cada rincón comienza una nueva historia y eso forma parte de su magia. Y solo cuando tenemos delante nuestro festín y nos sentamos en los escalones de la parroquia en la calle de Bordadores, habla Nagore:

—Qué mierda de año, chicas.

No dice más, porque moja su churro en el chocolate espeso, y nos deja a todas con la duda de si se refiere al año que hemos dejado atrás o al que acaba de comenzar.

El final

Wild Thing, The Troggs

Lunes, 7 de enero
Por la tarde

La cuesta de enero ha comenzado fuerte. Cuando llega mi hora en el trabajo, lo recojo todo sin miramientos. Solo llevo dos semanas desde la vuelta de las vacaciones y ya las necesito de nuevo. Cómo odio esto; lo peor de todo es que, según me voy repitiendo lo mucho que he luchado para acabar trabajando en este sitio, otra vocecilla me recuerda que, por lo menos, tengo un sueldo que me permite sobrevivir.

Sorteo a la gente por la acera con la idea fija de alcanzar la boca de metro más cercana. Esquivo al típico repartidor de publicidad y al captador de socios de vete a saber qué, y consigo llegar. Bajo las escaleras maldiciendo, porque la gente me impide ir más rápido. Miro la hora en mi reloj. Voy a llegar tarde, pero eso ya lo sabía. Soy la última en salir del trabajo. Añadámoslo a la lista de cosas en la vida de Elsa que son un asco. Contra todo pronóstico, me sonríe la suerte y el metro llega justo cuando piso el andén. Una vez dentro del vagón, escribo en el chat de las chicas que voy de camino.

Hemos quedado para tomar algo a la salida y ponernos al día tras la vuelta a la rutina. A pesar de que hablamos todos los días por teléfono, no es lo mismo que verse. Cuando llega mi parada, Bilbao, salgo con rapidez y esta vez sí que consigo sortear a la gente con éxito y subir la primera por las escaleras que dan a la calle.

Mierrrda. Está lloviendo y, por supuesto, no llevo paraguas. El cielo lleva todo el día encapotado y parece que ha decidido que este es el mejor momento. Me pongo el gorro de lana sabiendo que, salvo calarse, va a solucionar poco y aumento el ritmo al recorrer la calle de Manuela Malasaña. No tardo en encontrar el restaurante donde hemos quedado, el Superchulo. Hace esquina y es de esos sitios que llama la atención apenas ves su fachada en madera. Las raciones son muy generosas: la comida, deliciosa; encima están concienciados con un estilo de vida saludable, y eso, a mí, me chifla.

Localizo a las chicas incluso antes de entrar. Han elegido una de las mesas pegadas a la cristalera y, por lo que puedo observar en su manera de gesticular, Nagore cuenta algo de vital importancia. Cuando abro la puerta del local, el calor me golpea el rostro, pero lo agradezco. Estoy helada y empapada; el sitio, lleno, y en las mesas puedo ver los espectaculares platos que degustan los clientes, lo que me provoca un hambre voraz. Es imposible no admirar el local, de estilo industrial con un toque rústico por la madera presente tanto en las mesas como en el suelo y la barra, donde sobresale la vegetación que cuelga del techo.

Mientras sorteo las mesas, saludo con educación a algunos de los camareros con los que me cruzo antes de alcanzar a las chicas.

—Hola —saludo cuando llego.

—¡Hola! —contestan las tres, sonrientes, mientras Gala quita los bolsos que tenían en la cuarta silla para que me siente.

—¡Estás empapada! —señala Nagore.

—No me digas —gruño.

—Alguien no está teniendo un buen inicio de semana —deja caer Gala.

Suspiro al sentarme.

—Perdonad, pero necesito vacaciones de nuevo. Solo llevo una semana y ya estoy agotada.

Todas intercambian miradas de preocupación. Decido hacer como que no lo he visto mientras me acomodo y me centro en la carta, que es gigante.

—¿Qué vais a pedir? —pregunto, mirando la parte de *bowls*.

En ese momento vibra mi móvil y, como desde hace una semana, me sobresalto hasta que al mirar la pantalla descubro que es del chat de mis hermanos.

—¿Alguien importante? —tantea Diana, y da un trago a su copa de vino.

—¿Algún chico de la aplicación? —sonríe Nagore guiñándome el ojo.

Niego con la cabeza y bufo.

—Qué va. No me he vuelto a meter, la verdad.

—¿Y eso? —pregunta Gala, que hace señas al camarero para que se acerque.

—No sé, no tengo el cuerpo para tonterías. Necesito acostumbrarme a la rutina de nuevo, y ya si eso...

—Ya —interviene Diana—. He visto que no has vuelto a escribir en el blog.

—¡Es cierto! —asiente Nagore—. ¡Tía! Con lo bien que lo estabas haciendo.

—Bueno, no tengo muchas...

—Ganas. Ya —completa la frase Diana.

Justo aparece el camarero y empezamos a pedir. Cuando le digo lo que quiero, echo un vistazo al móvil. El chat parece estar interesante, porque ya tiene más de treinta mensajes.

—Deberías volver al blog y no perder esa rutina que tenías —vuelve a la carga Diana.

Abro la boca para contestar, pero Gala interviene:

—No hay que forzar las cosas —me alivia—, y más las de ese estilo. Elsa se está abriendo mucho, pero también te digo que... —Esta vez me mira solo a mí—. No puedes desaprovechar lo que estás consiguiendo con él.

—Es que, mira.

Diana, insistente, me tiende su móvil para mostrarme lo que parecen las estadísticas de mi blog.

—¿Cómo has conseguido eso? —pregunto.

—¿Te crees que iba a crear el blog y me iba a desentender? Mira las cifras, Elsa. Son mogollón de visualizaciones y comentarios. Tienes una comunidad.

Miro los números confundida.

—Tampoco es para echar cohetes. Tienen visualizaciones de diez, veinte... —Señalo uno de los posts y Diana sonríe.

—Añade un mil.

—¿Cómo?

—Que en realidad son diez mil, veinte mil...

Juro que si no estuviera sentada me caería de culo.

—Estás de broma, ¿no? —Vuelvo a inclinarme sobre el teléfono conteniendo mis ganas de pellizcarme.

Elevo la mirada, y las descubro sonriendo.

—De verdad, Elsa, escribes bien. Tienes algo que decir y la gente lo quiere leer —habla Gala—. Es verdad que no hay que forzarlo, pero también te digo que las cosas pasan por algo.

—Esto, tía —dice Nagore al tiempo que señala el móvil de Diana—, significa algo.

—Nosotras ya lo sabíamos, pero tú te has empeñado en negarlo. Eres buena escritora —continúa Diana.

—Pero ¿cómo ha llegado a tanta gente? ¡Es una locura! —sonrío emocionada.

—Ahí tienes que juntar la magia de tus posts con la de Diana y su *marketing*. —Gala la señala y ella se sacude polvo imaginario de los hombros.

—Soy una máquina, lo sé.

—¡Claro que lo eres! —digo volviéndome totalmente hacia ella—. ¡Mira a cuánta gente le ha llegado!

Diana niega con la cabeza.

—Si no fuera por el buen material no habría llegado tan lejos.

—Si es que, ya sabéis lo que dicen —sonríe Nagore—. Detrás de una gran mujer...

—¡Están sus amigas! —decimos todas al unísono.

Llega el camarero para servirnos la cena. Con todo esto, estoy aún más hambrienta.

—¿Y qué hago? —pregunto a las chicas mientras robo una patata frita del plato de Diana.

—¿Que qué haces? —dice Nagore—. ¡Espabilarte! Date cuenta, amiga. No debes cortarte las alas.

—La respuesta la tienes ahí —asiente Diana, mostrando su móvil.

—Son las señales, ya sabes, las que te pone la vida. Pero solo tú puedes decidir cómo actuar —concluye Gala.

Comienzo a atacar mi comida y, de repente, todo se ve con otro color.

—¿Y no te ha vuelto a escribir? —pregunta Nagore mientras caminamos de vuelta a casa.

Niego de forma vaga.

—A ver, es lógico. Era un rollete que no iba a llegar a ningún lado —termino diciendo. Me encojo de hombros, pero no sé si el abrigo permite apreciarlo.

—Elsa...

—Bueno, sí, para mí estaba tomando un cariz distinto que para él. Ya sabéis cómo fue la conversación de despedida.

—Si es que a *eso* se le puede llamar despedida... —deja caer Diana mientras escribe en su teléfono.

—¿Con quién hablas tanto tú? —pregunta Gala, asomándose al móvil de nuestra amiga.

—Tranquilas, no tengo ninguna tórrida aventura. —Diana se ríe mientras enseña la pantalla de su móvil—. Estoy escribiendo a Bruno para ver si ha llegado ya a casa.

—¿Algo va mal? —pregunto extrañada.

Desde la conversación de Nochevieja, no hemos vuelto a hablar sobre el tema.

—El trabajo. Otro que no sabe poner los límites; lleva tiempo saliendo supertarde. Entiendo que al tener un cargo de mayor responsabilidad..., pero, en fin, estaría bien poder vernos algo más entre semana. Durante el finde tampoco es que desconecte mucho.

—Son rachas —dice Gala con una mueca—. Solo lleva un año en ese cargo, es normal.

—Ya, puede que sea pronto para poder coger el ritmo...

—Lo importante es que lo habéis hablado, ¿no? —pregunta Nagore.

—Sí, tampoco en exceso. No quiero machacarlo también con eso —confiesa Diana.

Nos detenemos porque llegamos a la primera boca de metro, y aquí cada una toma su rumbo.

—Mañana hablamos, chicas —comienza a despedirse Gala—. Cuando lleguéis a casa, escribid.

—Sí —contestamos.

La siguiente que se desvía es Diana, que prefiere pillar un taxi hasta Moncloa y, desde allí, el bus hasta San Lorenzo. Es la que más trayecto tiene, pero, como bien dice, le queda poco para mudarse a la ciudad. Nagore y yo continuamos hacia Quevedo porque vivimos cerca y, seguramente, cogeremos un taxi juntas.

No ha vuelto a llover, pero la acera sigue mojada y algunos charcos de la carretera reflejan los carteles luminosos de varias tiendas de comida rápida y parafarmacias abiertas las veinticuatro horas. El movimiento y vida de la ciudad es algo que siempre había adorado, pero me estoy dando cuenta de que echo de menos cierta tranquilidad.

—Tierra llamando a Elsa, ¿dónde estás? —Oigo decir a Nagore.

—Perdona, estaba con la mente en otro sitio. Paramos un taxi o un Uber en Quevedo, ¿no?

—No, hoy voy a pasar la noche en casa de Diego. Así que tomaré el bus en la parada que hay más adelante.

—¿Qué tal con él? ¿Se te ha pasado ya el enfado del otro día? —pregunto, haciendo referencia a su ataque de celos.

Nagore se encoge de hombros.

—Estoy trabajando en ello, pero no desvíes el tema. ¿En qué estabas pensando tú ahora? Estás muy callada.

—No me creerías si te lo dijera —confieso.

—Suelta prenda.

—Creo que echo algo de menos la tranquilidad de estos días en el pueblo. Esa paz que se respira...

Nagore asiente.

—Si te digo la verdad, no me sorprende. Incluso hasta yo la echo de menos.

Hago una mueca divertida.

—Entonces ¿de Cole no sabes nada? —Niego borrando la

sonrisa—. Ya ha pasado una semana desde la última vez, ¿por qué no le escribes?

—Nagore, tía, ese no es el punto. Me fui de allí para no complicar las cosas, ¿qué coherencia tendría si ahora mantuviera el contacto?

—Bueno. —Nagore se detiene porque hemos llegado a su parada—. Si eso es lo que quieres... tampoco vamos a ser muy pesadas con el tema. Si estás segura de eso, ya está.

Hace amago de darme un abrazo para despedirnos, pero se detiene.

—Pero...

—Ya sabía yo que no ibas a durar mucho rato callada —me quejo mirando al cielo.

—Recuerda una cosa importante. Es muy difícil encontrar a alguien con quien conectar de esa manera. Tú misma lo has visto. Desde que dejaste a Marcos, ¿con cuántos chicos has sentido esa conexión?

Cuando ve que no replico, porque sabe que no puedo, sonríe, me da un abrazo y va directa a su bus, que, para más inri, acaba de llegar. Me lanza un beso con entusiasmo antes de desaparecer y yo continúo mi camino.

Nagore es consciente de que ha sembrado en mí una semilla muy peligrosa, pero yo obligo a mi razón a aplastar cualquier señal de duda.

Ya no tendré que volver a ese pueblo.

Nunca más.

Y con esa determinación, saco el móvil para pedir el Uber al alcanzar la calle de Fuencarral; entonces recuerdo que tengo mensajes pendientes en el grupo de hermanos. Lo abro y descubro que, finalmente, este fin de semana se hará la mudanza. Mis padres han localizado ya un pisito donde vivir y quieren empezar con todo cuanto antes. «¿Y qué significa esto?», os estaréis preguntando. Bien, os lo aclaro: tenemos que volver a casa.

¿Qué maldita broma del destino es esta?

¿Es una cámara oculta?

Pero ¿y si no se trata de eso? ¿Y si es alguna de esas señales de las que hablaban las chicas?

Viernes, 11 de enero

Por la mañana

Bajo del autobús cargando la maleta de mano, mi único equipaje para este fin de semana. Acabo de colgar una llamada con las chicas en la que les he contado la conversación tensa que he tenido con mi jefa por cogerme el día libre para asuntos propios. Manda narices, con la de favores y horas que he hecho, joder, he tenido que darle explicaciones con todo lujo de detalles. ¿He dicho ya que estoy hasta el coño? Pues eso.

Salgo de la estación y cruzo el paso de peatones hasta llegar a la esquina de la pizzería 081 Napoli. No veo a mis hermanos, así que decido sacar el móvil para averiguar dónde están. El frío hace que se me congelen los dedos descubiertos mientras tecleo en la pantalla, pero, antes de terminar de escribir, alguien me llama:

—¡Ahí estás!

Descubro a Loren y Lydia esperándome apoyados sobre el coche de nuestro hermano, justo en la calle donde me he detenido.

—Hola —sonrío al alcanzarlos.

—Es bueno vernos tan seguido, ¿verdad? —dice Loren, y me envuelve en su abrazo de oso.

—¿Preparada para un fin de semana agotador? —pregunta Lydia arrugando la nariz de una manera adorable.

—Era el mejor plan que tenía para este finde —contesto como si fuera todo lo contrario; pero, tristemente, es cierto.

Entramos en el coche y, cuando Loren pone en marcha el motor dispuesto a atravesar el centro del pueblo, me envuelve un sentimiento conocido. En especial, cuando llegamos a la rotonda desde la que se ve el monasterio.

—¿Así que te ha dado mucha guerra tu jefa? —pregunta Loren, mirándome por el retrovisor.

—Vaya. —Tuerzo el gesto centrándome en Lydia, será traidora.

—En esta familia no se pueden tener secretos mucho tiempo y lo sabes —deja claro Loren, y pone el intermitente para tomar la siguiente salida.

—Si tú lo dices... —dejo caer.

En ese momento suena mi móvil y veo una notificación. Sonrío cuando la leo.

Nagore
Recuerda, si ocurre cualquier cosa, nos avisas...

Por supuesto, también hay una teoría conspiratoria relacionada con lo de Cole. Estoy convencida de que lo que pasó no le afectó tanto a él como a mí, por tanto, quiero que mi visita sea totalmente secreta. Bastante tengo ya como para añadir más drama a mi vida mendigando la atención de un chaval que ha pasado de mi culo. Y quien dice «chaval» dice «hombre que hace que te tiemble hasta el último músculo del cuerpo».

Sí, ese.

Sin embargo, las chicas están empeñadas en que tengo que hacer todo lo contrario. Es decir, avisarle de que he vuelto estos días, hablarle con normalidad mostrando, así, una madurez que, ¿hola?, no tengo.

Paso de arriesgarme.

Pero la determinación me dura, mmm, ¿cinco segundos? Por la ventanilla, hago una foto al monasterio, pongo el *hashtag* #unbuenfindesemana y la subo a mi Instagram. Con eso se entiende que voy a pasar el fin de semana completo aquí, ¿verdad?

—Me ha dicho Lydia que has echado varios currículums a distintos medios. —Loren me trae de vuelta.

—Lydia, ¿algo más? —pregunto, tocando su hombro de manera juguetona.

—¡No he contado nada más! —se defiende, volviéndose para mirarme.

—¡Porque ya lo has contado todo! —me río.

—Haya paz —interviene Loren—. Entonces ¿es cierto?

—Es cierto —contesto al final.

—Crucemos los dedos, entonces. —Le escucho decir.

Aunque puede que no suceda nada, es un paso importante para mí. Por supuesto, lo hice animada por las chicas. Renové el currículum y mi carta de presentación, los envié para varias candidaturas e incluso a sitios donde no tenían ofertas de trabajo abiertas. Todo esto se vio reforzado por la absurda discusión en la oficina y lo que tengo claro ahora mismo es que no voy a quedarme un año más en esa oficina. De eso estoy segura. Promesa a mí misma.

Cuando Loren aparca delante de nuestra casa y bajo del coche con una sonrisa, Lydia me estudia.

—¿Por qué sonríes? Estás rara.

Me río ante su pregunta.

—Nada. Solo estoy emocionada.

—Eso es que tienes una ilusión —dice Loren tras cerrar el coche con el mando—. Vamos al lío.

Los tres comenzamos a recorrer el camino de piedra limpio, a pesar de que la nieve aún sigue ahí. No me extraña, con el frío que hace aquí. Pero dejo que mi mirada vague por los árboles altos que rodean la zona y, en especial, la tranquilidad que se respira. La que he echado de menos estas semanas en la ciudad.

La puerta principal se abre antes de que la alcancemos y descubrimos a Nina en el umbral.

—¿Tú qué haces aquí? —pregunto a mi hermana, extrañada.

—¿Cómo que qué hago aquí? —repite Nina—. Es la mudanza.

—Por eso, no creo que puedas ayudar mucho —contesto al darle un beso en la mejilla.

—Nina no se pierde ningún sarao ni aunque le paguen —añade Loren, pasando de largo y entrando en casa.

Mi hermana lo fulmina con la mirada.

—No sé qué opinión tenéis de mí... —comienza a decir; pero Lydia pone la guinda del pastel.

—Sigue convencida de que Aitor oculta algo —dice la pequeña, acelerando el paso y esquivándonos a todos en el proceso.

Voy a decir algo, pero descubro la entrada llena de cajas de cartón. Algunas más grandes que otras, aunque eso da igual, lo que destaca es que ya no parece *nuestra casa*. Mis ojos se encuentran con Nina, que me dedica una sonrisa tristona.

—Lo sé —me dice al cerrar la puerta detrás de mí.

Sigo a mis hermanos hasta reunirme con mis padres y Aitor, que se encuentran en el salón, empaquetando. Algo me dice que va a ser un fin de semana lleno de emociones.

Viernes, 11 de enero

Por la tarde

Señales de que estás teniendo un día de mierda:
1. Descubres que estás en una terrible forma física cuando, al empaquetar y llevar varias cajas de tamaño medio, tienes que detenerte cada dos por tres para coger aire. Pero todavía es peor cuando ves que hasta tu hermana pequeña lleva cajas más pesadas y lo hace sin rechistar, porque, claro, yo sí que me quejo. ¡¿Cómo no me voy a quejar?! Estamos hablando de mí, por favor.
2. Me han descartado de dos candidaturas en el lapso de ¿dos puñeteros segundos? Vamos, que ha sido llegarme la notificación al móvil para avisarme de que estaban mirando mi perfil, meterme y tener ya la confirmación de que habían desechado mi currículum. ¿Así? ¿Sin un «hola» ni nada?
3. Él, efectivamente *él*, que ha visto mi *story*, no me ha hablado en todo el día. Ni una mísera señal. Hasta nunqui.

Me siento sobre una de las cajas mientras veo cómo Loren, Lydia y mi padre están colocándolas sobre la furgoneta que han alquilado. Para el día oficial de la mudanza vendrá una empresa, pero ahora queremos quitar lo máximo posible. Rectifico: quieren, porque, si por mí fuera, me estaría ahorrando todo este esfuerzo.

—Toma, anda, que parece que te va a dar algo en cualquier momento —dice Aitor al ofrecerme una botella de agua.

¿No podría ser una mimosa? Venga...

—Gracias. —Y no digo nada más porque casi me bebo el litro de un trago.

Mi hermano se sienta a mi lado mientras Loren discute con Lydia y nuestro padre sobre cómo colocar una caja particularmente alta.

—Solo de verlo me canso. —Aitor verbaliza mis pensamientos y ambos nos reímos.

—Deberían aprender que, como con Nina, es mejor no llevarles la contraria. Al menos no de cara, y que luego lo coloquen como quieran.

—Creo que somos los únicos que sabemos eso.

Dejo la botella a nuestros pies.

—Nina está con mamá guardando la poca ropa que queda, y los de la mudanza vendrán el domingo por la mañana.

—Sí —asiento—, son nuestras últimas horas aquí.

—Es raro, ¿verdad? —pregunta Aitor.

Está pensativo, me vuelvo para observarle y parece hasta nostálgico. Le entiendo, hasta que no he visto las cajas no he sido consciente de que ya no volveremos a esta casa. Que es real y, aunque es lo que toca, me deja mal sabor de boca pensar en que ahora vivirán otras personas aquí.

—Estoy pensando en pillar una casa por aquí. Como Cole.

Casi me atraganto.

—¿Qué?

—No están mal de precio, mi curro me permite teletrabajar y estaría cerca de todos. Bueno, de todos menos de ti.

Aitor sonríe, pero lo que dice es cierto. Todos viven repartidos por los pueblos colindantes, a pocos minutos entre ellos.

—Papá y mamá seguirán aquí, en ese piso que han cogido. Me tendrían más a mano...

—Para, para —le interrumpo—. ¿Dejar Madrid?

—Sí, eso es.

—¿Me puedes decir qué mosca te ha picado? ¡Aquí no hay nada!

—Creo que estas navidades has podido comprobar que eso no es cierto.

Y así, sin más, Aitor se levanta.

¿Pero qué está pasando?

—Me juego lo que quieras a que te pateo ese culo escurrido que tienes y te machaco —dice Loren sacando pecho.

—Deja de hincharte como un pavo y piensa con eso que sujeta tu cuello. Aquí no gana la fuerza, sino la destreza.

Lydia se ríe con ganas tras mi respuesta.

—¿Quien pierda paga la cena de esta noche?

—Quien pierda paga esta ronda de bebidas —corrijo.

Estoy segura de mis capacidades contra mi hermano, pero siempre hay que ser precavida. En especial, sabiendo cuánto queda en mi cuenta. No hace falta decir que estamos casi a mediados de enero y voy muuuuuy apurada.

—Hecho —acepta Loren, y hace crujir los nudillos.

Mis hermanas y yo ponemos los ojos en blanco mientras Aitor se oculta tras la cerveza que está bebiendo.

—¿Quieres dejar de hacer el canelo y lanzar los dardos de una vez? —suelta Nina.

—Qué poca paciencia, de verdad. Este embarazo te está sentando fatal —dice Loren dándonos la espalda, coge los dardos azules y dispara.

Maldice. Ha dado dos veces al siete y una al nueve; ha gastado sus tres tiros. Me regodeo por dentro.

—Mala suerte, bonito mío. —Sonrío y paso a ocupar su puesto en actitud de diva.

Estamos en el local nuevo que debieron de abrir en el lapso de tiempo entre que dejé de venir al pueblo y mi vuelta por navidades. Sí, ese que descubrí en nuestro encontronazo apoteósico con un Cole absorto en una cita.

Lanzo.

El ambiente está animado. No es como el Sapo Rojo, pero en cierta forma se está mejor, ya que no tienes sensación de asfixia, algo que sí ocurre en el otro local. La música suena de fondo entre la gente que está tomando algo y celebrando el fin de semana.

Mi tirada es soberbia. Al veinte y al dieciocho dos veces. Soy buena.

Miro a Loren encantada de la vida, quien murmura algo en bajo mientras se prepara para su turno. Estoy apoyada en la mesita que tenemos, observando cómo intenta no meter la pata haciendo menos aspavientos, cuando, entonces, ocurre. La zona de juegos está en un nivel más bajo que el resto de la planta. Ese desnivel lo salva un balaustre que sirve, aparte de barandilla, para apoyar los abrigos de los que están en la zona de comer. Algo —no sé cómo explicarlo— tira de mí para que eleve la mirada. Y sí, chicas, sus ojos miel están fijos en mí.

«¿Qué hago?», pienso, pero Cole decide por ambos y, con un leve gesto, me saluda para volver a centrarse en su compañía. Así, como quien ve al vecino con el que te cruzas en el descansillo.

—Voy a saludar. —Oigo decir a Aitor.

Claudia, la chica que vino a nuestra fiesta en casa, también se encuentra aquí. No pegada a él, pero lo suficientemente cerca como para *estar* con él. Recuerdo lo que dijo Cole, pero también la teoría conspiratoria de las chicas. ¿Por qué estoy tan insegura?

—Elsa, ¡te toca! —me advierte Loren.

Intento disimular haciendo como que busco mis dardos.

—Los tienes en la mano, cariño. —Me hace ver Nina, y da un trago a su refresco.

—Cierto. —Me giro para lanzar sin pensar mucho.

He de decir que esta vez mis puntuaciones no salen tan bien. Manera elegante de decir que son una mierda, vamos. Loren aplaude más animado, pero me siento lejos de la partida. ¿Cómo puedo cambiar de humor tan rápido?

—Elsa, ¿me puedes acompañar al baño? —me pide Nina de pronto.

—Le toca ya —se queja Loren, recogiendo sus dardos.

—Necesito que me acompañe al baño —insiste Nina.

—Que vaya Lydia, la partida está interesante —contesta Loren impacientado.

Pero basta una mirada de soslayo de nuestra hermana mayor para que Lydia pegue un brinco desde su taburete y coja los dardos que Loren me está tendiendo.

—Yo ocupo su puesto —sonríe Lydia.

—¡Ni hablar! ¡Eso no vale!

—Ya te digo yo a ti que sí —zanja Nina.

Miro a mi hermana sin entender nada, pero me ha cogido de la mano y me arrastra, así que, sin poder hacer mucho más, me giro para mirar a Loren, quien con los brazos cruzados observa cómo nos alejamos.

—Eh, ¿Nina? ¿Estás bien? —pregunto—. Si tienes una emergencia relacionada con el embarazo y posibles flujos, llamo a Fran. No quiero ser testigo de nada.

A pesar de la broma, no contesta. Eso sí, no se detiene hasta que llegamos a los baños. Es increíble la facilidad con la que se abre paso entre la gente; aunque, claro, está embarazada y con gesto de mala leche. ¿Quién querría meterse con ella?

Cuando entramos en los baños, Nina se digna por fin a mirarme.

—¿Qué he hecho? —pregunto ya asustada.

—Qué no has hecho, más bien. ¿Qué haces?

Mi gesto de desconcierto debe de ser mítico, porque Nina empieza a alterarse.

—Cole está allí. ¿No vas a hacer nada?

—¿Perdón?

«¿Cómo lo has...?», me pregunto.

—Venga, Elsa. Vamos a saltarnos ya de una puñetera vez la parte en la que no sé todo lo que se ha estado cociendo entre vosotros dos, y al grano. ¿No piensas hacer nada?

Nos quedamos sin hablar durante segundos, o quizá minutos, no sé. Pero durante ese lapso me debato entre si seguirle la corriente o negarlo todo. Pero estoy cansada. De mí, de esto, de todo...

—¿Qué quieres que haga?

—¡Habla con él! —suelta Nina como si fuera muy evidente—. Es increíble la frialdad con la que os habéis saludado.

—Nina...

—¿Qué?

—Cómprate una vida. Eres muy cotilla. Estoy con Loren, este embarazo está potenciando facetas de ti... —Pero no me deja terminar. Nina me da un capón.

—¡Oye!

—¿Quieres dejar de comportarte como una absurda y hacer algo?

—Te repito, ¿qué quieres que haga? ¿No has visto cómo me ha saludado?

—Sí, igual que tú a él. Elsa, despierta. La época en la que era el hombre el que tenía que tomar la iniciativa murió hace siglos. ¡Piensa! A ese chico le rompiste el corazón, y ahora has vuelto a dejarle en la estacada.

—¿Volver a mi vida es dejarle en la estacada? Además, hicimos un trato, solo sería un rollo...

Nina chista interrumpiéndome.

—Haz lo que quieras. Es tu vida, pero date cuenta.

—¿De qué? —pregunto.

—De que te importa y mucho. Hazme caso, que soy la mayor y más sabia...

—Por favor...

—Y ahora también madre, eso da un plus en sabiduría.

—Nina, Daniela todavía no ha nacido —le dejo claro.

Mi hermana hace un gesto quitándole importancia y continúa hablando, pero esta vez sí que cala en mí lo que me dice.

—Si no haces nada, te arrepentirás y no hay nada peor en esta vida que hacerte la pregunta de «qué habría pasado si...».

Viernes, 11 de enero

Por la tarde noche

«Madre mía, madre mía. ¿Por qué estoy haciendo caso a Nina?»

No paro de repetírmelo mientras me dirijo hacia donde está Cole. Pero me detengo cuando no lo veo entre los de su grupo de amigos. ¿Habrá ido al baño? No, me hubiera cruzado con él. Aunque, claro, puede que entrara cuando estábamos dentro. No sería la primera vez que tenemos un encuentro de esta naturaleza. Sin embargo, desecho la idea apenas lo veo saliendo del local. La urgencia hace que siga sus pasos sin reparar en que no llevo el abrigo. No sé qué pretendo, pero he visto que se iba y me ha entrado pánico.

—¡Cole! —le llamo al salir. Está cruzando la calle, seguramente para dirigirse a su coche.

Al oír su nombre, se detiene, y me acerco a él a la carrera.

—Vas a congelarte —es lo primero que me dice.

Al verlo con la cazadora de aviador con el cuello subido, el pelo suelto y sentir su olor, no pienso. Actúo. Me pongo de puntillas y le sujeto por las solapas obligándole a bajar hasta que nuestros labios se juntan. Es... como la primera vez.

Pero algo no va bien.

Cole se separa de mí.

—No tengo tiempo, Elsa. Hoy no.

Nunca pensé que seis palabras pudiesen doler tanto.

—Vuelve adentro, vas a ponerte mala.

Abro la boca, pero niega con la cabeza.

—Te escribo, ¿vale?

«Vale», pero no se lo digo. No me da tiempo. Ha vuelto a retomar sus pasos dejándome sola. Todo el mundo tenía razón. Cole me importa, pero ya no hay vuelta atrás.

Mi móvil suena. Es Nagore con un mensaje conciso.

Nagore
Diego me ha dejado.

—Esta noche está siendo de locos —dice Diana, pitando a un coche que se nos ha cruzado en la A6.

—Si llegamos vivas, mejor —señalo.

—Me hace gracia que tú digas eso. Pareces Mr. Hyde cuando te pones detrás del volante.

—Mira, no tengo cuerpo para rebatir.

Diana se ríe y yo vuelvo a mirar el móvil.

—Insiste en que no hace falta que vayamos —digo—. ¿De verdad piensa que no vamos a estar con ella?

—Gala estará a punto de llegar. ¿Les has dicho que cojan ropa para dormir en mi casa?

Asiento mientras suena *Mystery of Love* de Sufjan Stevens. Sí, parece hecho aposta y no niego que tengo tentaciones muy grandes de apagar la radio, pero no lo hago. Entramos en la M-30 y me tenso, odio los túneles. Es meterse y el GPS se va a la mierda, pero menos mal que conduce Diana. Se sabe el camino de memoria, así que no entra en histeria como me hubiera sucedido a mí.

Diez minutos después, tras salir vivas de los túneles, llegamos a Paseo Imperial, la calle donde viven los padres de Nagore. Me da pena pensar que al final, a pesar de todo su entusiasmo, no ha llegado a independizarse con Diego. ¿Cómo puede cambiar la vida tan rápido? Eso es lo que me pregunto cuando, nada más apagar el coche, vemos salir del portal a Gala y Nagore. Esta última, con los ojos hinchados de llorar.

—Hola, chicas. Gracias por venir... —Nagore no consigue terminar la frase.

Comienza a llorar de nuevo y todas la rodeamos en uno de nuestros abrazos colectivos.

—Vamos, nena —comienza a decir Gala, que tiene los ojos vidriosos. No la culpo, yo estoy conteniendo las ganas. Ver a Nagore así nos afecta a todas.

—¿Qué te parece si nos vamos a tomar algo y hablamos un rato? —propone Diana.

—Tengo unas pintas terribles —hipea Nagore.

—Por favor, tía —digo yo—. Si esta es tu peor cara, es para tenerte manía.

Las tres se ríen, pero es la pura verdad. Tiene los ojos hinchados, sí, pero por lo demás está fabulosa. El mundo no es justo, os lo digo yo. A mí, en un arranque como el suyo, me podrían utilizar como extra en *The Walking Dead*, y no precisamente como humana.

—Venga, sí, vamos a la taquería —propone Gala.

—¡Uy, sí! —añado yo.

—¿Te parece? —pregunta Diana a Nagore, quien acaba por sonreír.

—Pero no hemos reservado.

—Seguro que tenemos suerte —termina Gala.

Guardamos las bolsas de Gala y Nagore en el maletero y arrancamos el coche con rumbo a ahogar nuestras penas, que no son pocas.

Viernes, 11 de enero

Por la noche

Cuando entramos en Las Comadres, son las once y media de la noche. El sitio está lleno, sí, pero Diana se ha encargado de llamar para asegurarse de que haya hueco para cuatro chicas con más de un problema encima. A ver, no es que al llamar haya dicho eso, pero en fin, por lo menos en algo hemos tenido suerte.

Tras sentarnos y pedir nuestra ración de nachos, tacos y margaritas —la situación lo requiere—, Nagore comienza a contárnoslo:

—Ha dicho que no lo aguantaba más. Que es agotador, que estoy continuamente desconfiando de él...

—Pero ¿qué ha pasado? —pregunta Diana, aunque las tres comenzamos a sospechar por dónde van los tiros. Con Nagore siempre es *ese* tema.

—Pues bueno, desde que hablamos de irnos a vivir juntos... No sé, estaba todo como paralizado. O sea, ¿me dices que lo tienes todo preparado y al final nada? Me dijo que hasta tenía el piso, ¿os acordáis?

Las tres asentimos cuando la camarera viene con la jarra de margarita. Nagore se sirve su vaso y le da un trago enorme. Cuando ha saciado su apremiante sed, nos sirve al resto.

—Bueno, pues cuando saqué el tema, ¿sabéis con qué me saltó?

Ninguna se atreve a decir ni mu, porque atrás quedó la versión tristona de Nagore: ahora tenemos a la mismísima Daenerys, Madre de Dragones y toda la parafernalia de títulos que se sacaba de la manga esa tía. No me miréis así, a ver quién osa decirme que su presentación era concisa.

Bueno, volviendo a Nagore. Sí, está enfadada. Lo notamos sobre todo cuando se sirve otro margarita y por cómo sujeta el mango de la jarra.

—¡Pues que no estaba seguro de querer dar ese paso en nuestra relación!

—Vaya —digo, consiguiendo que suelte la jarra. Diana me lanza una mirada de advertencia.

«¿A mí?», me quejo mentalmente.

—Me soltó no sé qué rollo de que no estaba preparada. ¡Yo! ¿Os lo podéis creer?

—¿Qué le dijiste a eso? —pregunta Gala mientras hace un hueco en la mesa para que nos sirvan los nachos.

—Pues que no entendía por qué me decía eso, que me parecía que estaba jugando con mis sentimientos. —El tono de Nagore cambia, volviendo a la versión tristona. Diana le acaricia el brazo y esta se encoge de hombros—. La conversación, a partir de ahí, fue de peor a... no sé, a fatal. Bueno, ya sabéis el desenlace. Sacó a relucir cosas que ya han pasado, como cuando me pilló revisando su conversación de WhatsApp, o lo de Laura, su *amiguísima*...

Nagore esconde el rostro entre las manos.

—¿Tan terrible soy, chicas? —Cuando nos lanza la pregunta, tenemos clara la respuesta.

—No, tía —salta Gala.

—Sí —contesto yo.

—Bueno... —deja caer Diana.

Nagore nos mira haciendo pucheros.

—A ver, no eres terrible —digo—. Pero *esa* actitud sí que lo es. Piensa, al contrario, que Diego hubiera estado todo el tiempo desconfiando de ti. Que lo hubieras pillado leyendo a escondidas tus conversaciones o que torciera el gesto cada vez que hablaras con un amigo; porque, tía, Laura era y es eso para Diego...

—Bueno —me interrumpe Diana mirándome mal—, lo que Elsa está queriendo decir en realidad es que, efectivamente, has tenido algunas actitudes *reguleras*, pero tú eres una tía fantástica.

—Claro que lo eres —añado mirando de nuevo a Diana con el ceño fruncido—. No estoy diciendo lo contrario, solo que...

Me callo porque Gala me da un golpe por debajo de la mesa y soy consciente de que no es el momento. Nagore está destrozada y hoy mi sensibilidad está bajo cero.

—¡A la mierda los tíos, Nagore! —estallo—. Ellos se lo pierden por no saber valorarnos. ¡Por nuestra soltería, tía!

Cojo mi vaso y brindo con Nagore —que vuelve a sonreír—, junto a Gala y Diana.

—No me lo creo —dice Diana por decimoctava vez.

Es casi la una de la madrugada; tras la cena hemos vuelto al coche para ir a casa. Las chicas van donde Diana a dormir, pero yo tengo que volver a casa por la mudanza, así que solo estaré un ratito. Además, lo prefiero. Aunque no he sacado el tema de Cole, no paro de darle vueltas y sé que las chicas lo terminarán notando, pero esta noche es para Nagore, no para mí.

Sin embargo, nada sale según lo previsto y aquí nos tenéis, en mitad de la noche con el coche que no arranca.

—Voy a tener que llamar a la grúa... —comienza a decir Diana.

—Se hace de día antes de que llegue —la aviso—. Es mejor ir andando a casa.

—¿Andando? —pregunta horrorizada Nagore.

—¿Qué pasa, chica de ciudad? —la pincho—. ¿Se te ha olvidado ya cómo era nuestra vida en el pueblo? A veces está bien usar las piernas y pensar un poquito en...

—Ya, ya... —me interrumpe Gala, que sabe que les voy a dar la chapa de nuevo con el calentamiento global, pero ¿hola? Es una realidad muy seria.

—Pues creo que sí. Vamos andando y tardaremos menos. Mañana a primera hora llamo a la grúa y listo.

—Pero chicas, ¡nos podemos topar con jabalíes o algo! —comienza Nagore al ver que las tres echamos a andar con decisión.

—Claro, claro —me río, pero la respuesta de Diana me congela.

—Tía, van en grupo, se les oye venir.

Me detengo en mitad de la carretera empedrada junto a Nagore; Gala y Diana, al ver que ambas seguimos sin andar, se giran a mirarnos.

—¿Qué hacéis? —pregunta extrañada Gala.

—¿Cómo que qué hacemos? ¡Pensar en nuestro pellejo! No pienso arriesgarme a toparme con ninguna manada de cerdos enrabietados —dejo claro.

Gala se ríe junto a Diana.

—Tía, te recuerdo que estas navidades hemos estado recorriendo el pueblo sin ningún altercado —añade Diana—. Venga, anda, dejad de ser unas exageradas y vamos.

Diana vuelve a retomar la marcha y todas vemos que se tambalea. De hecho, Gala la tiene que sujetar. Nagore y yo nos acercamos volando.

—¿Qué ha pasado? —pregunto, pensando en una torcedura de tobillo.

—¡Mierda! —Esa es la contestación de Diana, pero cuando Nagore y yo las alcanzamos, torcemos el gesto con asco.

—Y literal —suelto.

Diana, a la pata coja, se acerca al borde de la acera más cercana para intentar quitar de la suela de su bota *eso* gigante que ha pisado.

—Pero tía, ¿cómo no lo has visto? —pregunta Nagore mientras contengo las ganas de reír.

Diana refunfuña.

—Estaba pendiente de vosotras dos, petardas. ¿Cómo iba a imaginar que un mamut había cagado en mitad de la calle?

—Quizá han sido tus amigos, los jabalíes... —la pincho.

—Eso o un caballo —sentencia Nagore mientras examina el montón de mierda—. Es reciente, además.

—Pues ya os digo que no pienso averiguar si ha sido un caballo, un jabalí o lo que coño sea capaz de cagar esa cantidad de... —advierto, saco el móvil.

—¿A quién llamas? —pregunta Gala, que intenta ayudar a Diana a mantener el equilibrio.

—A mi hermano Loren. Es el único que siempre tiene el teléfono encendido.

—Madre mía, qué noche —repite Diana.

Al final, las cuatro terminamos muertas de la risa.

Cuando Loren nos deja en casa de Diana porque ha vuelto a quedarse sola debido a un viaje de negocios de Bruno, entramos con los ánimos por las nubes; bueno, Nagore aún más allá.

—Muchos margaritas, me parece a mí —digo en alto. Eso provoca que Gala se ría mientras vemos cómo Nagore contonea su cuerpo siguiendo a Diana para que ponga música a todo volumen—. Oye, recordad que yo mañana tengo que seguir con la mudanza.

Por supuesto, me ignoran. Comienza a envolvernos *Come* de Jain, más alto de lo normal. De los vecinos ya nos preocuparemos mañana. Y de nuevo, la vida en el campo gana a la de la ciudad. ¿De verdad que he dicho eso yo?

—Tengo para hacer mojitos, ¿os apetece? —Diana, entusiasmada, se asoma desde la cocina con una botella de ron.

—¡Sí! —contesta Nagore, que sigue bailando en el salón.

La casa de Diana y Bruno es un dúplex de infarto: una planta baja con el salón comedor, una cocina independiente y un aseo; arriba, su habitación en *suite*. Una pasada, vamos. Otro punto para vivir en el extrarradio.

—Voy a ayudar a Diana con los mojitos —dice Gala.

Asiento y me dirijo hacia el salón, donde me es imposible no reírme con Nagore. Me obliga a bailar con ella un rato, pero cuando las chicas traen los mojitos y alguna cosa para picar, ambas nos dejamos caer en el sofá.

—¡Por nosotras! —dice Nagore.

—¡Por nosotras! —contestamos las demás.

Es imposible ignorar lo borracha que va Nagore.

—Oye, estas tostas están tremendas —comenta Gala, dándole un bocado.

Sí, seguimos teniendo hambre. No tenemos fin.

—Es del obrador del pueblo. Hacen el pan con masa madre de cultivo. Ya sabéis, nada de procesados... —deja caer Diana encantada.

Voy a secundar la opinión de Gala cuando suena un mensaje. Es imposible no notar que Nagore se tensa, pero es del móvil de Diana.

—Es Bruno, para saber cómo vamos y si nos hemos quedado sin casa —nos lee mientras a Nagore le va cambiando el gesto de la cara.

—Ni un mensaje me ha mandado —dice al final.

Para más inri, salta la canción *Black* de Pearl Jam. De verdad que parece hecho aposta. ¿Qué está pasando aquí?

—A ver, todavía es muy reciente. No todo el mundo reacciona de la misma manera —la consuela Gala, y notamos que Nagore se vuelve a emocionar.

Diana le pasa un brazo por encima de los hombros, y yo, más práctica, le lleno el vaso de mojito. Lo va a necesitar.

—Ha sido muy duro. Y esto solo me indica que va en serio, que ya no me quiere ni quiere que esté en su vida. ¿De verdad soy tan desechable?

—¡Tía! ¿Qué dices? —estallo yo—. Deja de pensar así. Eres una tía de diez. Te prohíbo que pienses lo contrario.

—Eso es cierto —asiente Nagore apartándose las lágrimas—. Yo he sido lo mejor que le ha pasado.

—¡Así se habla! —aplaude Diana dando un trago a su vaso.

—Soy divertida, inteligente, ¡y él se lo va a perder todo! ¿De verdad piensa que va a encontrar a alguien mejor que yo?

—No lo podrías haber dicho mejor —dice Gala.

—Sí. —Nagore continúa—: Ha perdido la oportunidad de su vida. ¿Me oís? De su vida. Yo voy a acabar siendo superfeliz, y él...

—¿Va a ser un viejo solitario? —ayudo.

—¡Sí! —afirma Nagore—. Un viejo inseguro, porque eso es lo que le pasa, que no sabe aguantar a una mujer que sabe lo que quiere. Me da pena por él. De hecho, ahora mismo voy a abrirme un perfil en...

La vemos rebuscar en su bolso; cuando saca su móvil, se lo quito con maestría.

—Ey, ¡devuélvemelo! —se queja. Intenta quitármelo, pero, como os digo, ya está pedo.

—Nagore, ¿qué te parece si en vez de centrarnos en abrirte un nuevo perfil dejamos a los chicos un poco en segundo plano? —propone Gala con una dulce sonrisa.

—Sí, creo que lo mejor que puedes hacer hoy es despejarte. Ya pensarás en eso mañana —añade Diana.

—¿Creéis que es mejor? —nos pregunta Nagore.

—Sí. Tranquila, yo te guardo el móvil —contesto sonriendo.

Vamos a ver, ya ha pasado por la fase de negación e ira, pero se ven atisbos de tristeza, y todas sabemos que eso conlleva mandar a tu ex mensajes que no deberías. Así que, sí, se lo guardo.

—No entiendo a los hombres —sentencia al final, y se deja caer sobre el respaldo del sofá.

—Me uno a la frase —digo con la boca pequeña.

—¿Cómo ha podido tirar una relación de tanto tiempo a la basura? ¿Es que no he significado nada para él?

Gala, Diana y yo nos miramos. Adiós a los ánimos del principio de la noche. Bienvenido el bajón sin frenos.

—¿Qué voy a hacer sin Diego? —pregunta cerrando los ojos.

—Vamos, tía. Ahora lo ves muy negro, pero quizá es lo mejor. Tu vida necesitaba un cambio, y puede que fuera este —dice Gala—. Tal vez esto desemboque en algo mucho mejor.

—El único cambio que va a haber es que al final no me independizo. Aquí me tenéis, con treinta años y todavía con mis padres. Está claro que voy a ser una solterona con gatos.

Me río y Nagore me mira mal.

—Tía, de verdad. ¿Te estás escuchando? ¿Qué problema hay con la soltería?

Nagore hace amago de contestar, pero no la dejo.

—Ninguno. Ya te lo digo yo. Al contrario, creo que es bueno pasar una temporada sola. Es una buena forma de conocerte a ti misma, lo que quieres y adónde quieres ir. Siempre has solapado una relación tras otra. Piénsalo, Nagore. Nunca has estado soltera mucho tiempo. Quizá sea eso lo que necesitas, ese cambio que dice Gala.

—¿Creéis?

—Claro que sí, tía. Esto va a ser un cambio positivo en tu vida. Estamos seguras —interviene Diana.

Nagore termina por sonreír.

—Oye, ¿y si vemos una película? —propone Gala.

—Sí, guay —asiente Diana.

—Mientras que no escoja Elsa —advierte Nagore.

—¿Perdón? —pregunto haciéndome la indignada—. ¿Os quejáis de mis gustos?

—Bastante tuvimos la última vez con... ¿Cómo se llamaba? —pregunta Diana mientras enciende la televisión; busca algo que ver por las distintas plataformas.

—*La chaqueta metálica* —contesta Nagore como si no fuera un peliculón.

—Voy a ignorar vuestro tono condescendiente, porque, de donde no hay, no se puede sacar.

Por supuesto, me gano un golpe de cojín. Pero, oye, al final hemos conseguido que Nagore se aleje, al menos durante unas horas, de sus pensamientos negativos.

Vuelvo a casa en silencio. Podría decirse que es por precaución, para poder oír a la eventual manada de jabalíes, pero el motivo es otro. Al llegar a mi antigua habitación, vuelvo a encender el ordenador. La velada con las chicas y, en especial, el último momento vivido con Cole hacen que necesite expresar lo que siento.

¿Hasta qué punto es peligroso el miedo?

Una vez escuché que tener miedo a algo significa que eso realmente te importa. En cierto modo, si se piensa fríamente, tiene sentido. Por ejemplo, frenarte antes de saltar en paracaídas se debe a que temes por tu seguridad. Si eso lo extrapolamos a otros escenarios más cotidianos, podemos encontrar situaciones que invitan a pensar.

No me malinterpretéis. No estoy hablando de esas personas que son miedicas por naturaleza; ese es otro tema. Al contrario, me refiero a ese tipo de personas que se atreven a saltar al vacío o a adentrarse en una situación que, *a priori*, activa las alarmas, pero que, a la hora de la verdad, no se atreven a dar el paso.

Nos creemos valientes, sí, pero nos frenamos constantemente: cambiar de trabajo, hacer ese viaje, tener miedo a perder a esa persona, a decir que no o, tal vez, que sí...

Apoyo el ordenador sobre el colchón y me alejo de él. Al escribir el post, es imposible no pensar en Nagore y en todo lo que le ha ocurrido esta noche. Su actitud camufla un miedo irracional. ¿Por qué hay gente que se aferra así a las personas? Tener miedo a perder a alguien no puede justificar ese tipo de comportamiento. Tras esa actitud se esconde mucho más, lo sé.

Pero no soy nadie para dar lecciones, porque también tengo lo mío. ¿No ha sido mi modo de actuar ante Cole una constante de miedos?

«Esto es... una maldita locura», me digo.

La habitación está desierta salvo por la cama, esa que se llevarán el domingo.

Y pienso en Cole, en sus últimas palabras...

Ojalá pudiera saber lo que está pensando él.

Cole

Sábado, 12 de enero
Por la mañana

Doy un trago a mi vaso de café antes de dejarlo en el posavasos de mi coche. Aparco en doble fila y pongo los cuatro intermitentes para bajar y recoger el pedido. No voy a tardar, me acaban de llamar de la tienda y me han dicho que lo tienen preparado; como sé que los sábados por la tarde no abren, he decidido acercarme.

Al entrar en el súper, veo que hay varias personas. Al final tendré que esperar en la fila. Hay alguna cara conocida, sobre todo de padres de alumnos. No me quiero entretener, así que saludo con educación y voy directo a la caja. Tengo a cuatro personas delante y, puesto que el carro del matrimonio que encabeza la línea está muy lleno, barajo la posibilidad de mover el coche.

En el instante en que dirijo la mirada hacia el escaparate para ver mi coche, aparece ella. Va acompañada de su hermana Nina y su madre, quienes están inmersas en una conversación que parece ser divertida para ellas, pero no para Elsa, pues les dedica su famoso gesto de incordio. No puedo evitar sonreír. Elsa es demasiado expresiva, la hace muy transparente. Y eso es algo que siempre me ha cautivado de ella, incluso cuando lo recibo de lleno. Observo cómo se adentran en el primer pasillo. Todas salvo Elsa, que se detiene para estudiar muy concentrada los desodorantes en oferta. Nadie puede hacerse una idea de lo muy tentado que estoy de ir hacia allí y provocar otro de nuestros encuentros fortuitos, aquellos que tan bien se me han dado durante el mes pasado. Pero me obligo a apartar la mirada, a centrarme en la fila y recordarme que el tiempo con ella ya pasó.

No puedo seguir haciéndome esto. Elsa es la única capaz de provocar que todo mi jodido mundo se vuelva a desestabilizar y ya me destrozó una vez de una forma que sé que ni ella misma se puede imaginar. Aun así, cuando me enteré de que volvía, no dudé ni un instante en aparecer de nuevo en su vida.

Me he arriesgado a acercarme a pesar de los avisos de los demás, incluido el de Aitor. No le hice caso, pero es que no podía imaginarme que todo iría tan rápido ni que sería tan intenso. Y sin darme cuenta, me vi atrapado como años atrás, pero como soy consciente de lo jodido que terminé, me niego a repetirlo.

La fila avanza y me repito lo que anoche me obligué a recordar cuando fue a buscarme a la salida del bar. No soy estúpido, ni estoy ciego. Sé que es ella, esa persona con la que el destino ha jugado a conectarnos de alguna manera que nunca llegaremos a comprender. Pero también sé que, a pesar de ese sentimiento, nunca encontraremos nuestro lugar. Siempre habrá algo que nos separe. Y aunque nunca la olvidaré, tengo que obligarme a avanzar, a cerrar nuestro capítulo. Odio cómo me siento ahora mismo, pero sé que encontraré a alguien que no tenga miedo a apostar por nuestra relación. Y esa persona no es Elsa.

El matrimonio empieza a colocar la compra sobre la cinta, lo que permite que el cajero, Carlo, me vea.

—¡Cole! El pedido lo tiene Lucía en la parte trasera, donde está la panadería.

Joder, tendría que haber preguntado antes.

—Échame un vistazo al coche, por favor —le pido. Carlo asiente mirando hacia el exterior mientras pasa la compra del matrimonio por el lector.

Más tranquilo, comienzo a alejarme por el pasillo de los lácteos. Y cuando llego a la esquina para girar a la izquierda, choco con alguien. Sonrío con pesar, porque sé quién es incluso antes de que sus grandes ojos me descubran.

—Hola, Cole. —Oigo que su hermana, Nina, me saluda.

Me obligo a separar mis ojos de Elsa para saludar a su hermana y a su madre.

—Hola. Comprando, ¿no? —Observo que sujetan algunos alimentos con los brazos—. Este es vuestro último fin de semana en la casa, ¿verdad?

—Sí. Se nos hace raro —confiesa su madre, una mujer que siempre me ha caído muy bien.

—Me lo imagino —asiento. Noto la proximidad del cuerpo de Elsa.

Estoy tan jodido...

—Bueno, vamos a seguir cogiendo cositas —dice Nina mientras avanza por el pasillo y me dedica una sonrisa amable.

—Pásate por casa esta tarde, si quieres —me propone su madre.

Yo asiento, pero no voy a hacerlo.

—Ahora os alcanzo —dice Elsa volviendo a centrarse en mí.

Su madre y Nina desaparecen por el siguiente pasillo y ambos nos miramos.

—Tenemos que hablar.

No me sorprende que me diga eso, sé por qué quiere hablar.

—¿Tenemos? —Ser un gilipollas es la mejor forma de mantenerla alejada.

Avanzo dejándola atrás, aunque cada parte de mi ser quiere

quedarse ahí y devolverle el beso que me obligué a no continuar.

—¿Qué pasó anoche? —Oigo que pregunta detrás de mí.

Elsa no va a aceptar un «no» por respuesta, pero continúo hasta que llego a la panadería. Lucía, la hija de Carlo, me localiza enseguida y, nerviosa, busca mi pedido. Es una chica dulce, siempre con las mejillas sonrojadas cuando me encuentro cerca de ella. Sé que a muchos no les importaría estar con ella, pero a mí... Me falta algo, no sé el qué.

«A quién quiero engañar», me digo cuando al recoger mi pedido vuelvo a toparme con la mirada de Elsa. Tiene el ceño fruncido, está confusa. Lo sé, la conozco demasiado bien.

—¿Qué pasa?

Cojo aire.

—No pasa nada. Estoy liado, Elsa, nada más. No tengo tiempo...

—No tienes tiempo para mí —me interrumpe.

Está enfadada, su tono de voz habla por sí solo. Doy un paso hacia ella.

—Efectivamente. No tengo tiempo para ti. Esto no funciona así, no es solo cuando te vaya bien.

No le doy tiempo a que me conteste, debata o dé explicaciones. Ya está.

El tiempo con Elsa terminó.

Nuestro momento murió.

Sábado, 12 de enero

Por la tarde

Mi cuerpo es todo un torrente de emociones, y ninguna de ellas es buena. Tengo ganas de golpear, de gritar y de llorar al mismo tiempo, pero como eso no es posible a no ser que explote, hace horas que estoy tirada en la cama sin moverme.

Casi ni he comido.

Sé que he recibido varios mensajes, entre ellos los de mi jefa, pero no tengo el cuerpo para sus tonterías.

Cole...

Cierro los ojos. Ni siquiera soy capaz de describirlo.

¿Siempre voy a ser así?

Me remuevo en la cama. Estoy... no sé ni cómo estoy.

Pero me viene a la mente la conversación que mantuve con mi madre. Concretamente, aquella pregunta que tanto me hizo pensar.

«¿Qué quieres para ti, Elsa?»

Sé la respuesta y, al final, hago lo único que no quiero hacer. Enfrentarme a mí misma. Y solo hay una forma de tomar impulso para conseguirlo: ellas.

—¿Hola? —pregunta Nagore, la primera en contestar a la videollamada.

—¡Ey! —saluda Diana, que es la siguiente. Después contesta Gala.

—¿Estáis ocupadas? —pregunto. Sé que esta mañana las chicas han vuelto a sus casas.

—Intento entretenerme yendo a devolver un vestido que me compré pero que me queda gigante —contesta Nagore, la única que está por la calle—. Me pongo los cascos, esperad.

—¿Habéis terminado la mudanza? —pregunta Gala, quien está sentada en el sofá de su salón.

—Sí, prácticamente está todo —me obligo a sonreír antes de empezar—. Necesito hablar con vosotras —explico mientras me acomodo en mi cama.

—¿Qué ha pasado? —pregunta Diana.

Las tres me miran y respiro antes de hablar.

—Creo... creo que quiero a Cole.

—¿Crees? —repite Gala con la sombra de una sonrisa. Hago una mueca.

—¡Estoy enamorada de él! —acepto escondiendo mi cara.

—Vale que, tras lo de ayer, he decidido renegar del amor una temporada, pero me he debido de perder algo, porque, ¿desde cuándo es un drama estar enamorado de alguien que te corresponde? —pregunta Nagore.

—Que no te corresponde —la corrijo.

—¿Qué ha pasado? —pregunta Diana.

—No quiere saber nada de mí. Lo he jodido todo.

Sí. Lloro en silencio, acompañada por mis chicas, que lo respetan. Al final me armo de valor para contarles qué ha ocurrido desde que tuve la conversación con Nina en el bar hasta que me lo he encontrado esta mañana en el súper, y todo lo que me callé la noche anterior.

—A veces, cielo —comienza Gala—, se llega demasiado tarde. Eso es cierto. Pero en vuestra situación...

Miro ansiosa hacia su parte de la pantalla.

—Pero vuestra situación es diferente, Elsa. Está dolido —termina Nagore, que se ha sentado en un banco en plena calle.

Las tres asienten.

—En su situación yo estaría recelosa —continúa Gala.

—No sé qué deciros... —dice Diana—. ¿En algún momento le has dicho lo que sientes por él? Porque creo que nunca te has sincerado. Hazlo ahora que sabes que le quieres.

—Hay una posibilidad de que no te corresponda, no te voy a engañar. Pero, siendo francas, lo único que percibe de ti es que quieres jarana. ¿Y si te quiere alejar porque para él eso no es suficiente? —continúa Diana.

—¿Y si...? —Gala sonríe cuando habla—. Tiene que ser agotador hacerte continuamente esas preguntas sin atreverte a dar el paso.

—Dalo, Elsa. Quieres darlo y, qué tontería, necesitas darlo —me anima Nagore—. Es así, no hay otra. Que venga lo que tenga que venir, y que se vaya lo que se tenga que ir —añade—. Joder, voy a empezar a decírmelo a mí misma todas las mañanas.

El final de su frase me hace sonreír.

—Gracias, chicas —sonrío.

—Siempre —contestan las tres antes de finalizar la llamada.

Son el último empujón que necesitaba.

Hasta he cogido el coche. Se lo he pedido a mi padre porque sé que, como vaya a casa de Cole andando, puede que el miedo y los nervios me jueguen una mala pasada. Tendría el tiempo suficiente para darle al tarro y decidir que prefiero ser una cobarde. No me quedan más oportunidades que esta.

Juro que, según me acerco a su casa, las manos me tiemblan contra el volante. Aparco delante y soy consciente de que este momento es real, que va a suceder. Aquí me encuentro, en la calle Maestro Alonso. Parece que el destino lo ha dispuesto todo...

Antes de abrir la puerta para salir, intento tranquilizarme. Dicen que va bien. Y por fin salgo. No sé qué decir, siento las piernas como algo ajeno al resto de mi cuerpo mientras avanzo por su jardín y centrada en la puerta de entrada. Hace tiempo que descubrí que la de la calle nunca queda cerrada del todo; una de las muchas cosas que tiene que arreglar de su casa. Y subo los pocos escalones del porche sin ningún tipo de percance. Dado mi historial, esperaba torcerme el tobillo, caerme hacia atrás o romperme la crisma. Pero no, todo correcto.

Llevo la mano hacia el timbre y cuando suena, escondo ambas en los bolsillos del abrigo. La noche está empezando a caer y la tranquilidad en el ambiente contrasta mucho con mi interior. Cuando oigo los ladridos de un perro, me sorprendo. «¿Cole tenía un perro?» Pero descubro rápidamente el misterio: quien abre la puerta sujetando a un bonito perro blanco es Claudia, que me mira completamente asombrada.

Quiero morirme.

Nos quedamos un instante así, sin decir nada.

—¿Necesitas algo? —se adelanta ella.

Observo al perro, a ella de nuevo, y creo que he perdido la capacidad de hablar. Pero cuando intento mirar hacia el interior de la casa...

—¿Buscas a Cole? —insiste Claudia.

Asiento, pero doy un paso hacia atrás.

—Perdona —digo al fin—. No quería molestar. No sabía...

Y no descifro qué ve en mi rostro, pero se aparta de la puerta y me invita a entrar.

—Pasa —me sonríe.

—No creo que sea buena idea. —Vuelvo a alejarme un poco más—. Yo solo venía a, bueno...

—Creo que es mejor que entres y hablemos, Elsa. Él no va a volver hasta dentro de media hora.

Cuando dice eso, me detengo.

Si pienso en frío, una conversación no puede hacerme ningún mal. Sin embargo, mientras entro en la casa, soy consciente de que me puede hundir.

—Vamos a la cocina mejor. ¿Te da miedo? —pregunta Claudia refiriéndose al perro.

Niego con la cabeza y ella lo suelta. Por supuesto, viene a mi encuentro y me saluda efusivo.

—Es precioso —digo mientras acaricio su pelaje suave y blanco.

—Preciosa —me corrige Claudia, lo que me obliga a disculparme.

Parece un samoyedo, pero no estoy segura, y como la actitud de esta misteriosa chica es confusa, prefiero preguntar lo menos posible. Cuando se dirige a la cocina, sigo sus pasos acompañada por la perra, que parece ser la única a quien mi presencia hace feliz.

—Siéntate, por favor —dice Claudia. Ella hace lo mismo—. Te ofrecería un café o algo, pero no sé dónde tiene la mitad de las cosas.

Estoy tentada a dar media vuelta e irme, pero me imagino que ella querrá hablarme de... ¿de qué? Porque juro que no comprendo nada. Cole me dejó claro que era una amiga. Ya. Una amiga que se queda a solas en su casa...

—La verdad es que no sé muy bien qué hago aquí.

Va vestida con unos vaqueros desgastados, una camisa de cuadros roja y encima lleva un jersey pegado de cuello alto. No me pasa desapercibido que va descalza, ni el moño desordenado que sujeta su melena castaña. Un estilo cómodo para estar en *tu* casa.

—Para hablar de Cole. Sé que tú no me conoces, pero yo a ti sí —va directa—. Todos los que somos cercanos a Cole conocemos vuestra historia. Creía que eras consciente de que, cuando lo dejaste, terminó muy tocado. Pero viendo cómo estás actuando ahora, no creo que realmente lo seas. Así que, aunque no me gusta meterme en este tipo de cosas, voy a preguntarte algo, porque creo que no me queda más remedio. —Hace una pausa antes de disparar con su pregunta—: ¿Por qué has venido?

—¿Perdón?

—Sí. ¿Qué intenciones tenías al venir a buscarle aquí? Sé de vuestro encontronazo en el súper de esta mañana, como también sé que nos ha hecho caso y te ha dejado las cosas claras. Así que, ¿qué haces aquí?

Puede que hace un momento estuviera algo desconcertada, pero una tiene cierto límite, y el tono que usa para hablarme no me gusta una mierda.

—¿Y tú? —le pregunto de vuelta, con el mismo tono que ha estado usando conmigo, algo que no se esperaba.

Y me levanto de la silla.

—Mira, esto es absurdo —continúo—. Yo solo venía a disculparme, a explicarle cuánto significa para mí, pero me encuentro en su casa a la tía de la cual me dijo que era solo una amiga. Siendo francos, ya no sé ni qué creer, aunque me lo merezco, porque no he hecho otra cosa que confundirlo en lugar de enfrentarme a mis sentimientos; unos que no he tenido en mi puñetera vida por ninguno de los tíos que han pasado por ella. Siendo concreta... —Me llevo la mano al pecho—. Tampoco es que haya tenido muchos, pero bueno, no hace falta tener un elevado número para saber lo que realmente te mueve por dentro. Tú me entiendes... o no. En fin. —Sé que estoy comenzando a divagar, y lo mejor que puedo hacer es desaparecer de aquí. Así pues, me obligo a finalizar mi discurso—: Encantada de verte de nuevo. Te pediría que no te quedes con esa imagen de mí. Aunque no lo creas, he pasado el peor año de mi vida y tan solo soy una chica con mil movidas, pero absolutamente enamorada de él.

Ya lo he dicho en alto, y qué bien sienta. Claudia me observa y...

—La puerta del salón estaba abierta.

Me tenso al oír su voz detrás de nosotras, y le descubro en la puerta de la cocina con la perra a sus pies.

—¿Hola?

—Hola —contesta él.

Está serio, con un gesto que no sé interpretar. Mi corazón comienza a golpear contra el pecho y siento que se me va a salir por la garganta. Eso es muerte repentina, ¿verdad?

—Bueno, creo que ha llegado el momento de irnos —dice Claudia al tiempo que arrastra la silla—. Kira, vamos. Me imagino que ya has podido arreglar lo de mi coche, ¿no?

Cole asiente y observa cómo Claudia se aleja con su perra.

—Nos vamos a dar una vuelta. Si hay cualquier cosa, estoy aquí, o Lucas. —Habla solo a Cole mientras mueve su teléfono móvil delante de él, quien asiente ante el gesto. Lucas debe de ser su novio...

Y cuando desaparece...

—Volvemos a vernos —dice él.

—Eso parece —contesto yo.

Sábado, 12 de enero

Por la noche

No sé qué decir y me da rabia, más que nada porque venía con todo el discurso preparado, pero nada ha ocurrido como lo tenía previsto. Que, ahora que lo pienso, podría haberlo adivinado. No es la primera ni será la última vez que sucede eso, pero aunque hubiera preparado un listado, nunca se me hubiera ocurrido este desenlace.

—¿Y bien? —pregunta Cole.

—Mira, ¡pues no sé! —contesto levantando las manos.

Cole arquea una ceja.

—Pues si no lo sabes tú, que eres quien ha venido a mi casa...

—Para —le ruego—, para de hacer eso. —Cuando veo su amago de volver a hablar, lo obligo a guardar silencio—. Deja de simular que no te importa. Puede que no quieras que esté aquí, que estés enfadado, irritado, ¡lo que quieras! Pero deja de comportante como si te fuera indiferente.

Cole no dice nada. Seguimos en nuestras posiciones: él en la puerta de la cocina y yo al lado de la mesa. Ya no tengo nada que perder, así que vuelvo a buscar su mirada.

—He venido aquí por un motivo, para decirte que siento de veras todo lo que nos hice.

—¿Nos hiciste? —repite él. Yo asiento y doy varios pasos, acortando nuestra distancia.

—Me obligué a dejar de quererte, convencida de que sería lo mejor para ambos. Me obligué a olvidarte, a no echarte de menos, a no querer contarte todo lo que sucedía en mi vida. Y me obligué a seguir hacia delante. Hacía cosas que no me llenaban... —Noto que me voy a caer al suelo—, lo siento. No quería hacernos tanto daño. De verdad, pensaba que era lo mejor para los dos. Pensé que era un simple amor juvenil, no podía permitir que frenara nuestros futuros. Me equivoqué. Yo... estos días... ha sido algo... nunca creí que pudiera ocurrir. Ni siquiera sé explicarlo con palabras. Bueno, sí. Hay dos que lo resumen muy bien.

Me callo. Porque sé que en caso contrario, ya no habrá vuelta atrás. Sé que lo habré desvelado todo de mí. Estaré desnuda ante él en todos los sentidos. Pero entonces recuerdo a las chicas y sus últimas palabras: «ahora o nunca».

—Te quiero, como nunca he amado a nadie. Me lo he negado a mí misma, obligándome a ahogar este sentimiento tantas veces que no puedo ni contabilizarlas. Sin embargo, ya estoy cansada de eso. Soy consciente de que ahora ya es demasiado tarde para decírtelo, de que seguramente se me negó esa oportunidad hace muchos años, pero no podía dejarlo estar. Ya no. Creo que mereces saber la verdad. Y aunque ya no te importe, espero que, si te digo que en el fondo solo soy alguien que se siente perdido, al menos pueda difuminar esa idea tan terrible que debes de tener sobre mí. Perdóname por todo, y piensa que no fue en vano. Realmente te quise, realmente te sigo queriendo. Yo... nunca sabría cómo explicar todo lo que siento por ti...

Ahora sé que debo irme y, aunque me gustaría saber lo que tiene él que decirme, parece que Cole ha optado por el silencio.

—Será mejor que me vaya.

Le dedico una rápida sonrisa y decido avanzar. Cuando paso a su lado contengo la respiración, tengo la esperanza de que me detenga agarrándome del brazo, algo, lo que sea. Pero no ocurre. Nuestro tiempo ya pasó.

Llego hasta la puerta principal, la abro y salgo al jardín en dirección al coche de mi padre. Y cuando miro al cielo, veo que una tormenta se acerca. Parece que, al final, sí hay algo que refleja cómo me siento por dentro. Busco las llaves del coche en el bolsillo, pero, como sigo inquieta, se me caen al suelo. Todo se complica cuando, agachada, me cuesta encontrarlas. Entonces, una luz que parece una linterna alumbra mis pies y acabo localizándolas rápidamente. Al levantarme, descubro a Cole con su móvil.

—Creo que es el momento de que hable yo.

¿Qué hace aquí?

—Cuando te fuiste, no negaré que también pensé que era lo mejor para nosotros. ¿Cómo iba a funcionar si nuestras aspiraciones eran tan distintas? Creo que no me equivoco al afirmar que a ninguno de los dos le hubiera gustado frenar los sueños del otro. Sin embargo, no ha habido ni un día en el que no pensara en ti. Y cuando volviste, Elsa, fui incapaz de no ir a tu encuentro. Pensé que sería fuerte. —Cole se ríe de forma amarga—. Pero ya ves, aquí me tienes, destrozado de nuevo porque te has vuelto a marchar. A pesar de las advertencias, a pesar de que me decía a mí mismo que controlaba la situación. Puede sonar a topicazo, pero, joder, con una sola mirada pones mi mundo patas arriba.

Cole avanza hacia mí, todavía con la linterna del móvil alumbrando.

—Sin embargo, me he prometido que esta vez no dejaría que me volviera a suceder, que de verdad controlaría la situación. Y cuando desapareciste de nuevo, me hice una promesa a mí mismo: avanzar. Dejarte atrás y estar preparado para conocer a la persona con quien no tenga estos vaivenes, una que no lo desestabilice todo con solo mirarme.

Cole eleva su mano para acariciar mi mejilla y aparta una de mis lágrimas.

Esto es un adiós.

Y maldigo el habernos hecho esto.

—Pero no quiero eso, Elsa. Porque sé que, aunque encuentre a otra persona, no habrá ni un solo día en el que no piense en ti. Prefiero mil veces nuestro mundo patas arriba, que un mundo sin ti.

Dejo escapar un sollozo y no me da tiempo a reaccionar; nuestras bocas se encuentran y, envuelta en sus brazos, siento que es aquí donde debo estar. Cuando nos separamos, ambos estamos sonriendo.

—Hola —dice Cole mientras me sujeta el rostro.

—Hola —susurro.

Y me pongo de puntillas para volver a encontrar sus labios, conocedora de que con este gesto estamos sellando nuestra promesa de que todo, a partir de ahora, va a ir bien.

Domingo, 13 de enero

Por la mañana

Me despiertan los primeros rayos de sol y me estiro lentamente, disfrutando de la sensación de paz que me rodea. Desde el ventanal del dormitorio se aprecia que la casa está en mitad de un bosque. Es una visión que invita a la calma.

Giro sobre mí en la cama y descubro que Cole está despierto, mirándome. Cuando nuestros ojos se encuentran, sonreímos. Me inclino para darle un beso, gesto que nos enreda.

—Si no paramos ahora, no saldremos nunca de la cama —me río ante su comentario—. Aunque no lo veo mal... —Me da besos por el cuello, desciende por el escote y, en el momento que comienza a jugar con el pezón, se oye el sonido de mi estómago reclamando comida.

No lo hace de una manera encantadora, para nada, todo lo contrario. Cole se separa de mí para reírse, entonces siento que me están a punto de explotar las mejillas.

—Anda, vamos a desayunar. —Se separa de mí.

—Creo que es lo mejor —le confirmo. Es absurdo negar lo evidente.

Cuando llegamos a la cocina, me inclino sobre la encimera y

observo cómo se mueve al ir abriendo cajones en busca de lo que necesita para preparar el desayuno.

—¿Cómo lo haremos? —pregunto al final.

Él se detiene y me mira por encima de su hombro desnudo. Sí, amigas, solo se ha puesto unos pantalones de chándal... ¡Sin nada debajo!

No hace falta que especifique mi pregunta. Sabe a qué me refiero.

—Va a salir bien, porque encontraremos la manera —asiento sin borrar la sonrisa.

Cole deja sobre la encimera la taza en la que estaba sirviendo café y se acerca a mí para abrazarme.

—Tú quieres encontrar un nuevo trabajo, así que primero veremos adónde te lleva eso. Luego puedo pedir el traslado a un colegio de la zona en la que termines.

—¿Harías eso? —pregunto sorprendida. Me besa dulcemente la punta de la nariz—. También podría trasladarme aquí. Creo que estoy empezando a odiar la ciudad.

—¿Harías eso? —repite él. Entrecierro los ojos y se ríe—. Creo que ahora lo mejor es centrarnos en ti.

—Pero ¿y si nunca llega el cambio de trabajo?

Cole se separa de mí negando con la cabeza y vuelve a prestar atención al desayuno.

—Sabes que eso no va a pasar, pero para que estés más tranquila, nos pondremos una fecha.

—¿Una fecha? —pregunto confundida mientras él prepara unas tostadas.

—Sí. Fijemos un límite. Un mes, dos, lo que decidamos. Si en ese tiempo no llega el cambio, pasamos a la siguiente fase.

—¿Y cuál es?

—No va a llegar, pero podríamos plantearnos si sigues con

el trabajo y me voy a vivir contigo o si dejas el trabajo y vienes aquí.

Tuerzo el gesto.

—Sé que, al no tener nada seguro, esa última opción te da vértigo, así que empecemos por la primera, ¿te parece? Además, estoy convencido de que ahora que sabes lo que quieres, no pararás hasta conseguirlo.

—¿Tú crees? —pregunto.

—Lo sé —afirma Cole, y me ofrece una taza que, por supuesto, ha preparado como a mí me gusta.

Es increíble todo lo que ha sucedido. Y lo que he conseguido. Tal como escribí en mi último post: lo importante no es cómo empieza el camino, sino cómo decides continuarlo. Sé que llegarán muchos momentos de incertidumbre, pero estoy segura de que ya no habrá más días rojos. Solo habrá lo que he decidido bautizar como «días rosas». Sí, como leéis.

Por supuesto que seguiré teniendo miedo en muchas ocasiones, pero eso no me frenará, al contrario, lo tomaré como la señal de algo importante, y, como dicen, «si te da miedo, hazlo con miedo». Pero no perderé la ilusión, ni mucho menos la expectación por las consecuencias que pueda acarrear ese cambio. Tendré miedo, sí, pero ese sentimiento irá acompañado de la burbujeante sensación de que lo que voy a cambiar es lo que quiero hacer. Ese será el día rosa.

Justo cuando doy a la tecla para publicar el post, oigo que nuestros padres nos llaman desde la planta de abajo. El camión de la mudanza ha llegado.

Observo la pantalla del ordenador, donde aparece la portada de mi blog.

Entonces lo veo.

Inmediatamente hago clic en la opción de editar, a la vez que le mando un mensaje rápido a Diana para que me prepare el diseño para la portada, y cambio el nombre del blog. En la cabecera antes se leía *Sin título*, y ahora...

Manual para días rojos.

Es increíble. Siempre lo he tenido delante y nunca he sido consciente de ello. Ahora que lo observo, me doy cuenta de que en esta vida todo sigue un círculo vicioso hasta que tomas consciencia de que te está frenando; hasta que descubres qué quieres; hasta que te atreves a escucharte y te enfrentas a ello.

Definitivamente, hasta que pasas tu día en rojo.

Unos meses después

—Es increíble que esté sucediendo esto —dice Nagore al poner la cinta sobre la última caja.

—Secundo tus palabras —afirmo tras colocar la más grande cerca de la puerta de entrada.

—Pues, con esto, ya estaría —añade Gala suspirando.

Todas nos unimos a su suspiro y observamos a nuestro alrededor: mi diminuto apartamento completamente vacío. Desde el altavoz suena *All Dressed in Love*, de Jennifer Hudson.

—Ahora que lo veo bien, parece más grande. ¿Tú estás segura de querer irte? —bromea Diana.

Me río mientras le paso un brazo por los hombros para acercarla a mí.

—Os juro que si hace un año me hubieran dicho que pasaría esto, habría pensado que me estaban intentando tomar el pelo. Es...

—Es increíble —termina Nagore por mí. Sonrío entusiasmada y asiento.

—Pues ya sabéis lo que toca —dice Gala al tiempo que saca el móvil para inmortalizar el momento.

Pongo los ojos en blanco porque no soy muy fan de las fotos, pero sé que estaré contenta de tener esta.

Luego, echo un último vistazo y me acerco lentamente a la

ventana del salón, la que da a la calle y desde la que tantas horas observé, perdida, el exterior.

—Chicas, ¿estas son las últimas?

Me doy la vuelta y descubro a Cole en la entrada; señala las últimas cajas que quedan. Asentimos, y él y Bruno se encargan de cargarlas.

El chico de Gala está abajo, con el camión de mudanzas. No tengo muchas cosas, pero al tratarse de una larga distancia, no quedaba otra. Quién me iba a decir que volvería a mis orígenes; sin embargo, la situación me lo ha permitido. Como Cole y las chicas predijeron, mi constante búsqueda de trabajo ha dado sus frutos, y el blog ha ayudado especialmente a ello porque la cantidad de lectores se ha ido manteniendo. Eso captó la atención de una revista digital y, tras una entrevista, me han ofrecido un puesto de redactora y tengo libertad para tratar los temas de actualidad que me apetezcan. Desean que mantenga ese tono cercano del blog, que sea yo misma. Pero aún hay más. Puedo trabajar desde donde quiera, siempre que tenga internet y me presente trimestralmente a las reuniones presenciales. No es un sueldo millonario, pero ahora que me voy de la gran ciudad y huyo de sus precios excesivos, incluso puedo permitirme ahorrar; bueno, nos permitirá ahorrar, porque me voy a vivir con Cole. Sonrío entusiasmada y, alejándome de la ventana, miro a mis chicas, que me devuelven la sonrisa.

Diana será mi vecina, aunque sé que no por mucho tiempo. Planea comprarse una casa más cercana a la ciudad y empezar a formar su familia; y cuando Diana se propone algo, lo alcanza. Nagore, por su parte, está aceptando esta nueva fase en su vida y, como es una chica fabulosa, sé que lo hará genial; además, con la boda de Gala a la vista, ¿qué mejor lugar para conocer a alguien?

Sé que esto no es más que el principio, y no solo para mí, sino para todas nosotras. Aparecerán nuevos retos, pero si nos lo proponemos y les hacemos frente juntas, nada podrá pararnos.

Nosotras.

Siempre.

Agradecimientos

Aquí estamos y todavía no me lo puedo creer.

Echo la vista atrás recordando ese momento en el que Elsa y las chicas aparecieron en mi mente, ese instante en el que comencé a teclear las primeras líneas, y me recorren miles de sentimientos.

Así que, sí; esta parte es importante para mí porque sin vosotrxs, sin las muestras de cariño y entusiasmo con cada proyecto, os aseguro que no estaría aquí. Gracias por ser los mejores lectores que cualquier escritor desearía tener.

Por supuesto, gracias a Penguin Random House por acoger a las chicas de esta maravillosa forma; especialmente a mis editoras Carmen Romero y Aranzazu Sumalla, por su trabajo y dedicación.

A Pablo y a David, quienes me habéis guiado en este maravilloso mundo; gracias, gracias, gracias.

No me puedo olvidar de ti, Juanjo. Gracias por tus consejos y conversaciones de WhatsApp.

A Teresa y a Borja. Con vosotros todo comenzó, y eso es algo que nunca se olvida.

A toda mi familia y amigos, gracias por vuestro apoyo. Me encantaría nombraros a todos, pero sabéis que sois un porrón.

A Sergio Soler, por tu amistad y por ser el mejor guardián de secretos. Tengo claro que a la tercera va la vencida, y dentro de nada me tienes en La Tarara. Gracias por, a pesar de los kilómetros que nos separan, estar a un solo mensaje de distancia.

A Alberto. Por tu apoyo incondicional y por ser mi compañero de aventuras. Gracias por estar siempre ahí.

Por último, tengo que nombrar a mis chicas: Alba, Bebel, Gemma, Duli y Sari. Por todo vuestro apoyo y ánimo. Por tener más confianza en mí que yo misma. Soy la persona más afortunada por teneros en mi vida. Sigamos sumando anécdotas.

Me despido, pero antes..., ¿preparadxs para lo que viene?